新説 狼と香辛料
狼と羊皮紙 Ⅸ

JN075785

支倉凍砂
Isuna Hasekura
Illustration
文倉 十
Jyuu Ayakura

放浪説教師
ピエレ
「神が遣わし聖者トート・コルのため、
神の正しき教えのため、
拙者は喜んでその礎となりましょう！」

狼と行商人の娘
ミューリ
教会改革を進める〝薄明の枢機卿〟
トート・コル

「失礼、薄明の枢機卿殿。息災のようでなによりです」
ミューリ傭兵団の団長
ルワード・ミューリ
「ルワード叔父様！」

「やめてください、ルワードさん」

「神よ、我らを救いたまえ」
呟いて、右手をすっと伸ばした。
足元ばかり見ていた人々が顔を上げたのは、
単に大聖堂の尖塔が見えたからのはず。
自分は遠くから、ただ、
馬鹿みたいに無言で
向かう先を示しているだけ。

Contents

Designed by Hirokazu Watanabe(2725 inc.)

新説　狼と香辛料

狼と羊皮紙Ⅸ

MAPイラスト／出光秀匡

第一幕

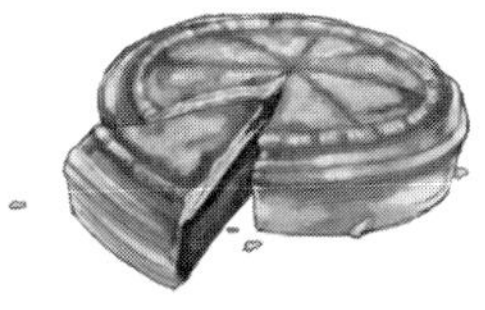

神でさえ目を背《そむ》けるといわれる、猥雑《わいざつ》で乱暴な大学都市。中でも有名なアケントだが、古い街区の片隅《かたすみ》ならばその喧騒《けんそう》からも逃《のが》れられる。

そんな路地奥にある廃《はい》礼拝堂にいた。

今は教会の紋章《もんしょう》も壁《かべ》から外され、説教壇《だん》はとっくに薪《たきぎ》になるか売られるかしていたが、手入れだけは続けられているおかげで、往時の静謐《せいひつ》で知的な雰囲気《ふんいき》は健在だ。

神の姿は見えずとも常にその存在を意識するように、たとえ紋章《もんしょう》や説教壇《だん》がなかったとしても、やはりここは礼拝堂のまま。

自然と床《ゆか》に膝《ひざ》をつき、手を合わせて祈《いの》りを捧《ささ》げていた。

心穏《おだ》やかに、神の息吹《いぶき》を間近に感じられる、そんな貴重な――。

「にーいーさーまー！」

ばたん、と扉《とびら》の開く音と共に、聞き飽《あ》きるくらいに聞いてきたおてんば娘《むすめ》の声が響《ひび》き渡《わた》る。

ため息をつきたくなるのをぐっとこらえ、平常心を心がけながら祈《いの》りを続けようとしたところ、やたらいい匂《にお》いがしてきた。朝食を抜《ぬ》いていたこともあり、つい振《ふ》り向《む》いてしまう。

「見て見て、兄様！　こーんなおっきな肉入りパイ！　ほら、立って！」

犬の尻尾《しっぽ》みたいに髪《かみ》をおさげにしたミューリが、大きな蕪《かぶ》でも引《ひ》っこ抜《ぬ》くようにしてこちらを立たせようとする。そんなミューリの身体《からだ》からは、煙《けむり》の匂《にお》いやパンの焼ける匂《にお》い、それに粉を練った後の独特の匂《にお》いもした。

その向こうには、布巾《ふきん》で覆《おお》いをした大きな盆《ぼん》を抱《かか》えるようにして持つルティアが見えたので、彼女と一緒《いっしょ》にパイを焼くのを手伝っていたようだ。

「お肉に秘密があってね、牛や豚《ぶた》さんに合わせて、ちょっと山羊《やぎ》さんを足すんだって！」

ニョッヒラの実家では盗《ぬす》み食《ぐ》い専門。調理場で料理を教えようとすればすぐに逃《に》げ出《だ》すミューリだったが、巨大《きょだい》な肉入りパイは料理というより土遊びに近い感覚だったのだろう。

作る工程を楽しそうに話すミューリと一緒《いっしょ》に、礼拝堂に放棄《ほうき》されていた長机などを並べていくと、ルティアがその上にパイを載《の》せた盆《ぼん》を置く。

ほどなく礼拝堂の外から挨拶《あいさつ》が聞こえ、ルティアの仲間の学生たちが、飲み物やほかの食べ物を持ってきてくれた。ミューリが彼らを手伝いに行くと、パイの様子を見ていたルティアが小さく言った。

「ミューリとは仲直りしておいたよ」

ちょっとからかうような言い方の後、自嘲《じちょう》気味に首をすくめているのは、先日の騒《さわ》ぎのせいだろう。大学都市ならではの問題に巻き込まれていたルティアたちを助ける際、色々なことがあった。

特にルティアの事情は複雑で、なんとわざと問題が解決されないようにと振《ふ》る舞《ま》っていたのだから。

なぜそんなことをしていたかといえば、慕《した》っていた領主夫妻に先立たれ、ルティアには帰る場所がなくなっていたせいだった。その事実を受け入れられず、現実から目を逸《そ》らし続けようとしていたのだ。

大学都市で永遠に問題を抱《かか》え続けていれば、ずっと学生のまま時間を止められるはずだと。

けれどそんなことが健全であるはずがなく、お節介《せっかい》だと思われるのを承知で、ルティアの目を覚まさせた。ルティア自身もいつかは現実と向き合わなければならないと、心の底ではわかっていたようで、あれこれありつつ彼女も解決を受け入れた。

こうしてめでたしめでたし……となるはずだったのだが、問題がもうひとつあった。

そんなルティアに感化されてしまったミューリが、その暗い目論見《もくろみ》に手を貸す過程で、兄を騙《だま》すようなことをしていたからだ。

ルティアはミューリが肉親以外に初めて出会った狼《オオカミ》の化身《けしん》で、背格好も近く、気安さもあったのだろう。それにルティアの抱《かか》えていた問題は、ミューリにとっても大きな意味を持っていた。

とはいえ人を騙《だま》すようなことは看過できなかったし、ミューリも悪いことをしてしまったという自覚で尻尾《しっぽ》を丸めていた。

だから兄として、しっかりお仕置きをした。

そしてその時に使ったのがルティアの涙《なみだ》なのだが、どうやらそのお仕置きは、あまりに効果を発揮しすぎていたようだった。

「私の匂《にお》いをぷんぷんさせて帰ってきたお前から、思わせぶりなことを言われたんだろう？　あいつは相当こたえていたよ。私にお前を取られるんじゃないかって、本気で心配していたからね。うんざりするくらい否定する羽目になった」

ルティアはパイの焼け具合を確かめながら、そんなことを言う。

当のミューリは、学生たちから木箱いっぱいの食べ物を受け取って、よたよた運び込もうとしていた。

「その点は、その……ご迷惑《めいわく》をおかけしました」

おてんばの全盛期《ぜんせいき》には、尻尾《しっぽ》を縛《しば》って逆さづりにして叱《しか》ったってけらけら笑っていたようなミューリなので、そんなに効果があるとは思わなかったのだ。

「まあ、もとはといえば全部私のせいだからね。それに」

と、ルティアは少し顔を近づけて、くすりと笑う。

「お前の大事な兄を取る気なんてさらさらないよとミューリに言いながら、お前から託《たく》された秘密の話を隠《かく》しているのは、少し優越感《ゆうえつかん》だったけれど」

「……」

意味深な笑《え》みを向けていたルティアが、軽く噴《ふ》き出《だ》した。

「冗談《じょうだん》さ」

確かにルティアには、その信頼《しんらい》を得るために、ミューリにも隠《かく》している秘密を打ち明けた。

けれどそれは信頼《しんらい》の証《あかし》であって、ほかのなにかではない。はずだ。

「世界の形に関する話は、わかり次第連絡《しだいれんらく》するよ。私も久々に知識欲というものを刺激《しげき》されたしね」

先日の騒《さわ》ぎの中、ルティアに打ち明けたのは異端《いたん》中の異端《いたん》にまつわる話だった。

「この話は、あれだ。新大陸とやらにも繋《つな》がるんだろう？　そこへの移住について、ミューリからも熱心に勧誘《かんゆう》されたばかりだ」

ルティアの笑顔《えがお》は、やや呆《あき》れたようなもの。

視線の先で酒宴《しゅえん》の支度を始めたミューリを見る目は、ちょっと憧憬《しょうけい》さえ感じさせるものだ。

「人ならざる者だけの国をつくるだなんて、なるほどその手があったかと思ったよ」

そこでなら、慕《した》っていた者に先立たれたルティアも、孤独《こどく》に怯《おび》えることはなくなるはず。

そう思っていたらふと、ルティアがこちらの耳元に口を寄せてきた。

「そこにお前がいるのなら、移住を考えてもいいかもと思ったよ」

「えっ」

聞き返す頃《ころ》には、ルティアはこちらから離《はな》れていた。

酒宴《しゅえん》の準備のため、学生たちを采配《さいはい》している様子は、もういつものルティア。

自分はそんなルティアを見やり、まったく狼《オオカミ》というのは誰《だれ》も彼もが、羊と見れば脅《おど》かして笑わずにはいられないらしいとため息をつく。

それにこんなところをミューリに嗅《か》ぎつけられたら、また面倒臭《めんどうくさ》いことになる。

自分も準備に加わった。

目玉となるパイの周りに、飲み物やほかの食べ物が山ほど並べられる頃《ころ》、手伝いの学生たちが駄賃《だちん》のパンや肉をもらって帰るのと入れ代わりに、カナンとその護衛、それにル・ロワがやってきたのだった。


この酒宴《しゅえん》は、北の貧しい学生たちの問題を解決してくれたお礼、ということだったが、ルティアからはすでに十分返礼をしてもらっている。

そのことについて、ル・ロワが報告した。

「聖典印刷用の紙の確保ですが、ルティア殿《どの》のおかげでたっぷり確保できました」

元々そのためにアケントにやってきたのだが、大学都市に集まる紙工房《こうぼう》は、どこも教科書の印刷用に紙を大量に使用するため、すんなり買いつけることができていなかった。

それにこれからも引き続き紙を買い入れようと思うと、アケントは王国からあまりに遠い。

ルティアがその代理を務めてくれるとあれば、実に心強かった。

「私の力じゃなくて、カナンのおかげだよ。彼が教授組合を叱《しか》りつけてくれたおかげで、新たに印刷する必要のない、在庫が溢《あふ》れている安い神学書が教科書に選定されることになった」

ルティアの説明に、ちょうど肉入りパイをかじっていたカナンが、慌《あわ》ててパイを置いて、恥《は》ずかしそうに首をすくめている。

「いえ、叱《しか》ったなどと……」

と言うのだが、信仰《しんこう》の話になると誰《だれ》よりも夢中になるので、既得《きとく》権益にしがみつこうとする教授たちを叱《しか》り飛《と》ばす様子は容易に想像できた。

「それと先ほど、学生たちが届けてくれましたが」

ル・ロワが言って、パイをもぐもぐさせていたカナンも立ち上がり、大きな紙を広げて見せてくれた。

「わ、地図？」

一人だけすでに三切れめのパイに手を伸《の》ばしていたミューリが、目を丸くしていた。

「さすが大学都市ですな。旅に暮らしていた学生がよってたかって描《か》いてくれたおかげで、こんな詳細《しょうさい》な地図になりました。どこの商会も欲《ほ》しがる貴重な品でしょう」

そこにはアケントを中心に、大陸の様子が描《えが》かれている。

ミューリが手元のパイを食べるのも忘れ、見入っていた。

「この地図を用意したのは、ほかでもありません。薄明《はくめい》の枢機卿《すうききょう》のお味方を集めるためです」

ル・ロワの言葉に続いて、はぐ、という声なのか音なのかが聞こえた。

見ればミューリが、パイを口に詰《つ》め込んでいる。

ギラギラした目は、戦《いくさ》への腹ごしらえ、とでも言わんばかりだ。

「ご存知のとおり、教会は昨今の教会批判に業を煮《に》やし、八十年ぶりに全世界の聖職者が集《つど》う公会議を開催《かいさい》しようとしています。そこに薄明《はくめい》の枢機卿《すうききょう》を呼びつけ、粉砕《ふんさい》しようという腹積もりでしょう。我らがこの戦いに勝とうと思えば、お味方はいくらいても足りません」

「戦《いくさ》の準備！」

神よこのおてんば娘《むすめ》をお許しくださいと祈《いの》りながら、せめて飲み込んでから話しなさいと、その頭をぐりぐり押さえつけておく。

「本当に戦火を交えるわけではありませんが、理論武装、という言葉はありますな」

初めて耳にする単語は、ミューリの琴線《きんせん》を下から上に向けてなぞったらしい。

背筋を伸《の》ばして震《ふる》えているミューリに、笑いながらル・ロワは話を続けた。

「王国へ戻《もど》る前に、この大陸側でお味方の目星をつけておくべきかと思います。ただ、私は聖職の世界には疎《うと》いため、そちらはカナン殿《どの》のほうに」

話を振《ふ》られたカナンは、生真面目《きまじめ》な顔で言った。

「このアケントのみならず、私が王国より離《はな》れて大陸を旅している間も、コル様の思想に共鳴される方々の多さには目をみはりました。ル・ロワ様からご本を購入《こうにゅう》される貴族の方々と合わせれば、かなりの数がお味方の候補になりそうです」

「ただ、すべてを回るわけにはいきませんからな」

顔を上げたミューリは不思議そうな顔をしていたが、この地図に描《えが》かれた地域だけでさえ、端《はし》から端《はし》まで回ろうと思えば何か月もかかるだろう。

「はい。ですから手紙や使者を出すことが主となりましょうが、やはり重要なところへは直接コル様が赴《おもむ》くべきであると思います。そのために、各地よりこの都市にやってくる学生や、教授たちに伝手《つて》のあるルティア様の力もお借りしたく」

カナンの説明にミューリが言う。

「近いところからひとつずつ行けばいいんじゃないの?」

「本当はそれでもいいんですが、この手の話には独特の面倒《めんどう》がありましてな。それこそ、このパイのように」

「?」

小首を傾《かし》げるミューリに微笑《ほほえ》みかけるル・ロワを見て、自分にも話の向かう先がわかった。

「つまり、誰《だれ》に最初に切り分けるか、あるいは誰《だれ》にどれだけ大きなものを切り分けるかで、怒《おこ》る人がいるということです」

ぽかんとしていたミューリは、ようやく意味を理解したらしい。

そして、たちまちむっとしていた。

「兄様、それどういう意味!?」

「そのままの意味です。一番大きくて一番おいしそうなものを、一番最初に切り分けてと身を乗り出していたのはどこの誰《だれ》ですか？」

「っ～！」

まなじりを吊《つ》り上《あ》げたミューリは頬《ほお》を膨《ふく》らませ、ぷいっとそっぽを向く。

まさにミューリのために四切れめのパイを大きめに切り分けていたルティアも笑っていた。

微笑《ほほえ》むカナンは、説明を続けた。

「どこを最初に口説くかで、お味方になってくれる人もいれば、へそを曲げる人もいます。基本的には位の高い方たちから味方につけていくべきではあるのですが」

とはいえ自分たちが高位聖職者に連絡《れんらく》を取り始めれば、教会の主流派の耳にも届くだろう。教会に行動を把握《はあく》されないためにも、可能な限り秘密を守ってくれそうな、味方についてくれる可能性の高そうな者たちを選んだうえで、話を迅速《じんそく》に進めなければならない。

しかも道はまっすぐではないのだから、どの道をたどってどのように各地の宮廷《きゅうてい》や教会を巡《めぐ》るかというのは、頭を悩《なや》ます問題だ。

そこにルティアが言った。

「せっかくこっちにいるんだから、いっそのこと皇帝《こうてい》の宮廷《きゅうてい》に行くのはどうだ？」

「皇帝《こうてい》？」

パン屋が使うための大きなナイフを長机に突《つ》き立《た》てたルティアは、狼《オオカミ》らしく言った。

「薄明《はくめい》の枢機卿《すうききょう》の影響《えいきょう》力があれば、門前払《もんぜんばら》いということもあるまい。小物をいくら狩《か》っても腹の足しにはならない。狙《ねら》うならば……獲物《えもの》の首魁《しゅかい》だ」

　がぶりと噛《か》みつく真似《まね》までしてみせる。

「それにちょっと前、皇帝《こうてい》と教皇が領地のことで揉《も》めて、平野に兵を集めるだの集めないだのの騒《さわ》ぎになっていただろ？　味方についてくれる可能性は、案外高いと思う」

　そう言われると確かにあまり突飛《とっぴ》な案でもないのかと思っていると、ル・ロワが答える。

「皇帝猊下《こうていげいか》と教皇様の話は耳にしております。そして最終的な目標としては、皇帝《こうてい》をお味方につけるのは必須《ひっす》と言えましょう。しかし、あそこの宮廷《きゅうてい》は輪をかけてややこしいです。やるにしても、相当に足元を固めてからでないと」

「いかにも」

「ややこしい……？　ああ、そうか。選帝侯《せんていこう》たちだな」

　ル・ロワとルティアのやり取りに、急に静かになっていたミューリが、こちらの袖《そで》を引いてくる。

　そしてひどく真剣《しんけん》な顔で、耳打ちしてきた。

「こ、皇帝《こうてい》ってさ、あの、伝説の竜《りゅう》を倒《たお》した人？」

「……」

　物語と現実の区別が曖昧《あいまい》な妹に、ざっと説明することになった。

　ここで皇帝《こうてい》というのは、世間でいう「南の帝国《ていこく》」を治める人物のことだ。正確にはヴォリア神聖帝国《ていこく》と呼ばれる帝国《ていこく》を統《す》べる者であり、同時に今の世で唯一《ゆいいつ》、皇帝《こうてい》を称《しょう》する存在だ。

この南の帝国《ていこく》が、神聖帝国《ていこく》などという大仰《おおぎょう》な名を冠《かん》し、王の中の王を意味する皇帝《こうてい》を擁《よう》しているのは、その成立の経緯《けいい》にある。この帝国《ていこく》は、古《いにしえ》の時代に崩壊《ほうかい》した、かつての古代帝国《ていこく》の衣《い》鉢《はつ》を継ぐ後継《こうけい》者であると主張しているのだ。

その昔、古代帝国《ていこく》が瓦解《がかい》し始めると、あちこちの領土が離反《りはん》し、互《たが》いに争い合ったという。その不毛な戦いは長きにわたり、決着などつくこともなく、その中で戦いに倦《う》んだ七つの勢力がそれぞれに話し合いをしたらしい。このまま無意味に疲弊《ひへい》し続けるより、自分たちの中から選んだ者に従うことで、古代帝国《ていこく》の正統な後継《こうけい》者を目指すべきだと。

そうして広範《こうはん》な地域に広がる七つの勢力が、ひとつの帝国《ていこく》を形成することになった。

そこには五人の大貴族と、二人の大司教が含《ふく》まれていて、彼らは皇帝《こうてい》を選ぶ権利を持つ侯《こう》ということで、選帝侯《せんていこう》と呼ばれている。

「へ～……あれ、でもさ、それなら帝国《ていこく》は教会の味方じゃないの？」

帝国《ていこく》の成り立ちをざっくり説明すると、ミューリは選帝侯《せんていこう》の中に大司教がいることに気がついたのだろう。

パイを食べ、口元をひざ掛《か》けで拭《ふ》いていたカナンが言った。

「ややこしい話なのですが、選帝侯《せんていこう》たる大司教様たちは、古代帝国《ていこく》時代の古い教会に直接の系《けい》譜《ふ》を持っているという自負があるのです。その誇《ほこ》りから、現在の教皇様については完全な権威《けんい》を認めていないのです」

　ミューリのよくわからないという顔を見て、ル・ロワが言った。

「要は偉大《いだい》なご先祖様の子孫たちによる、遺産争いですな。教会の歴史も長いですから」

　ル・ロワのあけすけな説明に、ミューリはなるほどとうなずく一方、教会の人間であるカナンは聞かなかったふりなのか咳払《せきばら》いをして、説明を続けた。

「皇帝《こうてい》については、お味方にできればこれ以上心強い者はありませんが、皇帝《こうてい》はあくまで選帝《せんてい》侯《こう》より選ばれる身。そのため、選帝侯《せんていこう》の切《き》り崩《くず》しなしに説得するのは難しいはずです」

　ルティアはうなずき、腕組《うでぐ》みを解く。

「では手堅《てがた》く、与《くみ》しやすい王や大司教たちを地道に狙《ねら》う感じか」

「それもなるべく迅速《じんそく》にしなければ、教会から邪魔《じゃま》が入るかと思います。それで、様々な地域からくる学生の皆《みな》さんを取りまとめるルティア様なら、地理にも詳《くわ》しいかと思いまして」

　地図では近く見えても、山があったり川があったりすればまっすぐに進むことはできない。それにたとえば土地の大きな祭りが催される時期は、領主たちも領地のことで忙《いそが》しいだろうから、へたな時期にいくと歓待《かんたい》という名の待ちぼうけを食らわせられる。そういう情報も加味して遊説《ゆうぜい》先を決めなければならない。

　ルティアは肩《かた》をすくめ、早速《さっそく》カナンやル・ロワと共に、地図を前に話し始めている。

　そんな様子を眺《なが》めていると、いよいよ大陸側での戦いが始まるのだという実感がわいてくる。

味方をどれだけ集められるかが、公会議の雌雄《しゆう》を決するといっても過言ではない。痛いくらいに気を引《ひ》き締《し》め直していたところ、ふと、この手の話には目がないはずのおてんば娘《むすめ》が、妙《みょう》に静かなことに気がついた。

隣《となり》を見やれば、ミューリは手元の紙に熱心になにか書き記している。

地図を書き写しているのかと思ったのだが、そこにはなぜか人型の絵が描《えが》かれていた。

「なにをしているんですか？」

小さく尋《たず》ねると、真剣《しんけん》な顔をしたミューリがこちらを見やった。

「いよいよ兄様が、王様たちのところに攻《せ》め入《い》るんでしょ？」

「……攻《せ》め入《い》りはしません。説得です」

「同じことでしょ？」

むしろこちらのほうがなにもわかってないと呆《あき》れたミューリは、手にしていた木炭の尻《しり》でこちらの胸をついてくる。

「兄様、わかってるの？」

「ん……な、なにがですか？」

「まったく、これだから兄様は……」

やれやれとかぶりを振《ふ》ったミューリは、ずいっと身を寄せて、言ったのだ。

「兄様は薄明《はくめい》の枢機《すうき》卿《きょう》様なんだよ。こんな普通《ふつう》の格好じゃなくて、それにふさわしい服装にしなきゃ！」

　ニョッヒラで給金を貯《た》めながら地道に揃《そろ》えた、装飾《そうしょく》のない質素な服。

　教会の正しい姿を求めて旅する者としては、これ以上に相応《ふさわ》しいものもないと思っているのだが、ミューリはそう思わないらしい。

「あのね、そんなぼさぼさの髪《かみ》とよれよれの服じゃ、王様たちに舐《な》められちゃうって言ってるの！」

　寝《ね》ぐせがついていたか、と頭を押さえるが、とくにそんな感じもない。

　それにこちらにも言い分がある。

「いいですか、ミューリ。神の正しい教えというものは、誰《だれ》が説こうと不変の真理なのです。私がどんな格好をしていようとも関係ありません。信仰《しんこう》ある者ならば、必ずや――」

　必ずや自分の言葉に応えてくれる。

　そう信じて語っていた言葉が途中《とちゅう》で途切《とぎ》れたのは、ミューリのみならず、ルティアやル・ロワの視線に気がついたから。

「そう思ってるのは、兄様だけだよ」

　ミューリは大袈裟《おおげさ》に肩《かた》をすくめてため息をつき、木炭のペンをカナンに向けた。

「カナン君だって、私の味方だよ」

「え、わ、私は……」

教皇庁で働くカナンはそう答えつつ、明確に否定しない。

それにカナンの見た目は、誰《だれ》が見たってすぐにわかる、高位聖職者のそれだ。

「というよりも」

そう言ったのは、ルティアだ。

「身分ある者に相対する際の、礼儀《れいぎ》だな」

「うっ」

身近にいる貴族というのは、わけても権威《けんい》にこだわらないハイランドだった。

けれどあんなに気さくで理解のある人物は滅多《めった》にいないと思えば、ミューリの言うことが正しいのかもしれない。

しかし神の教えを説くのに高価な服を身に纏《まと》わねばならないのは、糺《ただ》したいと思っている教会の強欲《ごうよく》の、まさに原因のひとつなのではなかろうか。

矛盾《むじゅん》に懊悩《おうのう》していると、そんなものなど歯牙《しが》にもかけないミューリは、手元の紙に熱心に木炭のペンを走らせて、人型の絵に服を着せていく。

「おっきな騎士《きし》団には、神の加護を説きながら戦陣《せんじん》に立つ、すっごいかっこいい聖職者がいるんだって。一言叫《さけ》べば敵が倒《たお》れ、神に祈《いの》ると味方の傷が治り、聖典を振《ふ》りかざすと大地が割れるんだよ！　どうせなら兄様もそれになるべき！」

聖人伝と戦叙事詩《いくさじょじし》と夢物語がごっちゃになっているようだが、従軍司祭のことだろうとはわかる。

「まあ、コルが服を仕立てるにはここアケントはおあつらえ向きだろう。貴族のお抱《かか》え司祭の地位を目指す連中のために、その手の仕立て屋がずらりだからね」

「私も聖職者の格好についてなら、ご協力できるかと」

ルティアとカナンが言って、最後にル・ロワが付け加える。

「では私は、ミューリ殿《どの》もご納得《なっとく》の、従軍司祭が描《えが》かれた細密画をご用意いたしましょう」

ル・ロワのそれは冗談《じょうだん》だとしても、服の新調からは逃《のが》れられなさそうだ。

手持ちの路銀では足りないだろうから、ハイランドに連絡《れんらく》する必要がある。

げんなりする事柄《ことがら》なのだが、少なくともミューリの手元を見て、言うべきことがある。

「司祭は巨大《きょだい》な剣《けん》など背負いませんよ」

従軍司祭をなんだと思っているのか。

ミューリは不服そうな顔をして、「鍛錬《たんれん》して！」と見当違《けんとうちが》いのことを言い放つ。

まったくもうと呆《あき》れ、夢中で服を考えるミューリの相手を渋々《しぶしぶ》していた矢先のこと。

ミューリがふと顔を上げて、礼拝堂の外を見やった。

遅《おく》れてルティアもそちらを見ると同時に、慌《あわ》ただしい足音が聞こえてきたのだった。

廃《はい》礼拝堂はアケントの路地奥の片隅《かたすみ》にあり、人通りなんてほとんどない。

となればその足音が目指すのは間違《まちが》いなくここで、案の定廃《はい》礼拝堂の扉《とびら》が叩《たた》かれた。

「ルティア様、ご来客が」

少年の声だった。

「うちの学生のようだが……来客？」

怪訝《けげん》そうなルティアは立ち上がり、扉《とびら》に向かって歩いていく。

念のためという感じで、ミューリが剣《けん》の鞘《さや》を手繰《たぐ》り寄《よ》せていた。

「すみません、大事な祝宴《しゅくえん》と言われていましたが、どうしてもルティア様にすぐにお会いしたいとのことで」

そう言う少年の後ろから現れた人物に、ルティアが後ずさる。

というのも、その人物は髪《かみ》も髭《ひげ》も伸《の》び放題。染《し》みだらけのローブから覗《のぞ》く腕《うで》は鳥の足のようで、目だけが異様にギラギラと輝《かがや》いているのだから。

小脇《こわき》に大きな書物を抱《かか》えていなければ、物乞《ものご》いだと思っただろう。

「そなたがルティア殿《どの》と⁉　なんとお若い！」

もさもさの髭《ひげ》が膨《ふく》らむくらいに驚《おどろ》いたその人物は、すぐに背筋を伸《の》ばしてこう言った。

「お初にお目にかかる。拙者《せっしゃ》、アシュレジのピエレと申す者！　ルティア殿《どの》からの手紙を受け取り、いてもたってもいられずに参った所存！」

アシュレジのピエレという名乗り。

小脇《こわき》に抱《かか》えた分厚い書物と、旅人の証《あかし》である杖《つえ》代わりの長い棒。

肩《かた》には頭陀袋《ずだぶくろ》を下げ、足元は裸足《はだし》だった。

放浪《ほうろう》説教師、という単語がすぐに浮《う》かんだ。

凄《すさ》まじい情熱に飽《あ》かせて辻《つじ》説教を繰《く》り返《かえ》すこの手の聖職者の中には、勢い余って路傍《ろぼう》の石に向けて説教する者もいるのだとか。

まさにそんな話を体現するかのような暑苦しさに、さしものルティアも気圧《けお》され気味だ。

「そなたのように、このただれた世で正義と戦う高貴なる神の戦士の存在、実に心強い！」

「あ、ああ、それは……どうも」

尻尾《しっぽ》を出していたら、きっと困惑《こんわく》気味に足の間に収めていただろう。

カナンは助《たす》け舟《ぶね》を出そうかと腰《こし》を上げかけ、ル・ロワはなにやら愉快《ゆかい》な御仁《ごじん》だとにこにこしていて、ミューリはといえば、ピエレの古風な話し方が琴線《きんせん》に触れたのか、口の中でもごもご復唱していた。

「しかし不肖《ふしょう》のこの拙者《せっしゃ》めも、学生らを助けるというルティア殿《どの》の要請《ようせい》には応えられず、忸怩《じくじ》たる思いでありました。それ故《ゆえ》に今度こそ、神の教えに恥《は》じぬよう行動すべきだと馳《は》せ参《さん》じた次第《しだい》！」

よくとおる声は説教で鍛《きた》えられたのだろう。

ピエレはさらに二歩、ルティアとの距離《きょり》を詰《つ》める。

「さあ、ルティア殿《どの》！　早速《さっそく》、薄明《はくめい》の枢機《すうき》卿《きょう》殿《どの》の加勢に赴《おもむ》こうではありませんか！」

「あ、ああ、しかし、ピエレ殿《どの》、まずは旅塵《りょじん》を落とされてはいかがか？」

ルティアが珍《めずら》しく、おずおずといった感じで言う。

まさに今合戦が起きていると言わんばかりのピエレだが、教会との決戦となる公会議はまだ先のことであり、今はその前準備として思想を同じくする味方集めの段階だ。

しかしピエレは大きくかぶりを振《ふ》った。

「いやいや、なにをぐずぐずしておるのです！　今こうしている間にも薄明《はくめい》の枢機《すうき》卿《きょう》は戦っているのですよ！」

「ピエレ殿《どの》、その薄明《はくめい》の枢機《すうき》卿《きょう》は……」

まくしたてるピエレをなだめつつ、ルティアがちらりとこちらを見る。

情熱がほとばしりすぎているピエレを落ち着かせるため、自分が出るほかあるまいと立ち上がりかけた、その瞬間《しゅんかん》だった。

「拙者《せっしゃ》も聞《き》き及《およ》んでおりますとも！　悪《あ》しき聖堂都市エシュタット！　薄明《はくめい》の枢機《すうき》卿《きょう》はそこで戦われているのでしょう⁉」

「ん、え？」

それは、誰《だれ》の戸惑《とまど》いの声だったか。

「聖なる教えを守るために、さあ、参りましょう！　神が遣《つか》わし聖者トート・コルのため、神の正しき教えのため、拙者《せっしゃ》は喜んでその礎《いしずえ》となりましょう！」

腕《うで》を振《ふ》り回《まわ》し、地団太を踏《ふ》み、まくしたてる髭《ひげ》だらけの聖職者、アシュレジのピエレ。

けれど全員の顔が困惑《こんわく》したのは、そのいささか前のめりすぎる情熱のせいではない。

後ずさりばかりだったルティアも、今度はルティアのほうからピエレとの距離《きょり》を詰《つ》めた。

「どういうことだ？」

カナンはもとより、ミューリでさえぽかんとする中、ぺちんと場違《ばちが》いな音がした。

ル・ロワが、自身の額を叩《たた》いた音だ。

「先手を取られたようですな」

先手？

疑問を抱《いだ》いたのは、ルティアの向こう側にいる燃《も》え盛《さか》る旅の説教師も同じだったらしい。

「どういうこととは？　ルティア殿《どの》は、聖堂都市エシュタットと戦うために、薄明《はくめい》の枢機卿《すうききょう》のお味方を集められているのでは？」

もう少しルティアの自制心が弱かったら、ぴょこんと頭から狼《オオカミ》の耳が出ていたかもしれない。

それくらい困った顔で、はっきりとこちらを振《ふ》り向《む》いた。

お前たち、そんな計画をしていたのか？　と。

「ルティア殿《どの》、後ろにいらっしゃるのも、その協力者の皆様《みなさま》では？」

髭面《ひげづら》が厳《いか》めしいし、言葉遣《ことばづか》いは本の読みすぎた人間に共通なのか、ル・ロワをさらに古風にした感じ。

けれどルティア越《ご》しにこちらを見やり、親しげに挨拶《あいさつ》を向けてくるその髭《ひげ》の下には、明るい教会で人々に慕《した》われる案外に気のいい司祭の顔が見えた。

「のんびりしすぎたようです」

ル・ロワが椅子《いす》から立ち上がった。

「コル様の偽者《にせもの》ですよ」

全員の視線が集まる中、ル・ロワは食べかけの肉入りパイを頬張《ほおば》り、やれやれと飲み込んだのだった。

血気にはやるピエレを落ち着かせ、とにかく一度ご休憩召《きゅうけいめ》されよ、と青《あお》の瓢亭《ひさごてい》にルティアとカナンの二人が連れていった。

カナンがついていったのは、ピエレの性格を見抜《みぬ》いたカナンがややこしい神学の質問をしたところ、腹をすかせたナマズみたいにぱくりと食いついたから。

青《あお》の瓢亭《ひさごてい》に着いたら勉強熱心な学生たちに質問責めにさせればいいな、などとルティアは乱暴なことを言っていた。

そんな嵐《あらし》のようなピエレが路地の向こうに消えていくのを見送ってから、ル・ロワに言葉を向けたのはミューリだ。

「兄様の偽者《にせもの》って？」

口調こそ落ち着いているものの、まなじりが吊《つ》り上《あ》がっているミューリに対し、ル・ロワはまあまあとなだめ、礼拝堂の中に戻《もど》った。

「色々な町の年代記を突《つ》き合《あ》わせると、ままそういうことが判明しますし、大きな街の歴史をひもとけば、必ず一回や二回はその手の人物の処刑話《しょけいばなし》にでくわします」

ル・ロワは手元の器《うつわ》に手ずから酒を注ぎ、それから葡萄《ぶどう》の果汁《かじゅう》が入った水差しに持《も》ち替《か》えて、ミューリの席に向けて掲《かか》げてみせる。

自分もミューリの背中をぽんと叩《たた》けば、早く話の続きを聞かせろと肩《かた》をいからせていたミューリは、渋々《しぶしぶ》椅子《いす》に座った。

「なりすまし、ということですよね？」

自分も知識としては知っている。ある聖人が同時期に、ものすごく距離《きょり》の開いた街で同時に説教をした、奇跡《きせき》だ、なんて逸話《いつわ》があるが、普通《ふつう》に考えれば偽者《にせもの》が何人もいただけのこと。

そうやって貢物《みつぎもの》をだまし取ったり、当座の飲み食いをする輩《やから》が少なくないのだ。

ほかにも皇帝《こうてい》の落胤《らくいん》のご一行や、戦《いくさ》で行方《ゆくえ》不明になったはずの大貴族に、誰《だれ》も聞いたことがないが遠方にあるという国の王様などを騙《かた》った罪で縛《しば》り首《くび》になった話は、どこの街にもある。

歴史上には、そういうホラ話を巧《たく》みに使い、何年にもわたって一国の城主となった者たちさえもいるのだとか。

けれど、まさか、という思いがまだぬぐえない。

だって、このほかならぬ自分の名を騙《かた》る、偽者《にせもの》が出たということなのだから。

「薄明《はくめい》の枢機卿《すうききょう》という名は、それほど有名になったということです」

ル・ロワは軽く酒を啜《すす》り、やや困ったように微笑《ほほえ》む。

「ルティア様を巡《めぐ》る騒《さわ》ぎの時、コル様も少しは実感なされたかと思います。今やコル様がその気になって手を伸《の》ばせば、大きな力を動かせるのですよ」

ルティアは解決できない問題を自らの周りに積み上げて、孤独《こどく》の風から身を守ろうとしていた。けれどカナンの伝手《つて》や、デバウ商会との繋《つな》がりといったことを利用すれば、それらの問題は藁《わら》でできた家みたいに簡単に吹《ふ》き飛《と》ばせた。

すべては薄明《はくめい》の枢機卿《すうききょう》という名の許《もと》にできた人々の繋《つな》がりであり、それを薄明《はくめい》の枢機卿《すうききょう》の力と呼ぶのなら、確かにそこには大きな力がある。

「そして力あるところに欲望あり。我こそは薄明《はくめい》の枢機卿《すうききょう》であると名乗りを上げれば、少なくない人間がひれ伏《ふ》します。そういう力を利用したがる者たちは、案外に多いのです」

ル・ロワの言葉に、ミューリがますます肩《かた》をいからせている。

「この大陸ではコル様のお顔を知っている者などほとんどおらず、けれど名前ばかりが広まっておりますからね。この現状はいささか危《あや》ういのでは、と私も懸念《けねん》してはおりましたが、コル様の偽者《にせもの》が出るとしても、もう少し後だろうと思っておりました」

ル・ロワは、酒で口を湿《しめ》らせる。

「コル様の名声の高まりが早すぎたのか、さもなくば、ウィンフィール王国で活躍《かつやく》されている人物ということが、ことのほか詐欺《さぎ》師にとって利用しやすかったのかもしれませんな」

海を挟《はさ》んだ場所にいるのなら、標的の知り合いとでくわすようなこともあるまい、ということだろう。

「それにコル様の役柄《やくがら》も、名を騙《かた》るにはぴったりですし」

「役柄《やくがら》？」

微笑《ほほえ》んだル・ロワは、視線をミューリに向ける。正確には、ミューリの手元の紙に。

勘《かん》のいいミューリはすぐに気がついたらしい。

手元の紙を、これ見よがしにひらひらさせた。

「竜《りゅう》を倒《たお》した皇帝《こうてい》様を真似《まね》するのは大変だろうけど、兄様の偽者《にせもの》をやるだけだったら、冴《さ》えない顔してかっこ悪い服を着てても許されるからね！」

なんなら演技がへたくそだったらそっちのほうがよっぽどそれらしいかも、なんて余計な一言まで付け加えてくる。

清貧《せいひん》を謳《うた》う薄明《はくめい》の枢機卿《すうききょう》ならば、元手をかけずに見た目を真似《まね》できるわけだ。

「正式な聖職者ではない、というのも好都合です。名の知れた聖職者ならば、なんだかんだ大きな教会に問い合わせれば、顔を知る者や文書で挨拶《あいさつ》を交《か》わしている者がいましょうからね」

いよいよ詐欺《さぎ》師たちにとっては格好の的なわけだ。

「でも、兄様のふり……？　そんなこととして、どうするんだろ。英雄騎士《えいゆうきし》の真似《まね》なら、私もやってみたいけど」

こんな格好悪い人に化けたって仕方ない、とでも言わんばかりの視線だ。

「場所が手がかりかもしれません」

「せいどうとしって言ってたよね？　エシュタット？」

長机に身を乗り出し、広げられたままの地図をミューリが見やる。

「聖堂都市は大司教様が治める都市ですな。中でもエシュタットは、ここ」

ル・ロワが地図の一角を指さす。

「エシュタットの大司教様は、選帝侯《せんていこう》の一人です」

ル・ロワの説明に、ミューリは数瞬《すうしゅん》ぽかんとしてから、小首を傾《かし》げていた。

「じゃあ、兄様の偽者《にせもの》は、兄様の代わりにここの人を説得しに行ってるってこと？」

ミューリはそう言ってから、「あれ、でも」と口ごもる。

「あのピエレ殿《どの》は、その街と戦う薄明《はくめい》の枢機《すうき》卿《きょう》様と仰《おっしゃ》っていました」

自分は地図を見やるも、嫌《いや》な予感しかない。

「……名を騙《かた》り、勝手に教会組織と戦っているのでしょうか」

こちらの作戦や思惑《おもわく》とはまったく別に。

「良《よ》い可能性としては、そうでしょう。大司教様の悪政に苦しめられている人々のため、などはいかにもありそうです」

パイの残りを食べようと木の匙《さじ》を手に取ったミューリだが、眉間《みけん》に皺《しわ》を寄せて匙《さじ》を咥《くわ》えている。

「それって……いい人ってことじゃないの？」

「どの面を見るかによるでしょう」

ル・ロワは珍《めずら》しく、真面目な口調になった。

「聖人の名を騙《かた》る者というのは、歴史上、ほぼ全員が異端《いたん》者として処刑《しょけい》されています。誰《だれ》かを助けたいとか、正しい行いのためにとか、どんな理由付けをしたところで、名を騙《かた》る行為《こうい》は正当化されませんからな。それに、要は嘘《うそ》をついてでも、人々を扇動《せんどう》しようというのですから、そこにはどこか歪《ゆが》みがあって、悪魔《あくま》は必ずそこに付け入ってくるのでしょうね」

言《い》い換《か》えると、その手の者たちは目的のためなら手段を択《えら》ばない性格なのだ。

だからそういう者たちは、善意からだろうと悪意からだろうと、必ずどこかで道を踏《ふ》み外《はず》すことになる。

そういう人物に目をつけられるだけでも頭が痛いのに、ル・ロワはそれでさえ「良《よ》い可能性」と言った。

「……ル・ロワさんの考える、悪い可能性というのは？」

自分の問いに、ル・ロワはふむとうなずく。

「薄明《はくめい》の枢機卿《すうききょう》の名で大司教を責め立てて、溜《た》め込んだ財産を吐《は》き出《だ》せ、などとやっていることでしょうな。和解のための金を出せと言えば、手っ取り早く儲《もう》けられます。聖堂都市エシュタットは古く、大きな街で、大市が有名です。たんまり金銀を溜《た》め込んでいるはずです」

商人の世界に身を置くル・ロワのあけすけな物言いに、自分もミューリも呆気《あっけ》に取《と》られてしまう。

「これは当然、我々の目的には大打撃《だいだげき》です。標的になっているのが選帝侯《せんていこう》の一人である大司教様だから、というだけではありません。教会側はコル様の悪評を求めているはずでしょう？あっという間に大陸中に悪い話が広まるはずです」

その速度と同じくらい、ミューリの目が見開かれた。

「そんなの駄目《だめ》！」

「いかにも、いかにも」

突然《とつぜん》木の匙《さじ》を忙《せわ》しなく動かし、がつがつと肉入りパイの残りを口に押し込んだミューリは、その細い喉《のど》でどうやって、というくらいにいっぺんに飲み下すと長机をばんと叩《たた》く。

「今すぐその聖堂都市に行かないと！」

もう少し興奮していたら、耳と尻尾《しっぽ》が飛び出していたかもしれない。

そんな具合のミューリにル・ロワは笑い、自分はまったくもうとため息をつく。

そしてミューリがぎゃんぎゃん喚《わめ》き出《だ》したところで、ピエレを送り届けてきたルティアとカナンが戻《もど》ってきたのだった。


偽者《にせもの》が薄明《はくめい》の枢機卿《すうききょう》の名を騙《かた》って好き勝手しているのを許せば、身に覚えのない悪評がばら撒《ま》かれ、教会との戦いも頓挫《とんざ》する。しかも標的はエシュタットであり、そこは皇帝《こうてい》に繋《つな》がる選《せん》帝侯《ていこう》の治める都市でもある。

当然、教会組織の内部においてもそれなりの発言力があるだろう。

本来ならハイランドらを交えて慎重《しんちょう》に計画を練り、準備を整えてから乗り込むような場所だが、そんなことを言っている場合ではなかった。

ピエレが耳にしたという偽者《にせもの》の薄明《はくめい》の枢機卿《すうききょう》の話は本当なのか、本当だとして、その人物は一体なにをやっているのか、ただちに把握《はあく》しなければならない。その内容如何《いかん》によっては、一刻も早くやめさせる必要だってある。

ルティアはエシュタットにいたことのある放浪《ほうろう》学生たちを探しにいき、ル・ロワは商人としての伝手《つて》を使ってエシュタットの情報を持つ者がいないかを探《さぐ》りにいった。

カナンはピエレから詳しい事情を聞いた後、共にアケントの教会にも話を聞きにいってくれるとのことだった。

実に心強い人たちが味方にいてくれる、と思う一方、まさに渦中《かちゅう》の薄明《はくめい》の枢機卿《すうききょう》と呼ばれる自分だけが、ぽつんと宿の部屋にいたのだった。

「そんなんだから兄様の偽者《にせもの》が出るんだよ」

出立に向け、大慌《おおあわ》てで旅装を整えるべくアケントの市場を駆《か》け回《まわ》っていたミューリが、日の暮れる頃《ころ》に部屋に戻《もど》ってくる。すると部屋の中で身の置き所がなさそうな兄を見て、呆《あき》れてため息をついていた。

「ほら、もっと胸を張って、堂々としてなきゃ！」

ルティアの件ではそれこそ子供みたいな思い込みで空回りして、叱《しか》られた時には半べそをかいていたのに、そのミューリから背中を叩《たた》かれてしまう。

「兄様が普段《ふだん》から伝説の騎士《きし》みたいだったら、そう簡単には真似《まね》されなかったんだよ！」

それはどうだろうか、と思いつつ、言わんとすることはもちろんわかる。

「伝説の騎士《きし》はともかく、古い時代の王様に必ずあだ名があるのはこういうことなんですね」

思わず呟《つぶや》くと、ミューリの耳がぴんと立った。

「赤髭《あかひげ》王バルバード、禿頭《とくとう》王ジョアンなど、有名な王様たちはそんな呼ばれ方をするでしょう？」

英雄《えいゆう》の話が大好きなミューリは、確かに、と唸《うな》っていた。

そして少女の赤い瞳《ひとみ》が、こちらを見やる。

「……なで肩《がた》の兄様？」

まさにその瞬間《しゅんかん》の自分は、あだ名にぴったりだったろう。

「胃弱の……いや、心配性《しんぱいしょう》の？　堅物《かたぶつ》とか、唐変木《とうへんぼく》……あ、わからずや？　だったらおこりんぼうとかもいいかも」

途中《とちゅう》から単なる悪口や自身の不平不満に変わっているが、ミューリが前向きに評価してくれていないのはよくわかった。

「太陽の聖女様にはかないませんよ」

げんなりしてそう言えば、赤い瞳《ひとみ》をくりくりさせたミューリは、意地悪そうに首をすくめて笑っていた。

「大丈夫《だいじょうぶ》だよ、兄様。兄様が偽者《にせもの》の前に立ったら、どちらが本物かなんてすぐにわかるんだから」

普段《ふだん》からあれこれ手厳しいのに、こんなふうにまっすぐな気持ちも向けてくれる。

なんだかんだ毎回ほだされてしまうのは、こういうところできっちりあの賢狼《けんろう》ホロの血を引いているせいなのかもしれない。

けれどこの少女が賢狼《けんろう》の名を継《つ》ぐには、まだまだ経験が足りない。

「それがそうだったら、いいんですが」

「ん？」

腰帯《こしおび》を緩《ゆる》め、騎士《きし》団の紋章《もんしょう》が記されたそれを丁寧《ていねい》にたたんでいたミューリが、狼《オオカミ》の耳と一緒《いっしょ》に視線を向けてくる。

「私が本物であると示すのは、ちょっと大変なことになるはずです」

「……」

ミューリはその場の様子を想像するかのように、視線を右上の天井《てんじょう》、左上の天井《てんじょう》と向けてから、こちらに戻《もど》す。

「なんで？」

「あなたの口元に蜂蜜《はちみつ》がついていて、すぐそこに空の蜂蜜壺《はちみつつぼ》があれば、犯人は明らかですが」

「……」

嫌《いや》そうに目を細めたミューリは、尻尾《しっぽ》をばさばさ左右に振《ふ》る。

「あなたが二人いて、空の蜂蜜壺《はちみつつぼ》だけがあったとしたら？」

どっちも隠《かく》れて蜂蜜《はちみつ》を舐《な》めていそうだが、決定的な証拠《しょうこ》はない。

「聖人の逸話《いつわ》と違《ちが》い、私は奇跡《きせき》を起こせませんし」

権威《けんい》というものは確かに存在するが、それははっきり手に触《ふ》れられるものではないのだ。

なんなら神の御使《みつか》いでさえ、物乞《ものご》いに扮《ふん》していれば滅多《めった》に正体には気づかれないような話が、聖典には溢《あふ》れている。

「でも、カナン君やル・ロワのおじさんが、兄様を本物だって言ってくれるでしょ？」

「相手が同じように、こちらこそ本物だと言い張る仲間を引き連れていたら？　というか詐欺《さぎ》師の一味なら、当然そういうことをするでしょう。町の人たちは一体どちらを信用すればいいのかわからないはずです」

「えぇっ？　そんなの……」

ミューリは言いかけ、すぐに状況《じょうきょう》に気がついたらしい。

「そんな……でも、でも、本物は兄様じゃない！」

まさにその場にいるかのように詰《つ》め寄《よ》ってくるミューリを、そっと両手で押し返す。

「今まで私たちがどれだけハイランド様に助けられていたか、ということですね」

ウィンフィール王国や、王国から海を挟《はさ》んだ対岸地域なら、王族のハイランドの顔を直接知る者たちは多い。そうでなくても王国の紋章《もんしょう》入りの文書を見せられれば、誰《だれ》もがその権威《けんい》に敬意を払《はら》う。

けれどもここは遠く離《はな》れた内陸の土地であり、ウィンフィール王国の名前すら知らない者だって珍《めずら》しくないだろう。

聖堂都市エシュタットに無策で乗り込んでも、かえってこちらこそが偽者《にせもの》だと追《お》い払《はら》われかねない。

「じゃあ……どうするの？」

そう、どうするのか。そのことをずっと、部屋で考え続けていた。

一人偽者《にせもの》が現れたなら、きっとほかにも同じことを考える者が十人はいる。

公会議の開催《かいさい》を見据《みす》え、俗語《ぞくご》翻訳《ほんやく》された聖典の配布も控《ひか》えた今こそ、戦いの正念場といえる。偽者《にせもの》たちに薄明《はくめい》の枢機卿《すうききょう》の名を汚《けが》されれば、多くの人たちの努力と希望が費《つい》えしてしまうのだから。

自分には行動に出る責任がある。

ル・ロワが語ったように、名前だけ独り歩きしているというのは危険なことであり、我こそは薄明《はくめい》の枢機卿《すうききょう》であると世間に知らしめる必要がある。

そして相手が詐欺《さぎ》師なのだとしたら、正当な議論の末に嘘《うそ》を認めさせる、なんてお行儀《ぎょうぎ》のよいことは言っていられないだろう。ハイランドからの書状などを示すにしても、遠く離《はな》れたこの土地で王国の紋章《もんしょう》がどれだけ権威《けんい》を持つものかわからないし、詐欺《さぎ》師側も偽《にせ》の特権証書くらい用意していたって驚《おどろ》かない。

あれこれ考えると、こちらもそれなりの手段に出るしかあるまい、という結論に至る。

しかし具体的に考えていくと、どうしたってため息が出る。

それはその方法がうまくいくかどうかとか、その方法の野蛮《やばん》さとかに対してのものではない。

そんなことをした、その結果を想像してのことだった。

市場から戻《もど》ってきたミューリが、部屋の中にいる兄にしょぼくれた様子を見出《みいだ》したのなら、その印象は間違《まちが》っていない。

自分は聖人伝をたくさん知っているので、薄明《はくめい》の枢機卿《すうききょう》としての顔を売ることで、おそらく自分たちの生活が大きく変わってしまうことを容易に想像できたのだ。

どこに行っても人に群がられ、権力者に重用され、ついに彼らの期待に応えきれず、隠遁《いんとん》してしまう聖人の例は多い。

けれど教会を糺《ただ》すためとニョッヒラから出てきて、たくさんの人々の力を借りてきた。今更《いまさら》なかったことにする選択肢《せんたくし》など、あるはずもない。

それに、自分には頼《たよ》れる相棒がいるのだから。

「……なに？」

兄の偽者《にせもの》の話に怒《いか》り狂《くる》い、目に涙《なみだ》まで滲《にじ》ませてこちらを見つめているミューリ。

お嫁《よめ》さんにしてと大騒《おおさわ》ぎし、ようやくいくらか落ち着いたかと思えば、ルティアの件ではまたぞろ一人で空回りしていた。自分との旅が終わるかもしれないと思い込んで。

そんなミューリなのだ。

世界がどうなろうと私だけはあなたの味方です、なんていう約束は、ひっくり返せば、ミューリもまた、自分の味方ということのはずなのだ。

「ほら、そんな顔しないで」

ミューリの目尻《めじり》に滲《にじ》んだ涙《なみだ》を、親指の腹で拭《ぬぐ》う。

見た目はいささか頼《たよ》りない薄明《はくめい》の枢機卿《すうききょう》ではあるが、その力とはさて、一体なんだったか。

「きっと道は開けますとも」

「でも」

その難しさを言《い》い募《つの》ろうとしたミューリに、微笑《ほほえ》みかける。

ニョッヒラから、情熱だけで飛び込んだこの物語。

ミューリが毎日記している夢物語の、その遠慮《えんりよ》のなさにひけをとるものではない。

「私もこの旅で少しは学んできました。方法はありますよ」

この冒険《ぼうけん》から降りる選択肢《せんたくし》がないのなら、この冒険《ぼうけん》で負けることだって許されない。

ためらっている場合ではないのだと、覚悟《かくご》を決める。

そして覚悟《かくご》を決めれば、自分の手元にはたくさんの武器があることに気づける。

その気迫《きはく》が伝わったのかどうか。

ミューリはきょとんとして鼻を啜《すす》ると、たちまち耳と尻尾《しっぽ》をぱたぱたさせ始めたのだった。

出発までの数日の間に、手紙を二通書いた。

一通はル・ロワに頼《たの》み、商人たちの繋《つな》がりを利用してウィンフィール王国に送り出した。

もう一通は、ミューリに頼《たの》んで窓辺に鳥を呼んでもらい、その足に括《くく》りつけた。シャロンから言いつけられて自分たちの旅に同行している鳥で、お礼は露店《ろてん》で買ってきた甘い木の実だ。

「兄様がこんな計画を立てるなんて、ちょっと意外かも」

外套《がいとう》の上からごつい革帯《かわおび》を締《し》めた旅姿のミューリは、手紙を託《たく》された鳥が飛び立つのを見届けてそんなことを言った。その手紙は、ウィンフィール王国向けではない。

荒事《あらごと》が予想されるために、とある人たちに協力を打診《だしん》するものだった。

「同意しますよ」

と、ミューリに微笑《ほほえ》みかけてから、自分も旅支度《じたく》を始めた。

ルティアヤル・ロワたちが集めてくれた話では、聖堂都市エシュタットにてなにか騒《さわ》ぎが持ち上がっているというのは、本当のことらしい。

けれどそこに薄明《はくめい》の枢機卿《すうききょう》が関わっているというのは、そうだ、と言う人たちと、そうではない、と言う人たちがいるようで判然としなかった。

「エシュタットもかなり賑《にぎ》やかな街なんだよね？」

腰《こし》に長剣《ちょうけん》を提《さ》げたミューリは、体をひねって具合を確かめながらそう言った。

「みたいですね。内陸部では有名な、大市が開催《かいさい》されるようなところだそうです。おかげでいろんな噂《うわさ》が出回って、結局確かなことはなにひとつわからないと」

船頭多くして船山に上るではないが、エシュタットを実際に訪《おとず》れた旅人が大勢いたとしても、聞きかじりや憶測《おくそく》や、誇張《こちょう》や冗談《じょうだん》が相まって、どれが正解なのかは遠く離《はな》れた街からではさっぱりわからなくなってしまう。

ただ、聖堂都市エシュタットと近隣《きんりん》領主が対立しているという話だけは共通していて、なにか問題が起きているのは確かなようだ。

政情が混乱しているのなら、詐欺《さぎ》師としても仕事がやりやすいだろう。

「もちろん私の偽者《にせもの》がいなければそれに越《こ》したことはありませんが、選帝侯《せんていこう》を務める大司教がいて、大市が開催《かいさい》されるような聖堂都市なのです。いずれにせよ、薄明《はくめい》の枢機卿《すうききょう》のお披露目《ひろめ》会場としては申し分《し》ないでしょう」

ぎゅっと帯を締めながら、文字どおり腹をくくるように言う。

偽者《にせもの》の話が杞憂《きゆう》に終わったとしても、今後偽者《にせもの》が出ないように早急《さっきゅう》に手を打つ必要がある。

大陸側にて、薄明《はくめい》の枢機卿《すうききょう》とはどんな人物なのかを知らしめる必要がある。

そして本物の薄明《はくめい》の枢機卿《すうききょう》を見た人物が地元に帰り、いざ偽者《にせもの》が現れた際には、お前は本物と全然違《ちが》う！　と言ってくれるようにしなければならない。

薄明《はくめい》の枢機卿《すうききょう》の名と、その力を勝手に使われないように。

ただ、その理屈《りくつ》は重々承知していても、やっぱり誰《だれ》かが代わってくれるのなら、代わって欲しかった。

自分の顔など誰《だれ》にも知られず、書籍《しょせき》商の軒先《のきさき》で興味深い本を見つけたら立ち読みして、店主からこれ見よがしに咳払《せきばら》いされるくらいでちょうどいいのだ。

こっそりため息をついていると、なにものも聞き漏《も》らさない狼《オオカミ》の耳を持ったミューリが、体を寄せてきた。

「大丈夫《だいじょうぶ》。私がちゃんと側《そば》にいてあげるよ」

にっと笑うと、尖《とが》った犬歯がよく見えた。

「ええ、私が名声の重荷に耐《た》えられなくなったら、太陽の聖女様にすべてお願いしたいと思っています」

狼《オオカミ》の耳と尻尾《しっぽ》を生やしたおてんば娘《むすめ》は、背負った荷物を揺《ゆ》すってみせる。

「任せてよ！　またいっぱい結婚申込書《けっこんもうしこみしょ》をもらっちゃうからね！」

「そういうことでは張り切らなくていいんですけど」

「んっふふふふ」

ミューリはぐりぐりと頭をこちらの肩《かた》にこすりつけ、狼《オオカミ》らしい親愛の情を示してくる。

まったく暑苦しいが、不安な旅路の前には心強い。

「とりあえず、偽者《にせもの》をこらしめる件だけは、心配しないでいいからね」

「え？」

「いざとなったら、私がそいつに噛《か》みついて、森に埋《う》めちゃえばいいんだし」

この少女にはちょっとだけ、こういうところがある。

「必要ありません」

自分は、はっきりとそう言った。

「あなたにはおしとやかな淑女《しゅくじょ》に育って欲しいというのが、兄である私の願いなのですから」

ニョッヒラで口にしたのなら、鼻も引っかけないようなお説教。

けれどミューリはそれを聞くと、妙《みょう》に嬉《うれ》しそうに目を細め、「はあい」と子供らしさたっぷりに返事をしたのだった。


偽者《にせもの》を糾弾《きゅうだん》し、我こそは真の薄明《はくめい》の枢機卿《すうききょう》である、と示さなければならない。

しかし偽者《にせもの》と対峙《たいじ》する大変さは、ピエレへの対応の時点ですでに片鱗《へんりん》が窺《うかが》えた。

エシュタットにいるというのは偽者《にせもの》か、あるいは単なる噂《うわさ》であって、目の前にいる人物こそが薄明《はくめい》の枢機卿《すうききょう》だとルティアから告げられたピエレは、なにをご冗談《じょうだん》をと笑っていた。

けれども誰《だれ》も一緒《いっしょ》に笑わなかったので、戸惑《とまど》ったように、本当に？　と聞き返していた。

こんな覇気《はき》のない男が薄明《はくめい》の枢機卿《すうききょう》だなんて、と思ったのかどうかは定《さだ》かではないが、ピエレはそれから教会に引きこもってしまった。

カナン曰《いわ》く、己《おのれ》の信仰《しんこう》心が足りないがために真贋《しんがん》を見抜《みぬ》けないのだと、自責の念に駆《か》られているということだった。

ル・ロワとルティアは苦笑いし、ミューリはピエレに見る目がないと怒《おこ》っていた。

しかしどちらが本物かわからない時、ピエレのように内省し、祈《いの》りを捧《ささ》げる者だけではない。

そう考えると、この話が荒《あ》れる可能性は十分にあった。

「なにかあったら呼んでくれ。エシュタットなら簡単に駆《か》けつけられる。役に立てることもあるだろう」

見送りに立ってくれたルティアは、わざと牙《きば》を見せてそう言った。

「まあ、隣《となり》にいる騎士《きし》で十分そうな気もするが」

ミューリに向けてルティアが微笑《ほほえ》むと、兄を巡《めぐ》ってやきもちをやいていたミューリは、べーっとルティアに舌を見せていた。

そんなルティアと握手《あくしゅ》を交《か》わし、エシュタットを出立した。ミューリはルティアに対しあんな態度だったものの、何度も名残惜《なごりお》しげに振《ふ》り向《む》いて、ルティアに手を振《ふ》っていた。

そのたびにルティアは、律義《りちぎ》に手を振《ふ》り返してくれていた。

「またすぐに会えますよ」

旅の別れにまだまだ慣れないミューリは、無言のまま、うなずいていた。

自分たちが目指す聖堂都市エシュタットは、大雑把《おおざっぱ》に言えば大学都市アケントの真北にある。けれど途中《とちゅう》には低いながらも山がいくつかあって、ろくな道がないために迂回《うかい》するほかないらしい。

そこでまずは、ウィンフィール王国からアケントにきた時の道順を逆にたどり、北西にある海にさしかかったところで、大きく内陸側に入り込んだ海沿いに東に進んでいくことになった。

エシュタットは、その大きな湾《わん》の最奥《さいおう》に流れ込む川の河口に位置しているとのことだ。川による陸上交通と、波の穏《おだ》やかな湾《わん》という海上交通の要衝《ようしょう》に位置するエシュタットは、かつての古代帝国《ていこく》の時代に、北への進軍の重要な拠点《きょてん》として建設された古い教会が基《もと》になり発展したようだと、教会の歴史に詳《くわ》しいカナンが教えてくれた。

今の世に選帝侯《せんていこう》として大司教が統治する聖堂都市となっているのも、そういう歴史的経緯《けいい》が影響《えいきょう》しているのだろう。

かつては古代帝国《ていこく》の騎士《きし》たちを乗せた船が行き来していたのだろう湾《わん》は、とても穏《おだ》やかで、ほとんど湖とも思える見た目だ。東に進めば進むほどその感じは強くなり、やがて足元が泥《どろ》ちになり、潟《かた》と呼べるような地形になってきた。

水たまりのような浅瀬《あさせ》には多くの水鳥がいて、くちばしと脚《あし》のやたら細長い大きな鳥が、優《ゆう》雅《が》に食べ物を漁《あさ》っている姿が印象的だった。

そんなエシュタットまでの道のりは、見晴らしがよくて迷いようもなく、歩きやすいという意味では歩きやすかったのだが、少しだけ問題があった。

とにかく湿気《しっけ》が多かったのだ。

二日目の朝には、ミューリの髪《かみ》の毛《け》にすごい寝癖《ねぐせ》がついていたし、髪《かみ》がべたべたでまとまらないと言って怒《おこ》るので、仕方なく三つ編みにしてやった。

その翌日の昼には、お腹《なか》が減ったと頭陀袋《ずだぶくろ》からおもむろにパンを取り出したミューリが、悲鳴を上げてパンを放り出していた。青《あお》の瓢亭《ひさごてい》で少年たちと一緒《いっしょ》に焼いてきたパンが、毒々しい青と白のもさもさの黴《かび》に覆《おお》われていたのだ。

寒くて乾燥《かんそう》しているニョッヒラでは、黴《かび》といってもせいぜい地味な苔《こけ》みたいなものが生える程度。この手の黴《かび》は初めて見たのかもしれないし、焼き立てで水分をたっぷり含《ふく》んだパンがこんなにすぐ駄目《だめ》になるとは、思ってもみなかったのだろう。

自分は昔の旅を思い出して懐《なつ》かしささえ感じながら、ミューリが放り出したパンを拾って、表面の黴《かび》をむしっていく。最後に焚火《たきび》であぶってから食べると、ちょっとだけ土の香りがするが、これくらいなら全然問題ない。

慄《おのの》くミューリは、育ちの良《よ》いカナンならば共感してくれる、と思ったのだろう。

けれどカナンには神の御加護がある。

紋章《もんしょう》を手にして祈《いの》ってから、護衛が黴《かび》をむしってくれたパンを、息を止めて食べていた。

裏切り者、と言いたげなミューリだったが、自分が比較的《ひかくてき》ましなパンの黴《かび》をむしってから火であぶり、最後に一言魔法《まほう》を耳元で唱えてやると、目を瞑《つぶ》ってかじっていた。

冒険譚《ぼうけんたん》ではよくあることですよ、というのは実に効き目があったのだった。

「はるか昔は海の水位も高かったそうですから、この一帯は豊かな海だったのでしょうな」

昔の話など知らん、とばかりに唇《くちびる》を尖《とが》らせているミューリは、焚火《たきび》からも体を離《はな》している。

海沿いには木の一本もろくに生えておらず、せいぜいススキ野原があるばかり。

焚火《たきび》の中で弱々しく燃えているのは、そんなススキの下から掘《ほ》り起《お》こした泥炭《でいたん》だ。

エシュタット周辺は古くからの泥炭《でいたん》採取地だそうで、燃料に事欠かないのは助かるが、独特の匂《にお》いがするのでミューリにはきついらしい。

「この泥炭《でいたん》で燻《いぶ》した麦を使った酒はまた絶品だそうで、エシュタットの名産のひとつだとか」

あいにくと酒飲みはほとんどいないので、と思ったが、カナンの無口な護衛が、人知れず喉《のど》を鳴らしていた。

「しかしこれだけ水面が近い土地だと、数多《あまた》の水害に見舞《みま》われてきたでしょうね」

親戚《しんせき》に領主が多いカナンは、そういうことが気になるらしい。

「船をたっぷり使えるのは便利でしょうが、過去にはたくさんの苦労がありそうですな」

風景こそあまり生気の感じられないのっぺりした感じだが、昼間に海のほうを見やれば、しょっちゅう船が航行しているのが見えた。

ほとんどは喫水《きっすい》の浅いところを滑《すべ》るように進む小さな船だが、沖合には水道があるらしく、ある程度大きな船も航行していた。

陸路を行く旅人の数もそこそこあって、エシュタットの賑《にぎ》やかさが想像できる。

けれどいつもなら騒《さわ》がしいおてんば娘《むすめ》は、すっかり意気消沈《しょうちん》している。

「早く街に入りたい……」

旅で弱音を吐《は》くミューリなど、なかなか見られない貴重なものだ。

「あなたにも苦手なものがあるんですね」

黴《かび》たパンを放り出していた様子を思い出して、ちょっと笑ってしまう。

尻尾《しっぽ》を出さなかった自制心は、褒《ほ》めるべきかもしれないが。

「兄様の意地悪！」

肩《かた》を叩《たた》いたミューリは、毛布を体に巻いてぷいとふて寝《ね》してしまう。

ル・ロワやカナンも笑い、煉瓦《れんが》のような泥炭《でいたん》を焚火《たきび》に足す。

「明日には街の近くの旅籠町《はたごまち》にたどり着きましょう。いったんそこで情報を集めつつ、旅の疲《つか》れを癒《いや》しましょうか」

ル・ロワの言葉に、丸まっていたミューリの毛布がもぞりと動く。

「その宿は、もうじめじめしてない？」

いつもさらさらふわふわの自慢《じまん》の髪《かみ》の毛《け》は、どこかじっとりしている。

しかしル・ロワが笑顔《えがお》のままなにも言わなかったので、ミューリは我が身《み》を嘆《なげ》いて、再び丸まってしまったのだった。

「神は正しき道を我らに示されたのです。公平で、善意に満ち、すべての者が等しく幸福に暮らせる街に向けての道を」

謳《うた》うように説教をしているのは、優《やさ》しげで柔和《にゅうわ》な笑顔《えがお》の聖職者風の男だ。もさもさの髪《かみ》の毛《け》を振《ふ》り乱《みだ》し、稲妻《いなずま》のように檄《げき》を飛ばすピエレとは対照的に、聖典を片手に木箱の上に立ち、道行く人たちに滔々《とうとう》と語りかけている。

少なくない旅人たちが、まずはきょとんとし、やがて近くにいた訳知り顔の商人たちに説明され、驚《おどろ》きと共に分かれ道を右に進んでいく。

自分たちがその光景にでくわしたのは、もうそろそろエシュタットの市壁《しへき》が遠くに見えてくるかという、街道《かいどう》沿いの旅籠町《はたごまち》でのことだった。

「あれが兄様の偽者《にせもの》……？」

黴《かび》たパンの一件以来、すっかり心がささくれてしまったようで、不機嫌《ふきげん》そうなミューリは八つ当たりのように説教師を睨《にら》みつけていた。

「いえ、あれは単なる道案内のようですな」

エシュタットは春の大市も佳境《かきょう》ということで、人ごみが予想されていた。

けれどたどり着いた街道《かいどう》沿いの旅籠町《はたごまち》がやたら混んでいるのは、別の理由からのようだ。

商人たちに話を聞きにいっていたル・ロワが戻《もど》ってきて、教えてくれた。

「この道をまっすぐ行くとエシュタットですが、右に向かうと、希望の町オルブルクに続いているとか」

「希望の町？」

ミューリほどではないが、薄明《はくめい》の枢機卿《すうききょう》を騙《かた》るなど許すまじ、という想《おも》いを共有しているカナンもまた、旅籠町《はたごまち》の様子を目の当《まあ》たりにしてからはいささかご機嫌斜《きげんなな》めだ。

眉《まゆ》をひそめて、説教師を見つめている。

「あの語り口から、聖典の詩編第四節を模しているのでしょうが……地上に天の国が現れたなどというのは、異端《いたん》の常套句《じょうとうく》です」

詩編第四節は、虐《しいた》げられし民《たみ》がいよいよ災厄《さいやく》に見舞《みま》われた際、ついに神に導かれ、希望の町と呼ばれるところに向かう話だ。

冒険《ぼうけん》的な要素が強くて、教会でのお説教でも受けのいい題材だが、我こそは真の救世主と主張したがる人々にも人気の一節だった。

「カナン殿《どの》の見立てはさほど間違《まちが》っていないでしょう。どうやら薄明《はくめい》の枢機卿《すうききょう》様が、税のない公平な大市を開催《かいさい》しているようなのですからね」

分かれ道の右、方角的に東の、内陸部に続く道の先を見ながらル・ロワが言った。

「聖なる大市の開かれるオルブルクでは、すべての人が平等で、偉《えら》ぶる人はおらず、誠実な取引だけが行われるのだとか。薄明《はくめい》の枢機《すうき》卿《きょう》様は、そこで日々、人々にありがたい教えを授《さず》けられているそうです」

口調こそ大真面目だが、海の果てにあるという伝説の大陸の話を子供に聞かせているような感じがある。

カナンは呆《あき》れ果《は》てたようにかぶりを振《ふ》り、ミューリは憤慨《ふんがい》し、自分は肩《かた》を落とす。偽者《にせもの》の存在は、単なる噂《うわさ》ではなかった。しかも税のない公平な大市を開催《かいさい》しているときている。単純に名を騙《かた》り、その日の飲み食いを手に入れようという類《たぐい》のけちな詐欺《さぎ》師にしては、やっていることが派手だった。

「いかがしますかな」

薄明《はくめい》の枢機《すうき》卿殿《きょうどの》？　と、ル・ロワは悪戯《いたずら》っぽく、声に出さず口の形だけでこちらに問いかけてくる。

それでようやく、苦々しいけれども笑うことができた。

「状況《じょうきょう》がわからないですし、対決するにしても準備が整っていません。このままエシュタットに向かいましょう」

「同意します。希望の町とやらに、まともな宿があるかも定《さだ》かではありませんしな」

それは決して揶揄《やゆ》みたいなものではなく、カナンの護衛が手元で確認《かくにん》している地図からも明らかだ。あの説教師が示す右に折れる道をずっと進むと、やがてエシュタットに流れ込む川沿いの道と合流し、内陸部に続くらしい。その川をさかのぼっていくとやがてちょっとした港町があるらしいが、そこはオルブルクなどという名前ではないし、そこまでの間にはめぼしい町のようなものはなにもない。

この旅籠町《はたごまち》も、ろくに木々の生えないススキ野原の真ん中にぽつんとある感じなので、この周辺は作物が育たない泥炭地《でいたんち》が、延々と続いているだけなのだろう。

となると、オルブルクとやらは臨時の大市に隣接《りんせつ》する、野営場みたいなものと想像がつく。

旅の疲《つか》れを癒《いや》したいし、情報を集めるならエシュタットのほうがよさそうだ。

この旅籠町《はたごまち》には、税のない大市とやらに夢中な者たちしかいないようなのだから、偏《かたよ》った話しか聞けないだろう。

「さあ、皆《みな》さん！　素晴《すば》らしい世界へと一歩を踏《ふ》み出《だ》しましょう！」

人々を右の道にいざなう説教師の声を背中に聞きながら、自分たちは聖堂都市エシュタットに向けて、馬を進めていったのだった。

第二幕

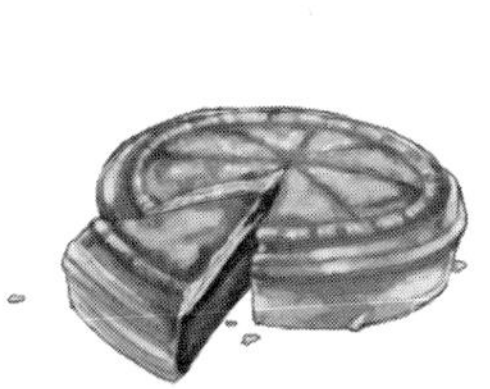

「うぅ～……着いた～……！」

そう言ってベッドに倒《たお》れ込んだミューリは、道中しまっていた耳と尻尾《しっぽ》を出して、二、三度横に振《ふ》ると、ぺたんと垂らしていた。

「そのまま寝《ね》ないでくださいよ」

「ん～……」

不満げに尻尾《しっぽ》を揺《ゆ》らすが、旅装ではさすがに寝苦《ねぐる》しかったのか、寝転《ねころ》がったままもそもそと服を脱《ぬ》ぎ始めている。

「まったくもう」

外套《がいとう》やら革帯《かわおび》やらを受け取って、長持ちの上に置いていく。

すぐ側《そば》の木窓から外を見やると、エシュタットの目抜《めぬ》き通《どお》りが見下ろせた。

「思ったより静かな感じでしたね」

エシュタットは押しも押されぬ選帝侯《せんていこう》の治める都市であること以外に、春と秋に開かれる盛《せい》大《だい》な大市もまた有名で、今まさに春の大市が佳境《かきょう》だとのことだった。

しかし街中は閑散《かんさん》とまではいかずとも、だいぶ寂《さび》しい感じがした。

本来ならば街にくるはずの多くの人々が、あの説教師の言葉に従って、税のない希望の町とやらに向かっているのだろう。

地図にもない、オルブルクという町。

それに薄明《はくめい》の枢機卿《すうききょう》が語るという、素晴《すば》らしき教え……。

ため息をついてから視線を部屋の中に戻《もど》すと、肌着《はだぎ》一枚になったミューリが、眠《ねむ》りに落ちようとしていた。

このだらしなさというか奔放《ほんぽう》さは、まったく賢狼《けんろう》ホロにそっくりだ。

かつての旅を思い出し、懐《なつ》かしくなるやら、血は争えないと呆《あき》れるやらだ。

「う～……兄様、やめて～……」

首根っこを掴《つか》んで起こそうとしても、枕《まくら》代わりの頭陀袋《ずだぶくろ》にしがみついて離《はな》れない。

じめついた海沿いの旅路がよほど堪《こた》えたのだろう。

黴《かび》だらけのパンを引き出して悲鳴を上げて以来、唯一《ゆいいつ》の楽しみの食事すら気を抜《ぬ》けなかったようなので、仕方ないかとも思うが。

「私たちは街に行きますけど、いいんですね？」

アケントで送り出した二通の手紙の返事がくる前に、自分たちでエシュタット周辺の状況《じょうきょう》を少しでも把握《はあく》しておきたい。

そのついでに温かい食事でも、と思っていたのだが、ミューリはその気力もないらしい。

ため息をついてから、馬の背に積んできた毛布を解き、ミューリの上にかけてやる。

身じろぎし、満足そうにひくひくする三角の耳を見れば、つい笑ってしまう。

「普段《ふだん》からこれくらいおとなしいと助かるんですが」

ややからかいを込《こ》めて頭を撫《な》でると、狼《オオカミ》の耳でぱしぱしと叩《たた》かれた。

それから廊《ろう》下《か》に出れば、ちょうどル・ロワとカナンも出てきたところだった。

「おや、ミューリさんは？」

「珍《めず》しく疲《つか》れのほうが上回ったみたいで」

「きちんと食事がとれない旅ほど、きついものはありませんからな」

北の地と南の地の旅はまったく様相が違《ちが》う。北の地の旅が、まばらな人家と骨まで凍《こお》る寒さに注意する必要があるのなら、南の地での旅はすぐに悪くなる食べ物と危険な水に注意する必要がある。

雪国生まれでふかふかの尻尾《しっぽ》を持つミューリにとっては、寒さよりも食事のほうが問題として辛《つら》かったようだ。

「ところで、エシュタットの名物というとなんでしょう？」

自分のその問いに、ル・ロワもカナンも、優《やさ》しげに微笑《ほほえ》んだのだった。


自分よりミューリのほうがよほどしたたかだし、なにより狼《オオカミ》の血を引いているので、並大抵《なみたいてい》の男たちでは到底敵《とうていかな》わない。

とはいえ、やはり初めて訪《おとず》れた街の宿屋にミューリを一人で残しておくのも不安で、下調べはル・ロワとカナンの二人に任せることとなった。

申し訳ないと平謝《ひらあやま》りする自分に、二人は滅相《めっそう》もないと言ってくれたが、すぴすぴ呑気《のんき》に眠《ねむ》るミューリの傍《かたわ》らに座っていると、軽くため息をつかざるをえない。

「私がいまいち活躍《かつやく》できないのは、少なからずあなたのせいもあると思いますよ」

兄の小言など右から左。

ミューリは狼《オオカミ》の耳をひくひくさせて、そよ風にくすぐられているみたいに気持ちよさそうに眠《ねむ》っていた。

こうしていても仕方ないので、旅装を片付けたり、だめになった糧食《りょうしょく》を処分してから、旅の途中《とちゅう》では落ち着いて食事のできなかったミューリのため、階下の酒場にエシュタット名物らしいウナギの香草《こうそう》焼《や》きを頼《たの》みにいった。湾《わん》ではミューリと同じくらいの背丈《せたけ》のウナギが捕《と》れるそうで、ちょっとした宴会《えんかい》料理らしい。

わかりやすい派手なものが好きなミューリは喜ぶだろうし、量が多くてもル・ロワやカナンの護衛がいれば食べきれるはず、なんて思っていたら、注文を聞いた宿屋兼《けん》酒場の主人から、いぶかしむような目を向けられた。

「あんたらが食べるのかい？」

質問の意図がわからず、目をぱちくりとさせる。

もしかしたらこの街では、特別な催《もよお》しの時に食べるようなものなのかもしれない。

そう思ったのだが、続いた言葉はこんなものだった。

「悪いが、食べるんならここじゃなくて、部屋でいいかい」

「えーっと……」

戸惑《とまど》っていたら、主人は肩《かた》をすくめてみせる。

「派手な料理を出すと目をつけられるからね」

下唇《したくちびる》まで突《つ》き出《だ》して、辟易《へきえき》顔。

まだ日の高い時刻なので、酒場に人がいなくてもそこまでおかしなことではない。

ただ、今は大市の期間中で、お祭りといえば宴会《えんかい》がつきもののはず。

「はく……薄明《はくめい》の枢機《すうき》卿《きょう》様、の関係でしょうか？」

白々しい言葉に、いささか喉《のど》の奥が引きつった。

しかし思い当たることといえばそれくらいしかないし、説教師の言葉を思い出せばいい。旅籠町《はたごまち》では薄明《はくめい》の枢機《すうき》卿《きょう》のありがたい教えとやらを説きながら、希望の町に続く道を教えていた。

主人はこちらを窺《うかが》うように見て、大きなため息をつく。

「正義のためにに戦ってくれてるのはもちろんわかるんだがね、うちはそう簡単に場所を移せる商売じゃない。大市の客を当《あ》て込んで仕入れた品もわんさかある。ほとほと困っててねえ」

酒場が静かなのは、時間帯のせいではなく、旅人の数が少ないのだ。

それにこの様子だと、夜になってもあまり盛り上がらないのだろう。

なぜなら、教会の風紀を糺《ただ》すべく立ち上がった薄明《はくめい》の枢機卿《すうききょう》が、街の外で正しい教えを説いているのだから、酒を飲んで騒《さわ》ぐなど言語道断。

ただ、少しわからない話も出てきた。

「実は、私たちも旅の途上《とじょう》で、薄明《はくめい》の枢機《すうき》卿《きょう》様の噂《うわさ》を耳にしたのですが」

声を潜《ひそ》めたのは、自分たちは薄明《はくめい》の枢機卿《すうききょう》の味方ではなく、あくまで中立の立場だと示すため。

「市壁《しへき》の外にある旅籠《はたご》町《まち》で、オルブルクという町の名を聞きました。ご主人が簡単に場所を移せないと言ったのは、その町で宿屋を開く、という意味ですか？」

「いかにもそうだ。肉屋、パン屋、酒屋はいいよ。荷馬車に積んでそっちに向かえばいいんだから。その他の職人たちも商売道具を抱《かか》えてほとんどあっちに行っている。雁首揃《がんくびそろ》えて残ってるのは、俺たち宿屋くらいのものだ。ああそれと」

主人は皮肉っぽく笑った。

「教会の連中ももちろん、この街で留守番だ」

オルブルクで薄明《はくめい》の枢機卿《すうききょう》を名乗る人物が説教しているのなら、確かに教会の聖職者たちは赴《おもむ》けないだろう。

「そのオルブルクというのは、一体？　地図にも載《の》っていないようなのですが……」

宿屋の主人は、閑散《かんさん》とした酒場を見渡《みわた》し、静かに言った。

「希望の町、約束の土地、それから」

主人の視線が遠くなる。

「真の教会の出発点だそうだ」


一抱《ひとかか》えもある大きな鉄鍋《てつなべ》の蓋《ふた》を開けると、ばちばち油の跳《は》ねる音と共に、大蒜《にんにく》と香草の香りが塊《かたまり》となって襲《おそ》ってきた。

ミューリは目を輝《かがや》かせ、ル・ロワとカナンの護衛はジョッキになみなみと酒を注ぎ、自分とカナンは暴力的ともいえる豪快《ごうかい》な料理を前に神の御加護を祈《いの》っていた。

たっぷり脂《あぶら》の乗ったウナギをナイフで輪切りにし、皿代わりのパンに載《の》せたミューリは満面の笑《え》みでかぶりつく。

自分も軽くほぐした身を食べれば、魚とは思えない脂《あぶら》と食感だった。

「街はもちろん、大聖堂も静かなものでした」

自分とミューリの部屋に全員が集まっているので、いささか狭《せま》い。

けれども繊細《せんさい》な話題を交《か》わすには、かえってよかったかもしれない。

輪の中心に、いかにも宴会《えんかい》で人気の出そうな料理があるのを除けば。

「オルブルクというのは、このエシュタットの大市の代わりに開かれている、聖なる大市とあわせてつくられた急ごしらえの町だそうで」

ル・ロワの言葉に、自分はなんだか座りが悪くなる。

「聖なる大市……?」

その言葉の組み合わせの悪さは、パンの中の砂のようだ。

「ここは聖堂都市ですから、大市の権益ももちろん大聖堂のもの。しかし薄明《はくめい》の枢機《すうき》卿《きょう》様は、大聖堂が大市で税を課したり儲《もう》けを得るのを不正だと糾弾《きゅうだん》しているようで」

ル・ロワはもちろん冗談《じょうだん》として薄明《はくめい》の枢機《すうき》卿《きょう》と口にしているのだが、ミューリはあまりお気に召《め》さないようで、目が尖《とが》りがちだ。

「しかしエシュタットの外で大市を開いているとしたら、同じ穴の……ウナギですよね」

自分の言葉に、意外なことに無口な護衛がちょっと噴《ふ》き出《だ》していた。

「大聖堂で若い助祭に寄付をしたら、色々話してくれましたとも」

寄付、という単語を深く追及せず、自分もウナギをもう少し食べる。口が痺《しび》れそうな塩辛《しおから》さと大蒜《にんにく》の匂《にお》いだが、それがまたくせになる。なるほど名物になるのもうなずけたし、ウナギは魚なので、聖堂都市としても都合の良《い》い料理なのだろう。

「元々、大市の権益はとある貴族のものだったのが、歴史の中で大聖堂に移譲《いじょう》されたようです。その貴族一門は、ずっとそれが不満だったようですな」

「それで、薄明《はくめい》の枢機卿《すうききよう》と手を組んだ？」

金儲《かねもう》けと薄明《はくめい》の枢機卿《すうききよう》。

聖なる大市もそうだが、組み合わせになんだかしっくりこないでいると、隣《となり》で早速《さつそく》ひとつ目の切り身を食べ終えたミューリが、こちらの膝《ひざ》を叩《たた》いてくる。

「兄様。薄明《はくめい》の枢機卿《すうききよう》は兄様だってこと、忘れてない？」

「……」

そうだった。話題になっている薄明《はくめい》の枢機卿《すうききよう》は偽者《にせもの》で、詐欺《さぎ》師の可能性だって十分にある。ならば筋のとおらないことをしていたとしても、なにもおかしくない。

「兄様は自覚が足りないんだよ、自覚が」

ミューリに言われると色々反論したくなるが、残念ながら正しい。

すると、ウナギに使われている香辛料《こうしんりよう》が効きすぎたのか、軽く咳《せ》き込んでいたカナンが葡萄《ぶどう》酒《しゆ》で軽く喉《のど》を流してから言った。

「可能性としては、本当に大聖堂が大市にかこつけて暴利をむさぼっていて、人々を苦しめてきた結果、それに対して立ち上がったというのが考えられます。薄明《はくめい》の枢機卿《すうききよう》という名は、教会に抵抗《ていこう》する者、という程度の意味なのかもしれません」

ありえないことではなさそうだが、酒場の主人と話した感じでは、あまりそういう感じもしない。

「もうひとつは、純粋《じゅんすい》に単なる利権の奪《うば》い合《あ》いですね」

自分もこちらを推《お》したくなるが、気になることはある。

「税のない大市だそうですけれど、それで成立するのでしょうか？」

人が集まる賑《にぎ》やかな場所というのは、確かに一見華《はな》やかでいかにも儲《もう》かりそうだ。

しかしその裏側では山ほど大変なことがあるのを、ほかならぬニョッヒラの里で湯屋の経営を手伝っていた経験から、痛いほど理解している。

人々が集まればそれだけで問題が起きるし、大騒《おおさわ》ぎの後始末には必ず費用がかかる。

大聖堂が大市の際に税を取るのも、儲《もう》けではなく大市の維持《いじ》に必要不可欠なもの、という可能性は十分にある。

「場合によりけりでしょうが……多分、聖なる大市は撒《ま》き餌《え》ではないのかと思いますな」

「撒《ま》き餌《え》？」

新しい食べ物の話か、とミューリが顔を上げる。

「本命は、希望の町そのものでしょう。貴族様は大市の権益こそ歴史の中で失ったものの、まだこの周辺の土地を広く所有しているようです。しかし旅の途上《とじょう》で明らかなように、作物がろくに育たない泥炭《でいたん》地のうえ、泥炭《でいたん》は今では人気のない燃料で、大して利用されていません。だとすると？」

自分は子供の頃《ころ》、しばらく凄腕《すごうで》の行商人と旅をさせてもらった。

「新しい町をつくり、土地の値段を吊《つ》り上《あ》げる」

縛《しば》り首《くび》の可能性を天秤《てんびん》に載《の》せてでも、詐欺《さぎ》師が薄明《はくめい》の枢機卿《すうききょう》のふりをするのに相応《ふさわ》しい利益かもしれない。

「貴族様が詐欺《さぎ》師に騙《だま》されているのか、それとも詐欺《さぎ》師を利用しているのか、あるいは本当に自分のことを薄明《はくめい》の枢機卿《すうききょう》と信じている誰《だれ》かを貴族様も信用しきっているのかまでは、わかりませんが」

自分の名を騙《かた》る誰《だれ》か、ということにやっぱりまだしっくりこないのだが、やはり単純な話でないことだけは確からしい。

「大聖堂としては、どのような対応を取っている感じでしたか？」

それにはカナンが答える。

「大市で暴利をむさぼっているなど言いがかりも甚《はなは》だしい、という感じでした。私はその真偽《しんぎ》がわかりませんが、わかっていることは、大聖堂が非常に立派で、天井《てんじょう》では漆喰《しっくい》に描《えが》かれた巨《きょ》大《だい》な天使が舞《ま》い、身廊《しんろう》には乳香《にゅうこう》の甘い香りが漂《ただよ》っていたということです」

これだけ大きい街で、しかも大司教が治める聖堂都市ならば、それは立派になるだろう。清貧《せいひん》という言葉はどうしても空《むな》しく響《ひび》くが、税そのものが強欲《ごうよく》というのも極端《きょくたん》だと思う。

要はそれが公正かどうか、という話なのだから。

「もっとも、薄明《はくめい》の枢機卿《すうききょう》……いえ、偽者《にせもの》の枢機卿《すうききょう》に対しては、大聖堂も強硬《きょうこう》手段にでるのをためらっている感じでした。都市の外の土地を広く所有する貴族様と、世に聞こえし教会の改革者を騙《かた》る人物が手を組んでいるようなのですからね。しかしこれは翻《ひるがえ》せば、帝国《ていこく》の一角を形成する聖堂都市でさえも、薄明《はくめい》の枢機卿《すうききょう》という名前には怯《ひる》むということです！」

カナンの頬《ほお》が、葡萄酒《ぶどうしゅ》のせいか、それともウナギの香辛料《こうしんりょう》のせいか朱《しゅ》に染まっている。

「この大陸でも、コル様の名がとてもよく広まっている証左です。これをみすみす詐欺《さぎ》師たちに利用させてはなりません！」

こちらに詰《つ》め寄《よ》らんばかりのカナンの手元から、ウナギの身が転げ落ちるのを護衛が防ぐ。

ミューリが湿度《しつど》の高い目でそんなカナンを見るのは、常々カナンのことを女の子ではないかと怪《あや》しむ、ミューリの縄張り意識のせいだろう。

「でも、兄様が本物だって証明するのは難しいんだよね？」

今のままでは確かにそうだ。そのためには慎重《しんちょう》に策を練る必要があるし、状況《じょうきょう》によっては援《えん》軍《ぐん》を待たねばならなくなるだろう。

ただ、誰《だれ》が本物なのかわかっていない状況《じょうきょう》というのは、それはそれで利用価値がある。

それに、宿の主人から聞いた言葉も気になっていた。

希望の町オルブルクは、真の教会の出発点。

偽者《にせもの》の枢機卿《すうききょう》は、果たして単なる詐欺《さぎ》師なのか。

「ひとつ、提案なのですが」

それから自分が述べた計画に、ミューリはおもむろに立ち上がって木の匙《さじ》を振《ふ》り回《まわ》しながら、大賛成！　と言ったのだった。

脂《あぶら》たっぷりのウナギに、歯ごたえ十分の堅焼きのパンで腹を満たしたミューリは、旺盛《おうせい》ないびきをかいて熟睡《じゅくすい》していた。

そうしてまだ夜も明けきらないうちからごそごそ起き出し、日課の剣《けん》の素振《すぶ》りを終えた後、文字どおり飛びかかって起こしてきた。

「兄様！　冒険《ぼうけん》の時間だよ！」

「う～……」

昨日の仕返しも含《ふく》んでいるのかもしれないが、とにかく目を覚まして起き上がる。まだ腹の中にウナギがどっしり居座《いすわ》っている感覚に呻《うめ》き、自分の三倍は食べていたはずのミューリの元気さに呆《あき》れてしまう。

「どんな変装でいく？　いつものように、私が大商人の跡取《あとと》りで、兄様がその家庭教師でい？」

ハイランドに用立ててもらった騎士《きし》風の衣装《いしょう》と、聖女らしい白いローブに、貴族の子弟《してい》に見える男装をベッドの上に広げ、肌着《はだぎ》一枚のミューリはうきうきと尻尾《しっぽ》を振《ふ》っている。

「それで構いませんが……それより、あなたはもう少し恥《は》じらいをですね」

「あ、兄様！　ちゃんと水浴びしてきてよ！　なんかちょっと黴臭《かびくさ》かったから！」

「……」

こちらの小言などどこ吹《ふ》く風だし、黴臭《かびくさ》かったと言うあたり、夜中にこっちの毛布に潜《もぐ》り込んでいたのだろう。

諦《あきら》めて中庭の井戸で水浴びをして、ついでにたっぷりの祈《いの》りを捧《ささ》げて部屋に戻《もど》れば、そこには見分を広げるために諸国漫遊《まんゆう》中の、貴族の子弟《してい》がいたのだった。

「おはようございます」

やいのやいのやっていた騒《さわ》ぎが聞こえていたのだろう、着替《きが》えもいち段落すると、カナンが部屋にやってきた。

「旅の疲《つか》れのほうはいかがですか？」

少し笑ったように尋《たず》ねてくるのは、朝から元気な様子がわかっているからだ。

「おかげさまで。はい、ミューリ、できましたよ」

長い髪《かみ》の毛《け》は帽子《ぼうし》の中にしまっておくこともできたが、ミューリは三つ編みをご希望だった。

自信満々な所作がそう見せるのか、おさげ姿でも少年ミューリに違和感《いわかん》がない。

「カナン君は、ここのきょーかいへの潜入頑張《せんにゅうがんば》ってね」

おさげを尻尾《しっぽ》のように揺《ゆ》らして満足してから、ミューリは腰《こし》に長剣《ちょうけん》を提《さ》げ、具合を確かめる。

「はい。そちらはお任せください。ル・ロワさんと合わせて、この街の下調べは完璧《かんぺき》に終わらせておきますとも」

昨晩提案したのは、自分とミューリによるオルブルクの偵察《ていさつ》だった。

ル・ロワは書籍商《しょせき》ゆえ、どこでばったり知り合いと出くわすかわからない。カナンのほうは大聖堂でより詳《くわ》しい状況《じょうきょう》を聞き出すため、聖堂と敵対しているオルブルクに赴《おもむ》くことはできない。となると、まだ正体を知られていない薄明《はくめい》の枢機卿《すうききょう》なら、オルブルクにいる偽者《にせもの》の枢機《すうき》卿《きょう》がなにをして、どんな人物なのか詳《くわ》しく把握《はあく》できるだろうという考えだ。

「で、ル・ロワのおじさんは？」

姿の見えないル・ロワのことをミューリが気にすると、カナンは珍《めずら》しく半笑いを見せた。

「うちの者と一緒《いっしょ》に遅《おそ》くまで、エシュタット名産のお酒を飲んでいたらしく」

泥炭《でいたん》で燻《いぶ》した麦を使う酒だと言っていた。

酒飲みたちの話を聞いて、なにか羨《うらや》ましそうな顔をしているミューリにため息をつく。

「駄目《だめ》ですからね」

ミューリは悪戯《いたずら》を発見された時のように背筋を伸《の》ばし、こちらを見ていーっと歯を見せた。

「オルブルクに長居はしないと思います。早ければ明日か、明後日《あさって》には」

「はい。ウィンフィール王国からの返事も、そのくらいにはここに届きましょう。留守番はお任せください」

そんな自分とカナンをよそに、お酒のことで釘《くぎ》を刺《さ》されたミューリは、ことさら大袈裟《おおげさ》に外套《がいとう》を羽織って言った。

「いざ、出陣《しゅつじん》!」

ピエレの真似《まね》だろうとわかって、楽しそうに笑うカナンの横で、自分は肩《かた》を落としたのだった。


馬にまたがり、ぽくぽくと街道《かいどう》を東に進む。

エシュタットはさすが選帝侯《せんていこう》も務める大司教が治める街で、市壁《しへき》の外に出るだけでも結構な距離《きょり》があった。

街の雰囲気《ふんいき》も、地図の上ではアケントより北にありながら、より南のそれに近い。「南の帝国《ていこく》」の一部ということで、様々な南の文物が入ってくるのだろう。

硝子《ガラス》がふんだんに使われた豪奢《ごうしゃ》な商店に並ぶ色とりどりの帽子《ぼうし》や、市内を流れる運河に掛かった橋の上にずらりと並ぶ金や銀の細工師たちの仕事場など、ミューリの目を奪《うば》うものには事欠かない。酒が名物というだけあって、顔が映り込むほどぴかぴかの銅で蒸留器が造られている工房《こうぼう》街では、馬から落ちそうなくらい身を乗り出して、興味津々《きょうみしんしん》の様子だった。

けれど街には全体的にいまいち活気がないし、街の中心部にある大広場を通りかかった際には、大市のために用意されたものの店主のいないまま放置された露店《ろてん》があちこちにあった。

「賑《にぎ》やかな時にきたかったなあ」

お祭り好きなミューリの寂《さび》しそうな声に、珍《めずら》しく自分も同意したのだった。

市壁《しへき》を出ると再び湿《しめ》った風が頬《ほお》を撫《な》で、ミューリはうんざりしたように肩《かた》をすくめていた。

エシュタットの街中が石畳《いしだたみ》でびっしり舗《ほ》装《そう》されているのは、おそらく贅沢《ぜいたく》なのではない。大地に石で蓋《ふた》をすることで、湿気《しつけ》から身を守っているのだろう。

湿気《しつけ》は容易に病を呼び込むし、水害対策の意味もありそうだ。

そしてその町並みの維持《いじ》には当然費用がかかり、税が必要となる。

そんなことを考えていたら、ミューリが早速《さつそく》ぷりぷり怒《おこ》っていた。

「も～……温泉の側《そば》でもこんなにじめじめしないのに！」

「尻尾《しつぽ》もしまっておいたほうがいいのでは？」

同じ馬にまたがり、手綱《たづな》を握《にぎ》る自分の両腕《りょううで》の間に収まっているミューリは、誰《だれ》の目があるわけでもないので耳と尻尾《しつぽ》を出している。

春から初夏に移り変わろうかというこの季節、もさもさの尻尾《しつぽ》が少し暑い。

「兄様に櫛《くし》を入れてもらうから平気」

こちらが暑がっていることをわかっているのかどうか、ミューリはそんなことを言って、尻《しつ》尾《ぽ》をわさわさささせていた。髪《かみ》の毛《け》ほど尻尾《しっぽ》に執着《しゅうちゃく》しないのは、母たる賢狼《けんろう》とは逆だ。

「それより兄様」

ミューリがこちらの胸に背中を預けながら言った。

「カナン君もル・ロワおじさんもいないんだから、本気出していいんだよね？」

少し間を開けてこちらを振《ふ》り向《む》いたミューリの目は、赤く輝《かがや》き、わずかに細められている。

「いざという時には、です」

そう答えるとますます目を細められたが、否定しないのは肯定《こうてい》の証《あかし》とでも思ったのか、口のほうはゆっくりと笑い、狼《オオカミ》の耳が嬉《うれ》しそうにぱたぱたしていた。

「兄様の偽者《にせもの》が詐欺《さぎ》師なんだったら、夜中にねぐらから引きずり出して、誰《だれ》もいない野原でおしっこちびるくらい脅《おど》かしちゃえばいいんだよ」

寝静《ねしず》まったところに現れる大きな影《かげ》。

悲鳴を上げる間もなくものすごい力で引きずり出され、そのままどこかに連れ去られる……。

効果的かもしれないが、どんな噂《うわさ》が立つかわかったものではない。

「まだ相手の思惑《おもわく》もわかりませんからね。どちらかというと、こっちのほうでしっかり聞き耳を立ててください」

顎先《あごさき》でミューリの狼《オオカミ》の耳をちょんと押すと、くすぐったそうに首をすくめていた。

「じゃあ、最初から狼《オオカミ》の格好にする？」

聖人伝の中には、獣《けもの》を従えている聖人の話も少なくない。

それに銀色の狼《オオカミ》を従えた若き旅の聖職者なんて、夢見がちなミューリではないが、忘れかけていた少年の心が騒《さわ》ぎかける。

「私が目立ったら偵察《ていさつ》の意味がありませんよ」

胸中のわくわくをミューリに嗅《か》ぎつけられる前に、建前を述べておく。

「つまんないの」

そう言う割りには、ミューリの口調は弾《はず》んでいる。

「ねえねえ、なんだかこういうの、久しぶりだね」

二人だけの冒険《ぼうけん》、ということだろう。

「たくさんの人と知り合いましたからね」

「うん」

ミューリは小さくうなずいて、またこちらの胸に背中を預けてくる。

騎士《きし》の紋章《もんしょう》をつけていないので、今日は甘え放題のようだ。

「賑《にぎ》やかなのもいいけど……色々隠《かく》さなきゃいけないのがなあ」

「私が目立つのは嫌《いや》だと言った気持ち、少しはわかってくれましたか？」

我こそは薄明《はくめい》の枢機卿《すうききょう》。

そう名乗った後の生活は、今までとは同じではないだろう。

「それはまあ、そうなんだけど」

体を起こし、座り直したミューリがこちらを振《ふ》り向《む》く。

「でも、兄様のことだって、そんなに悪いことばっかりじゃないと思うけどな」

「あなたがついているから、と言いたいんですか？」

こちらの言葉に、ミューリは笑って目を細める。

「それもそうだけど、お忍《しの》びで城下町に遊びにいくお姫《ひめ》様と、それを守る騎《き》士《し》様の楽しいお話だっていっぱいあるでしょ？」

「ああ、確かにそういうのがあり……え？」

そこで姫《ひめ》と騎《き》士《し》という例を出すあたり、ミューリは相変わらずだ。なにせ、騎《き》士《し》の役はすでに取られているのだから。

くすくす笑ってから、後頭部をドンとこちらの胸に当ててくる。

「まだまだいっぱい冒険《ぼうけん》しようね！」

馬が頭を上げるくらいの元気な声に、はいはいと返事をするので精いっぱいなのだった。


希望の町オルブルク。

予想では、臨時の大市の側《そば》につくられているちょっとした集落だろうと思っていた。

結果は、半分当たりで、半分外れ。

驚《おどろ》くべきはその規模と、その活気だった。

「うわ～……！」

ミューリが感嘆《かんたん》の声を上げ、馬の上で立ち上がる。

そんなおてんばをしたところで、誰《だれ》もちらとも視線を寄こさない。

それくらいに賑《にぎ》やかなのであり、オルブルクは今まさに建造されている真っ最中の町だった。

「すっごいね、兄様！」

ウィンフィール王国では、シャロンたちの修道院や聖典を印刷する工房《こうぼう》を用意するため、廃《はい》墟《きょ》となっていた貴族の屋敷《やしき》の改修を監督《かんとく》したりもしたが、まったくその比ではない。

オルブルク、希望の町、なんて文字を彫《ほ》られた木の看板が、誇《ほこ》らしげに道に打ち立てられ、その奥では煉瓦《れんが》職人《しょくにん》が煉瓦《れんが》を積み、木工職人たちが槌《つち》で木の柱を立てている。

体中泥《どろ》だらけの男たちが、えっさえっさと肩《かた》に担《かつ》いだもっこで土砂《どしゃ》を運んでいくのは、井戸を掘《ほ》っているかららしい。

そんな大騒《おおさわ》ぎの中、掘立《ほったて》小屋というのもおこがましい手作りの露店《ろてん》で、たくさんの人たちが商《あきな》いをしていた。煮《に》炊きの煙《けむり》が上がる後ろでは、柵《さく》に囲われて鶏《にわとり》や豚《ぶた》が走り回っている。

人々の顔が活気に満ちた笑顔《えがお》でなければ、野戦場と間違《まちが》えるかもしれない。

「ちょっとした臨時の大市……という感じではないですね」

入植、という言葉をすぐに思いついたが、ここは立派な市壁《しへき》を構えた聖堂都市エシュタットから、一昼夜と離《はな》れていない目と鼻の先。やせた土地から生き残りをかけて出てきた者たちが、新天地として目指すような僻地《へきち》ではない。

一体なぜこんなところに？　というのが素直《すなお》な疑問だった。

「おや、旅の方ですかな」

オルブルクの、なにもかも泥《どろ》まみれだが猥雑《わいざつ》な活気に満ちた光景に呆気《あっけ》に取《と》られていたら、声をかけられた。

振《ふ》り向《む》くと、泥《どろ》の跳《は》ねでやや汚《よご》れてはいるものの、僧服《そうふく》を身に纏《まと》った男だった。

「希望の町オルブルクへようこそ、我らが友よ」

男はにこやかに微笑《ほほえ》み、馬上のこちらに手を差し出してくる。

やや気圧《けお》されながら挨拶《あいさつ》を返し、手を握《にぎ》ると、ミューリも握手《あくしゅ》をしていた。

「拙僧《せっそう》がなにかお力になれますかな？」

初めて訪《おとず》れた町で、こんなふうに声をかけられたら詐欺《さぎ》師を警戒《けいかい》するところだが、賑《にぎ》やかすぎてそんな頭も働かない。

「ええっと……」

「私たち、世の中をたくさん見て回っているんですけど！」

口ごもる自分の横でミューリが元気よく言って、ひょいと馬から降りてしまう。

「とっても驚《おどろ》きました！　町が今まさにつくられてるなんて！」

演技、というにはあまりに真に迫《せま》ったミューリの輝《かがや》いた笑顔《えがお》に、聖職者風の男はからからと笑い、誇《ほこ》らしそうにうなずいていた。

「いかにも、いかにも。ここは希望の町オルブルク。悪徳にまみれた聖堂都市エシュタットに住むのをよしとしない人々が集まり、ここに正義と神の名の許《もと》に新たなる町をつくろうとしているのです」

木を打つ音や荷馬車が行《い》き交《か》う音に、人々が互《たが》いに掛《か》け合う声。

戦場と違《ちが》うのは、皆《みな》の顔が明るいことだ。

自分も馬から降りると、こちらから尋《たず》ねてみた。

「旅籠町《はたごまち》では、はく……薄明《はくめい》の枢機卿《すうききょう》のお名前を聞いたのですが」

薄明《はくめい》の枢機卿《すうききょう》、なんて自分から言うのが恥《は》ずかしくて、やや喉《のど》が引きつってしまう。

けれど僧服《そうふく》を着た男は気にした風もなく、むしろその言葉を待ってましたと言わんばかりに破顔した。

「いかにも！　このオルブルクは、長年にわたってエシュタットの悪辣《あくらつ》なる大司教を糾弾《きゅうだん》していたホーベルン家の領主様と、神の真なる教えを説いていた薄明《はくめい》の枢機卿《すうききょう》様が、神のお導きによって出会われたことから始まっているのです！」

ホーベルン家というのが、大市の権益を巡《めぐ》って聖堂都市と対立している領主なのだろう。

ただ、自分はなにかその名に聞き覚えがあるような気がした。

なんだったろうか、と思っていると、そこにミューリが言う。

「薄明《はくめい》の枢機《すうき》卿《きょう》様は、今もここにいらっしゃるんですか?」

いかにも育ちの良《よ》い子息のふりをして、あどけない感じに尋《たず》ねるミューリだが、もちろんちらりとこちらを見る時の視線はいつものミューリだ。

「ええ、おりますとも。我らが『始まりの教会』にて、人々のために祈《いの》りを捧《ささ》げられています」

へ〜、と感心していたミューリがこちらをはっきり見る。

「兄様、薄明《はくめい》の枢機《すうき》卿《きょう》様に、神様の教えを聞きにいこうよ!」

ミューリの嬉《うれ》しそうな顔は、嘘《うそ》ではあるまい。

わざとらしい演技が楽しくて仕方ないのだろうし、どんな間抜《まぬ》けが薄明《はくめい》の枢機《すうき》卿《きょう》のふりをしているのか確かめるのが楽しみなのだ。

「ええ、ですが……突然《とつぜん》押《お》しかけてしまっては……」

「なんと、なんと。薄明《はくめい》の枢機《すうき》卿《きょう》は聖堂都市の大司教と違《ちが》い、あらゆる人々を拒《こば》みません。『始まりの教会』にて説教をなされた後でしたら、お話しする機会は全員に開かれていますとも」

老若男女《ろうにやくなんによ》に囲まれ、病人の手を取り、赤子を抱《だ》き上《あ》げる薄明《はくめい》の枢機《すうき》卿《きょう》。

そんな場面を想像すると、いかにも聖人伝に出てきそうな一場面だ。

「薄明《はくめい》の枢機卿《すうききょう》によるお説教が始まる頃《ころ》には、鐘《かね》が鳴らされますからすぐにわかりますよ。ただ、早めに行って並ばれるのをお勧《すす》めします。この町の人々が一斉《いっせい》に押しかけますからね！」

「だってさ、兄様！」

その笑顔《えがお》は、狩《か》りの獲物《えもの》を見つけたぞ、という喜びの笑顔《えがお》。

自分はややひきつり気味に微笑《ほほえ》み返してから、僧服《そうふく》の男に言った。

「ありがとうございます。今少しオルブルクを見て回ってから、訪ねてみたいと思います」

「ええ、神の御加護があらんことを」

そう言って祈《いの》る僧服《そうふく》の男は、すぐにまた別の旅人を見つけたようで、同じように声をかけていた。ああいうふうに旅人に声をかける者というのは、普通《ふつう》ならば無理やり町の案内を買って出て、最後に手間賃をねだってくる詐欺《さぎ》師と相場が決まっているのだが、まったくそんな素振《そぶ》りはなかった。

もしも彼の僧服《そうふく》が本物なのだとしたら、おそらくこの町のため、自ら率先して行動しているのだろう。

「偽者《にせもの》がいるのはこれで決まりだね」

ミューリは鼻を鳴らしてから、こちらを見やる。

「お話、聞きにいくんでしょ？」

「それは、まあ」

口ごもると、ミューリがきょとんとする。

その視線を受け、小さくため息をつく。

「もっといかにも、けちな詐欺《さぎ》っぽいことを想像していましたから」

「……」

ミューリは目をぱちぱちとさせてから、周囲を見回している。

「それは、ちょっとわかるかも」

「町の人々は騙《だま》されているのでしょうか？　こんなに多くの人たちが？」

「みんな、楽しそうだしね」

一番楽しそうなのは自分の隣《となり》にいる少女のような気もするが、その言葉もまた確かだ。

「今少し、見て回ってみましょうか」

薄明《はくめい》の枢機卿《すうききょう》のお説教前には鐘《かね》が鳴らされるというから、聞《き》き逃《のが》すこともあるまい。

「けど、希望の町かあ」

ミューリはわくわくを隠《かく》せないという顔をして、大きく息を吸うと、吐《は》いていた。

「町って、つくれちゃうんだね」

その言葉と横顔で、自分はようやく、ミューリがこの町になにを見ているのか気がついた。

新大陸につくるという、人ならざる者だけの国。

ミューリは、夢が現実になりうる可能性を、ここに見出《みいだ》したのだ。

「ペンとインクは持ってきましたか？」

ちょっとからかうように尋《たず》ねると、ミューリはこちらを見上げ、「もちろん！」と言ったのだった。

ミューリから聖典の言い回しについて聞かれると、どれだけ忙《いそが》しくてもついつい親身になって答えてしまうように、職人たちもキラキラ輝《かがや》いた目で仕事について質問されると悪い気はしないらしい。どこにいっても、なんだなんだと職人たちが集まってきて、ミューリにあれこれ教えてくれていた。

自分がその輪にいても邪魔《じゃま》なだけなので、こちらはこちらでミューリの苦手分野を調べることにした。

それが、町のあちこちで開かれている辻《つじ》説教だった。

「こうして神は我らに麦だけでなく、魂《たましい》の糧《かて》を与《あた》えられ――」

辻《つじ》で語られるのは、ありきたりといえばそうだが、教会でそのまま繰《く》り返《かえ》されてもなんら違《い》和感《わかん》のない説教ばかりだった。

道行く人々はその話に足を止め、熱心に聞き入っている。

大きな街ならば辻《つじ》説教も珍《めずら》しくないが、逆に人々が足を止めることはあまりない。たむろしていると治安を守る衛兵に追いやられるし、街はたいてい小さな教区に分けられていて、赤子の洗礼から死者の埋葬《まいそう》まで面倒《めんどう》を見てくれる専属の司祭がいるからだ。わざわざよそ者の説教を聞く必要などない。

けれど地元の人々が親しむのは司祭だけで、彼ら司祭を束ねる教区長や、教区を束ねる司教など、聖職者は階梯《かいてい》を上がるたびに信徒との距離《きょり》が開いていく。司教を任命する権限を持つ大司教ともなれば、平民と口をきく機会などまずないだろう。

彼らの行動はほぼ貴族と同じで、莫大《ばくだい》な資産を意のままにし、豪奢《ごうしゃ》な荷馬車に乗って平民の信徒たちを犬のように追《お》い払《はら》うというのは、決して大袈裟《おおげさ》な悪口ではない。

エシュタットの大司教がそこまで悪人かはわからないが、自分たちにオルブルクのことを説明してくれた僧服《そうふく》の男は、明らかにエシュタットに対して友好的ではなかった。

ここには、エシュタットに暮らすのをよしとしない人々が集まっているというので、わけても信仰《しんこう》に篤《あつ》い者たちが多いのかもしれない。

旅の説教師たちもそういう噂《うわさ》を聞きつけて、喜び勇んでやってきたのだろうか。

辻《つじ》説教をする彼らの身なりは様々で、いかにも神学博士という感じに聖典を手にして穏《おだ》やかに話す者たちから、あのピエレのようにほとばしる説教をする者もいる。

試《ため》しに神学的な質問をしてみたが、すぐに聖典からの引用を返されたので、少なくとも彼らのすべてが偽説教師《にせ》というわけではないともわかる。

あるいは、しっかり下調べまでしている手練《てだ》れの詐欺師《さぎ》なのか……。

疑えばいくらでも疑えるが、うがった見方をしないのであれば、ここには薄明《はくめい》の枢機卿《すうききょう》の考えに共鳴して、彼を支えようとする者たちが集っていることになる。

町をそぞろ歩いていると、巡礼途中《じゅんれいとちゅう》にたまたま立ち寄ったという感じの修道士の一団もいて、驚《おどろ》き交じりに熱心に町の様子を観察していた。

その間を忙《いそが》しそうに走り回る職人たちと、商《あきな》いに勤《いそ》しむ商人たち。

あちこちの辻《つじ》にいる、聖職者。

なにか、夢を見ているような気になってくる。

薄明《はくめい》の枢機卿《すうききょう》は兄様なんだよ、という声が頭の中で響《ひび》く。

けれど、自分はここにいて、誰《だれ》からも特に注意を払《はら》われない。

そして薄明《はくめい》の枢機卿《すうききょう》の名を騙《かた》る者は、現実として、こんな町がつくれるほどの人々を集めている。薄明《はくめい》の枢機卿《すうききょう》がその気になれば、大きな力を発揮することができるという、その漠然《ばくぜん》とした言葉に、現実の肉体を与《あた》えている。

ふと、自分の手を見る。

この手に、本当に、そんな力があるというのだろうか？

ひと振《ふ》りすることで野原に町ができてしまうような、そんな力が？

そこに、鐘《かね》の音が聞こえてきた。

教会の尖塔《せんとう》で鳴らされるのとは違《ちが》う、いかにも重みのない手持ちの鐘《かね》の音だが、すべてが手作りのこの町にはいかにも相応《ふさわ》しい。

そのやや忙《せわ》しない鐘《かね》の音で、多くの人々が誘《さそ》い合って一か所に向かって歩き出す。

「薄明《はくめい》の、枢機卿《すうききょう》」

その者の、説教を聞くために。

町の人々の流れにふらふらとついていき、町の中心部に向かう途中《とちゅう》、ミューリと合流した。

ミューリは手持ちの紙をあっという間に使いつくしてしまったようで、裏と表にびっしり文字が書かれた紙を今度は横向きにして、十字に交差するように文字を書いている。

なんだかよくわからない図もたくさん描《えが》かれていて、ちょっと見た感じでは工具だったり、掘立《ほったて》小屋の設計図だったりと色々だが、そのうちの一枚は地図のようだった。

「オルブルクの地図ですか？」

たずねると、ほっぺたにインクと泥《どろ》をくっつけたミューリは嬉《うれ》しそうに目を輝《かがや》かせて紙をこちらに突《つ》きつけてくる。

「新大陸につくる町！」

「……」

ここは泥地《でいち》に無からつくられた町だ。

ミューリの関心は、すっかり偽者《にせもの》の情報を集めることから、いつかつくろうと目論《もくろ》む人ならざる者たちの住む国や町の建設に移っていたらしい。

確かに、植民の村だってこんな活気には満ちていないだろうから、ミューリが夢中になるのもわからなくはない。

「兄様は修道院じゃだめって言うから、町ならいいでしょ？」

一瞬《いっしゅん》、言わんとすることがわからなかったが、シャロンたちみたいに修道院を建てれば、そこでずっと暮らせるとかなんとかいう話を思い出す。

「だめというのは、あなたが修道女の生活には耐《た》えられないだろうから、ということです」

「だから町にしてみたの。ねえ、ほら、見てみて！」

なにがだからなのかとため息が出るが、夢中で描《えが》いたらしい夢の町の見取り図を見る。

「広場の中心にあるのは……浴場ですか？」

さすがニョッヒラ生まれの少女だ。

「うん。それで北側には大きな書庫と、ル・ロワおじさんの本屋さん。東側には兄様が大好きな礼拝堂があって、そこからぐるりと広場を取り囲むように、お散歩用の道があって、兄様が考え事をしたい時にぴったり。ほら、ここには日当たりのいい丘《おか》もあるんだよ」

ほう、と思わずうなずいてしまう。

ル・ロワが納品してくれる本屋と、保存するための書庫に、思索《しさく》のための散歩道と礼拝堂。

そんな町を想像して、唸《うな》る。

「悪く……ないですね」

「でしょ？　西側には、お店屋さんが欲《ほ》しいかなって。あと、工房《こうぼう》とかも欲《ほ》しいよね。本を作る工房《こうぼう》と、武具を作る工房《こうぼう》と、それからお酒を造る工房《こうぼう》」

「お酒？」

聞き返すと、ミューリが胸を張る。

「私もいつまでも子供じゃないもの」

「……」

いかにも子供っぽい発言なのだが、間違《まちが》いでもないので小さなため息で済ませておく。

「ところで、これはなんですか？」

こぢんまりとした町の周囲を、散歩道とは別のなにかがぐるりと囲っている。

「これは、市壁《しへき》！」

冒険譚《ぼうけんたん》が大好きなだけあって、きちんと考えられている。

四隅《よすみ》に塔《とう》があり、弓矢を持った誰《だれ》かが立っている。

「こんな町なら、兄様が誘拐《ゆうかい》される心配もないし、礼拝堂と本屋さんと散歩道をずっとぐるぐるしてるでしょ？」

旅の終わりを意識して、動揺《どうよう》した挙句にルティアの暗い目論見《もくろみ》に手を貸していたミューリ。

いつかくる終わりを前に、いつまでもめそめそしているミューリは、ミューリらしくない。

途方《とほう》もなく明るい未来を、無邪気《むじゃき》に追いかけているくらいがちょうどいいのだ。

「ですが、これだと少しもったいなくありませんか？」

「ん？」

「市壁《しへき》で囲んでしまったら、あまり人が住めませんよ。そのあたりを改善していけば、良《よ》い町になると思います」

とても単純な、いかにも子供が夢見る無邪気《むじゃき》な町の設計図に、そんな指摘《してき》をするのは野暮《やぼ》かもしれない。けれどミューリが用意してくれた土台はとてもよく、いつかどこかの町に司祭として赴任《ふにん》することができたら、こんな理想の町を目指すのもいいかもしれない。

そう思っていたら、ミューリはこちらの手から紙を取り返し、ためつすがめつしてから、胸に抱《だ》いていた。

「これはこれでいいの」

大人の余計な指摘《してき》だったか、と謝ろうとしたら、ミューリはやけに嬉《うれ》しそうな顔でもう一度夢の町を見つめていた。

「兄様専用の町だもの」

「……」

ほれぼれとした様子のミューリと、その胸に抱かれた理想の町。

礼拝堂と本屋と散歩道があれば、兄は延々そこをぐるぐるしているからと。

自分はその町に立った様子を想像してみる。

小さな箱庭と、その周囲をぐるりと囲む大きな市壁《しへき》。

自分はミューリに、聞かずにはいられなかった。

「ひとつ質問があるのですが」

「なあに？」

母親譲《ゆず》りの赤い瞳《ひとみ》。

時に理知的で、時に鋭《するど》く光るその瞳《ひとみ》だが、ろくでもないことを考えている時にこそ、最も綺《き》麗《れい》に輝《かがや》く子供の目だ。

「その市壁《しへき》というのは、出入り口はどこですか？」

市壁《しへき》の中には道があるが、そこから外に続く道がない。

最初は省略されているのかもと思ったが……。

「ないよ？」

ミューリは答えてから、うっとりしたように両手で掲げていた。

「ここでずっと、兄様と暮らすんだもの」

「……」

尻尾《しっぽ》を出していたら、ぱたぱたと振《ふ》られていることだろう。

この夢見がちな少女には、どうもこういうところがある。

「書き直してください」

「ええ!?　なんで?」

「なんでもです」

よもやこんな町を本当につくれるとは思えないが、これはいわばミューリの頭の中の設計図だ。

お嫁《よめ》さんにしてと言わなくなったと思っていたのに、こんなことを企《たくら》んでいたとは。

げんなりしていたところ、これ以上秘密の計画に口を出されたくないとばかりに紙束を服の内側にしまい込み、ミューリは反撃《はんげき》に出た。

「で、兄様はなにしてたの?　ずーっとぼーっとしてたの?」

冷ややかな目つきに、あなたも遊んでいただけでしょうと言いたくなったが、大人なのでどうにかこらえ、答えた。

「ぼーっとしていたわけではありません。町でのお説教を聞いて回っていました」

そう答えると、ミューリは一応こちらの思惑《おもわく》がすぐにわかったようだが、なにか思い出すように視線を斜《なな》め上に向けると、不思議そうに言った。

「……もっと大喜びしてそうなのに、あんまり面白《おもしろ》くなかったの？」

辻《つじ》説教は楽師や詩人による見世物ではありませんと言いかけたが、神学の話に夢中になっている時のカナンのことを思い出し、口をつぐむ。他人のふり見て我がふり直せだ。

「面白《おもしろ》くなかったわけでは、ありません。とてもよくできたお説教でしたよ。質問にも、的確に答えていました」

「じゃあ、なんで浮かない顔してたの？」

なんと答えてよいかわからなかった。

ここには数多《あまた》の説教師たちが集まり、人々がどんな町の教会よりも熱心に聞き入っている。泥地《でいち》に杭《くい》を打ち、店がつくられ、人々が商品を持ち寄り、賑《にぎ》やかに取引をしている。このすべてが、薄明《はくめい》の枢機卿《すうききよう》の名の許《もと》につくられているのだとしたら。

自分という存在と、世間にとっての自分という、そのあまりの落差にはまりかけていた。

おそらくそう表現するのが近いのだろう。

けれどミューリに伝えれば、また背中が丸まってるせいだのなんだの言われるのが目に見えていたし、自分自身、これは受け入れなければならない現実なのだとわかっている。

なのであの時に見つめた自分の手を、もう一度閉じたり開いたりしてから、言った。

「たくさんの説教を聞いて、私もまだまだだなと思ったのです」

ミューリはこちらをじっと見る。その視線は母である賢狼《けんろう》そっくりだ。

やがて嘘《うそ》を見抜《みぬ》こうとするような深い瞳《ひとみ》を少しだけ細め、どこか呆れるように閉じる。

「お勉強だって言って、カナン君とばっかり話してちゃ嫌《いや》だからね」

本気半分、冗談《じょうだん》半分だろう。

見逃《みのが》してくれた心優《やさ》しい狼《オオカミ》に、「はいはい」と答えておくと、わき腹をちょっと小突《こづ》かれた。

そしてそんなことをしていると再び鐘《かね》が鳴らされ、たちまち周囲が熱狂《ねっきょう》に包まれたのだった。


「薄明《はくめい》の枢機《すうき》卿《きょう》様!」

「神の御加護を!」

「薄明《はくめい》の枢機《すうき》卿《きょう》様!」

そのあまりの声量にミューリは肩《かた》をそびやかし、耳を両手で押さえていた。

自分たちがいるのはオルブルクの中心広場。

そして『始まりの教会』と称《しょう》される建物の正面前なのだが、あたりは建物の中に入りきれない人々でごった返している。建物の外でもこのやかましさなので、中はもっとすごいだろう。

ただ、その『始まりの教会』は教会と呼ぶにはあまりにみすぼらしく、崩《くず》れかけた石造りの建物を、どうにかこうにか教会らしく見せているものだった。なにせ壁《かべ》の一部分は崩落《ほうらく》し、入り口には扉《とびら》すらないのだから。

おかげで外からでも建物の中の演台をなんとか見ることができて、そこに一人の男性が現れた。

建物の内部にいるような者たちは、この説教のために早めに並んでいたくらいなので、ことさら熱心な者たちなのだろう。たちまち膝《ひざ》をついて、頭《こうべ》を垂れている。自分たちの周囲でも、土で汚《よご》れるのも気にせずその場に膝《ひざ》をつく者たちがいる。

ミューリでさえ茶々をいれるのをためらうような、荘厳《そうごん》な空気に静まり返ったところで、薄《はく》明《めい》の枢機《すうき》卿《きょう》を名乗る男が言った。

「神が私をここに遣《つか》わされました」

顔は見えないが、声の感じだと同い年くらいだろうか。

そんな一言で始まった説教は、町に入った途端《とたん》に声をかけてきた僧服《そうふく》の男の話と概《おおむ》ねかぶっていた。

神の真《まこと》の教えに目覚め、教会の不正を糺《ただ》すために旅をし、大陸を遊説《ゆうぜい》していたところ、この地にたどり着いた。そこで選帝侯《せんていこう》の地位にあぐらをかいた悪徳大司教を糾弾《きゅうだん》する、ホーベルン家の領主に感銘《かんめい》を受けたと。

薄明《はくめい》の枢機卿《すうききょう》を騙《かた》る青年は、そこで右手を掲《かか》げて『始まりの教会』内部の二階部分を示していた。人々はそちらに顔を向け、手を組んで祈《いの》りを捧《ささ》げている。

体を動かし、目を凝《こ》らすと、二階の特別席に鷹揚《おうよう》に手を振《ふ》る貴族がいた。

その足元からは旗が垂らされ、剣《けん》と槌《つち》のようなものが交差した紋章《もんしょう》が見えた。

ホーベルンその人だろう。

「ホーベルン家は失った大市の権利を取《と》り戻《もど》そうとしています。しかしそれは決して利得のためではありません。彼はホーベルン家に再び大市開催《かいさい》の権利が取《と》り戻《もど》されるのであれば、それを神に捧《ささ》げようと決意しているのです。つまりはこの土地に、神の教えに沿った新しい町をつくろうという大義のために！」

興奮をこらえる呻《うめ》き声、あるいは感動のすすり泣き。

救世主、という言葉もちらほらと聞こえた。

「そしてこの建物こそ、不正にまみれた大聖堂に成り代わり、『始まりの教会』として再出発するに相応《ふさわ》しいものなのです。なぜならば――」

青年はそこで言葉を切り、たっぷり民衆の注意を引きつけてから、言った。

「この建物は古代帝国《ていこく》の遺構であり、かつて異教徒と戦うための最前線として、原初の教会が建立《こんりゅう》したものだからです」

青年の言葉に、ミューリが息を呑《の》んでいた。

今にも崩《くず》れそうな石造りの建物は、確かに十年やそこら放置されたものとは思えない。

ろくに木も生えない泥炭《でいたん》地が広がるこの場所で、石造りの建物だけがぽつんと残っているのも妙《みょう》な話であるから、かつてはここに町か集落が存在したのだろう。

そしてこの石造りの建物こそ、かつての人々を鼓舞《こぶ》し、慰撫《いぶ》し、勇気づけてきた原初の教会の残骸《ざんがい》なのだという。

「私たちはここに、公平で、正義が行《い》き渡《わた》り、神の教えにかなった都市をつくるべきなのです」

語り口は洗練され、身振《みぶ》りも交えたそれは実に説得力がある。

そしてなにより、彼がよって立つ、その足元の遺構。

「エシュタットをごらんなさい。神の教えを説くために、あのような大聖堂がどうして必要なのでしょうか？　莫大《ばくだい》な寄付金で、うまい酒、うまい肉を食べてよいとは、聖典のどこにも書かれていません。あそこは、嘘《うそ》でつくられた街なのです」

賛同と憤《いきどお》りのため息がさざ波のように広がって、自分もつい、その言い分にはうなずきたくなる。

「ここには税がなく、居丈高《いたけだか》な官憲もいません。あなたたちの苦しい生活を顧《かえり》みず、信仰《しんこう》の代価になけなしの銀貨を奪《うば》うような聖職者だっていません。私たちは神の教えを分け合う兄弟であり、姉妹《しまい》なのですから」

感嘆《かんたん》のため息と、すすり泣くような声さえ聞こえてくる。

「私たちは、私たちの手でここに町をつくるのです。私たちの町を。神のための町を」

たちまち同意する声が上がり、神を賛美したり、薄明《はくめい》の枢機卿《すうききょう》の名を呼ぶ者たちがいる。

一歩でも救世主に近づこうと人々が詰《つ》め寄《よ》り始め、ミューリが小さく悲鳴を上げてこちらの胸元《むなもと》に逃《に》げてくる。

腕《うで》の中にミューリを抱《だ》きとめ、押しつぶされないように肘《ひじ》を張るのだが、誰《だれ》も彼もが恍惚《こうこつ》とした顔で、こちらのことなど気にも留《と》めていなかった。

演台の上の人物が薄明《はくめい》の枢機卿《すうききよう》でないことは、もちろんこの自分にはわかっている。

だが、彼の語り口はケチな詐欺《さぎ》師とも思えなかった。

教会の不正に憤《いきどお》り、薄明《はくめい》の枢機卿《すうききよう》の名を借りてでも腐《くさ》った教会を打倒《だとう》しようとする、行きすぎた説教師の一人という可能性があった。

古代帝国《ていこく》時代の遺構が残るこの場所を選んだのも、彼らの行動が単なる思いつきではないことを示している。原初の教会という存在は、正しい信仰《しんこう》を説く言葉に言い知れぬ説得力を持たせていた。

そして民衆の興奮が存分に高まりきったところで、薄明《はくめい》の枢機卿《すうききよう》を名乗る男は言った。

「ですが、残念なことを告げなければなりません」

青年が肩《かた》を落とすと、演台の脇《わき》から屈強《くつきよう》な男が数人現れた。

人々が息を呑《の》んだのは、そんな男たちによって、首に縄を巻かれた男が両肩《りようかた》を摑《つか》まれて引きずられてきたからだ。

「この者は、この希望の町オルブルクで商《あきな》いをしていました」

男は体のあちこちが泥《どろ》だらけで、服も破けている。

そして首に巻かれた太い縄が、罪人であることを告げていた。

「税もなく、誰《だれ》もが正直なこの町は、商《あきな》いをする者たちにとっても素晴《すば》らしい土地のはず。だというのにこの者は、さらなる儲《もう》けのためパンの目方を偽《いつわ》り、麦酒《むぎしゅ》を量る枡《ます》の大きさを変えていたのです」

どよめき。

普通《ふつう》の町ならば結構な重罪だし、町に暮らしていればこの手の悪徳商人にやり込められた経験が誰《だれ》にでも一度や二度はある。

人々が立ち上がり、罵詈《ばり》雑言《ぞうごん》を投げつける。

「盗人《ぬすっと》！」

「神にあだなす者め！」

今にもその男を辻《つじ》に吊《つ》るせ、と言わんばかりだが、薄明《はくめい》の枢機卿《すうききょう》はゆっくりとうなずいて、こう言った。

「皆《みな》さんの怒《いか》りはもっともなこと。この者が神の教えに背《そむ》いたのも確かなこと。しかし」

薄明《はくめい》の枢機卿《すうききょう》はそう言って、ぼろぼろの様子の男の前に膝《ひざ》をつく。

そして、首に巻かれた縄を解き始めた。

戸惑《とまど》いのどよめきが広まる中、涼《すず》しい顔で縄を解き終わると、男を立たせ、抱《だ》きしめていた。

「彼は罰《ばつ》を受け、改悛《かいしゅん》しました。そして過《あやま》ちは、許されなければなりません」

おお、というような声にならない声。

青年は、ゆっくりと睥睨《へいげい》してから、こう言った。

「では、その過《あやま》ちを認めず、今なお権力をほしいままにしている大司教というのは、一体なんなのでしょう？」

人々が息を呑《の》み、ぐっとなにかが固まる感じがした。

それまでばらばらだった小麦粉が、わずかの湿《しめ》り気《け》で大きな塊《かたまり》にまとまるかのように。

「私たちは団結する必要があります。そして、この町は皆《みな》さんに支えられることで、大きくなっていくのです。神の御加護があらんことを！」

人々がこぞって唱和し、「神の御加護を！」「薄明《はくめい》の枢機卿《すうききょう》に祝福を！」と繰《く》り返《かえ》す。

いよいよ興奮した聴衆《ちょうしゅう》が、薄明《はくめい》の枢機卿《すうききょう》に近づこうとして押すな押すなの騒《さわ》ぎになる。

同じ轍《てつ》を二度踏《ふ》まないミューリは、上手にその波からすり抜《ぬ》けて、今度はこちらの手を引いてくれた。

どうにか人垣《ひとがき》から抜《ぬ》け出《で》ると、人垣《ひとがき》の上をいくつもの籠《かご》が行《い》きかっているのが見えた。

人々はその籠《かご》に自分の衣服や貨幣《かへい》、なかには宝飾《ほうしょく》品を入れている者たちもいるようだ。

人々の頭から頭へと運ばれていくそれは、寄付を募《つの》るためのものだろう。

とにかく騒《さわ》ぎと熱気、それについ今しがたまでの説教の衝撃《しょうげき》に呆然《ぼうぜん》としていたら、人の影《かげ》に気がつく。

「よろしければ、『始まりの教会』にあなたのお力を」

籠《かご》を手に、聖職者風の男が微笑《ほほえ》んでいる。

今この場で、確実にあの薄明《はくめい》の枢機卿《すうききょう》が偽者《にせもの》であることを知っている自分は、なにかを言わなければならないと思った。

けれどなんと言えばいいのかわからないでいたところ、その籠《かご》にひょいと帽子《ぼうし》を入れた者がいた。ミューリだ。

「神様の御加護がありますように」

そして、手を組んで、いかにも覚えたての章句のように、唱えてみせる。

聖職者風の男は恭《うやうや》しく応え、また別の人のところに歩いていった。

自分は無言でその背中を見送り、今まさに自分の目の前で行われた、説教というよりも演劇に近いものを必死に呑《の》み込もうとしていた。

人々を熱狂《ねっきょう》させる、一人の青年説教師。

目に焼きついたあの様子を振《ふ》り返《かえ》っていたところ、ミューリに袖《そで》を引かれる。

「兄様」

その視線が示す方向を見やれば、『始まりの教会』の二階部分から貴族らしき人物が下りてくる。わずかに声をかける者もいるが、ほとんどの者は遠くの薄明《はくめい》の枢機卿《すうききょう》に夢中で、彼に気がつく様子はない。

ホーベルンがひどく頼《たよ》りなげに見えたのは、やせ細った体格のせいだけではないだろう。供回りもおらず、本人も顔を隠《かく》すかのように、うつむいている。

「本物なのかな」

「……」

ホーベルンと思《おぼ》しき人物は背を丸めがちに歩き、『始まりの教会』の近くにある別の建物に入っていく。その様子は、堂々と説教をしていた偽者《にせもの》の薄明《はくめい》の枢機卿《すうききょう》と強い対照を為《な》していた。

彼が悪辣《あくらつ》なエシュタットから、神の町建設のために大市の開催《かいさい》権を取り返そうと戦っていたなんて言われても、にわかには信じがたい。

彼もまた偽者《にせもの》、と思ったが、ここはホーベルン家の領地のはずであり、さすがに領地で偽者《にせもの》もあるまい。

だからあの丸まった背中には、なにか理由があるはずだった。

「ちょっと待っててね」

ミューリはそんなことを言って、ホーベルンが入っていった建物に近づき、周囲をうろうろしてから戻《もど》ってくる。

「なにを？」

尋《たず》ねると、ミューリは目を閉じて息を止めてから、軽く鼻をこする。

「匂《にお》い、覚えたよ」

人相は真似《まね》できても、匂《にお》いを真似《まね》するのは難しい。

仮に本物のホーベルンではなかったら、どこかでミューリが気がつくだろう。

「で、どうするの？」

薄明《はくめい》の枢機卿《すうききよう》の偽者《にせもの》は、依然《いぜん》として人々に取り囲まれている。

自分が本物であることは、自分以上にミューリが知ってくれている。

ただ、さしものミューリも、ここであいつを偽者《にせもの》と糾弾《きゆうだん》しようとは言わなかった。

あの人々の熱狂《ねつきよう》具合を見れば、自分がアケントでミューリに伝えた警告の意味が理解できたはずだから。

彼を偽者《にせもの》だと指摘《してき》することは、煮《に》えたぎった油の中に冷水を流し込むようなものだ。人々の熱狂《ねつきよう》の分だけ、怒《いか》りとなって跳《は》ね返《かえ》ってくるだろう。

「一度……町から離《はな》れましょう」

オルブルクは猥雑《わいざつ》な活気に満ちすぎている。

見たもの聞いたものを呑《の》み込むため、少し落ち着きが欲《ほ》しかった。

オルブルクから離《はな》れると、すぐに荒涼《こうりよう》とした野原になる。

その静けさと視線の先の賑《にぎ》やかな町との対比が、先ほどまでのことを余計に夢のように思わせる。

けれどまさに手作りの町並みの向こうに、先ほどまで人々の熱狂《ねっきょう》を一身に集めていた『始まりの教会』が少しだけ見えた。

この辺りはなだらかな土地のように見えて、遠くから見ると全体に緩《ゆる》やかな傾斜《けいしゃ》があるのがわかり、オルブルクというのは『始まりの教会』を中心にして柔《やわ》らかな盆地《ぼんち》の中にあった。

「不思議な地形」

ミューリが景色を眺《なが》めながら馬の手綱《たづな》を引いて歩き、自分は馬の背に揺《ゆ》られていた。

こういう時、いつもならあれこれミューリがついてくるところだろうに、そういうこともない。多分、自分で思っている以上に、自分はあの雰囲気《ふんいき》にあてられ、動揺《どうよう》しているように見えたのだろう。

「……あそこにいたのは、薄明《はくめい》の枢機卿《すうききょう》ではありませんよね？」

馬から降り、ミューリが踏《ふ》み固《かた》めてくれたススキの上に腰《こし》を下ろして、そんな馬鹿なことを質問した。

「違《ちが》うし、全然似てなかったよ」

演台の上で語るのは、声の感じから同い年くらいの男だった。

「けど、兄様がああいうことをやらなきゃいけないんだとしたら、確かに向いてないかも」

からかうことすらせず、同情するかのように言われてしまう。

そしてこちらの隣《となり》に腰《こし》を下ろしたミューリは、尖《とが》った膝《ひざ》を抱《かか》えると、こちらの肩《かた》に頭を乗せてぽつりと言った。

「私も、本当はちょっと怖《こわ》かったし」

熱狂《ねっきょう》、という言葉がいかにも相応《ふさわ》しかった。

それにあの熱狂《ねっきょう》には、少しだけ覚えがある。

「アティフの夜みたいでしたね」

ニョッヒラから出てきて、ハイランドと共に本格的に教会と戦った最初の町。

あそこでも教会の横暴に不満を溜《た》めた人々は、教会を糺《ただ》すという大義名分を得た途端《とたん》、犬に司祭服を着せて馬鹿にするような、暗い感情をむき出しにしていた。

あの説教の最後に引きずり出されてきた商人も、ちょっとしたきっかけさえあれば、民衆が勝手に縛《しば》り首《くび》にしていただろう。

けれど、それはやりすぎだと思った。

パンの目方を誤魔化《ごまか》したり、酒を量る枡《ます》の大きさを誤魔化《ごまか》すのはよくある不正で、確かに重罪のひとつに数えられるが、普通《ふつう》は罰金刑《ばっきんけい》と併《あわ》せ、みせしめとして騾《ら》馬《ば》の背に後ろ向きに乗せられて町中を引き回されるのがせいぜいだ。

それがいきなり首に縄を巻かれていたら、普通《ふつう》の町の人々なら戸惑《とまど》ったはずだろうに、あそこにいた者たちは、神の正義の名の許《もと》に明らかに死刑《しけい》さえ望んでいた。

その雰囲気《ふんいき》を扇動《せんどう》していたのは、ほかならぬ薄明《はくめい》の枢機卿《すうききよう》の名を騙《かた》る者なのだ。

「どうするの？」

ミューリが気遣《きづか》うように、少し遠慮《えんりよ》がちに聞いてくる。

自分はゆっくりと目を閉じ、深呼吸をしてから答えた。

「偽者《にせもの》を叩《たた》き出《だ》します」

ミューリが目を丸くして、狼《オオカミ》の耳をぴょんと出していた。

「もしかしたら、行きすぎた信仰心《しんこう》を持つ者なのではないかと思いました。あまりに正義を為《な》したい一心で、勢い余って、薄明《はくめい》の枢機卿《すうききよう》の名を使ってしまい、悪政を強《し》いる聖堂都市を糾弾《きゆうだん》しているのかもしれないと」

息を吸い、喉《のど》の奥に残るあの熱狂《ねつきよう》の余韻《よいん》を呑《の》み下してから、続けた。

「しかし、あの説教を見て確信しました。彼らに信仰心《しんこう》などなく、ただ人々の不満につけ込んで扇動《せんどう》している詐欺《さぎ》師にすぎません。そして騙《だま》されている人々の目を覚まさせるのは、私の責任でもあるはずです」

驚《おどろ》きに目を見開いていたミューリが、急に泣きそうな顔になる。

自分を鼓舞《こぶ》する意味もあって強い言葉を使ったのだが、ミューリの前で乱暴にすぎただろうか。ややあたふたすると、泣きそうな顔でこちらを見ていたミューリは、こんなことを言ったのだ。

「兄様……立派になって……」

変な声が出てしまったが、ミューリはこちらの頭に手を伸《の》ばすと、抱《だ》きかかえるように撫《な》でてくる。

「ん、んんっ？」

「また意気地《いくじ》なしみたいにめそめそしてたら、どうしようと思ったけど」

頬《ほお》ずりし、こちらの髪《かみ》の毛《け》をわしわしてくるミューリを、若干邪険《じゃっかんじゃけん》に突《つ》き放《はな》す。

悪戯娘《いたずらむすめ》はくすぐったそうに笑っていた。

「だって、兄様はあのお説教に感心してるみたいだったんだもの。兄様まで騙《だま》されてたら、面《めん》倒臭《どうくさ》いなって」

「……」

嫌《いや》そうな顔を向けると、ミューリはにっこり笑い返してくる。

この少女は相変わらず、こちらのことをよく見ている。

「確かに、教会の贅沢《ぜいたく》を非難するところでうなずいてしまいましたし、彼らの説教について、強い説得力を感じてしまったのも事実です。ですが、よくよくみてみれば妙《みょう》なことだらけですから」

希望の町オルブルク。

それは大変結構なのだが、自分だってそこそこ世の中を見て回ってきた経験がある。

「ここが人里離《はな》れた僻地《へきち》ならば、入植ということで町が築かれるのはわからないでもありません。しかしここは、選帝侯《せんていこう》たる大司教が治める聖堂都市の目と鼻の先ですよ」

しかも単なる旅籠町《はたごまち》とはわけが違《ちが》う。

大市を開催《かいさい》し、大聖堂の利害と真っ向から対立している。

「それは私も聞いてみたよ。エシュタットと戦《いくさ》にならないのかって」

「町の人たちはなんと？」

「薄明《はくめい》の枢機《すうき》卿《きょう》様は戦《いくさ》を望まないし、悪徳大司教はいつか正しい神の教えの前にひざまずくだろうって。だから大司教たちが攻撃《こうげき》してくるなら、かえって誰《だれ》が正しいか世に知らしめられるって」

暴君を前にひたすら祈《いの》り続け、ついに撃退《げきたい》した、みたいな話は確かにある。

ざっとカナンが聞き集めただけでも、大聖堂側はオルブルクと真っ向から対立するのを避《さ》けている感じがあった。それは薄明《はくめい》の枢機卿《すうききょう》を名乗る者と敵対した時、世間から誰《だれ》が悪者と見られるかについて、大聖堂側もすごく気を使っているからだろう。

けれど世の中は、無理をとおせば道理が引っ込むこともある。

聖堂都市はいよいよとなれば、軍事力の行使も選択肢《せんたくし》に入れるはずで、結局歴史というのは勝者が綴《つづ》るものだ。

「ホーベルン家が強大な勢力とも、とても思えませんよね」

あそこにいたのが本物であれば、ホーベルンはろくに供回りすらつけていなかった。むしろあの様子では、詐欺師《さぎ》たちからすら軽《かろ》んじられているだろう。

「私は、ほかにも変だなってことに気がついてるけどね」

得意げな顔のミューリに、自分は言った。

「あの首に縄を巻かれた商人のことですか？」

珍《めずら》しく、無表情になるくらい驚《おどろ》いていた。

「え、なんで⁉」

「わかりますよ。あのですね、私はあなたのお父様たちと旅をしてたんですよ」

ミューリの自分に対する評価は、実に極端《きょくたん》だ。

一部の面では間違《まちが》いなく高すぎる評価をしているのに、他のところでは底なしの間抜《まぬ》けだと思っている節がある。

「パンの目方を誤魔化《ごまか》して、お酒を量る枡《ます》の大きさを変えるなんて、一人の商人にできるわけありません。エシュタットの宿で、ご主人が言っていたでしょう？」

商人や職人たちが、こぞってオルブルクに商《あきな》いに行っている。

つまり、ここはどこかの街道沿《かいどう》いにたまたまできた臨時市ではなく、聖堂都市にいる面々が大挙して押し寄せているところなのだ。

ならば職種ごと、商売ごとの縄張りをそのまま持ち込んでいるはず。

そしてパン屋は酒を取《と》り扱《あつか》わないし、その逆もない。

だから少し考えてみればわかる。

あの罪は、捏造《ねつぞう》なのだと。

「それに見た目こそボロボロでしたが、思い返すと怪我《けが》をしている感じではありませんでした」

自分の言葉に、ミューリは悔《くや》しそうに頬《ほお》を膨《ふく》らませていた。

「私は怪我《けが》のことしか、わからなかったのに……」

「税金がないという話も、端的《たんてき》に嘘《うそ》ですしね」

「え？」

「あのお説教の後に、寄付を募《つの》る籠《かご》がたくさん回されていたでしょう。籠《かご》を持った人が、人垣《ひとがき》の外にいる私たちのところにまでくるくらいです。あそこで、あの雰囲気《ふんいき》で、断れるはずもありません。税と同じですよ」

ひとつずつ考えていけば、怪《あや》しいところがいくらでも出てくる。

「あと、あなたが籠《かご》の中に帽子《ぼうし》を入れたことも――」

突然《とつぜん》、ミューリが両手でこちらの口をふさごうとしてくる。

「全部言っちゃだめ！　もう！」

飛びかかってくるミューリをいなし、やっぱりそうなのだと確信する。

偽者《にせもの》たちの所業に圧倒《あっとう》されている兄に代わって、抜《ぬ》け目《め》ない狼《オオカミ》としての一手だったのだ。

「あれがどこに集められて、売られていくか、追いかけるつもりだったんですね？」

とっておきの悪戯《いたずら》をばらされたように、ミューリは肩《かた》を落として頬《ほお》を膨《ふく》らませている。

けれど大きく息を吐《は》くと、渋々《しぶしぶ》といった感じでこちらを見た。

「そうだよ。盗賊《とうぞく》たちには根城があるっていうのが相場だもの」

不正を働いていたという商人が、見世物のための役者とわかった時点で、ミューリは頭を切《き》り替《か》えていたのだろう。大学都市アケントでは、素行が悪い少年たちの縄張りを見抜《みぬ》いていたようなミューリだ。

そういう目で周囲を見れば、詐欺《さぎ》師なのは薄明《はくめい》の枢機《すうき》卿《きょう》だけでなく、仲間がいるようだというのもすぐにわかったはず。

だとすれば、次に思いつくのは彼らの巣を見つける方法だ。

「根城、見つけられますか？」

こういう時のミューリの笑顔《えがお》ほど、頼《たよ》りになるものもないのだった。


日中はすっかり日差しが暖かくなったが、夜になるとまだ少しだけ冷える。

しかもここは、かすかに風が吹《ふ》くと悲しげな音を立てるススキ野原。そんな場所でじっとしていると、放浪《ほうろう》学生をしていた頃《ころ》の心細さが思い出される。

薄明《はくめい》の枢機卿《すうききょう》なんて呼ばれているのは、子供の自分が見ている夢なのではないか。

そんなことを思っていたら、地面を這《は》う独特の気配と、かすかに草を踏《ふ》み分《わ》ける音が聞こえてきた。顔を上げると、一頭の狼《オオカミ》がひょいと現れる。

『見つけたよ』

草むらでなにかごみでもついたのか、首を大きく振《ふ》っている。

そんなミューリの様子にほっとした様子を悟《さと》られないよう、なに食わぬ顔で立ち上がって、尻《しり》を払《はら》う。それから、自分よりも不安そうな顔の馬の首を軽く撫《な》でる。

「少しここで待っていてください」

自分の言葉がわかるとも思えないが、ミューリがいるのでなんとなく通じるだろう。

馬は銀色の狼《オオカミ》を明らかに気にしながら、一、二度足踏《あしぶ》みをしていた。

『私のほうが乗り心地《ごこち》いいでしょ？』

それは自分を背中に乗せ、ススキ野原を駆《か》けていくミューリの言葉。

エシュタットで借りた馬は雌《めす》だったかもしれない。

「根城はどんな感じでした？」

相手にするのもあれなのでこちらから質問を向けると、ミューリが急に飛び上がり、危《あや》うく落ちそうになった。

『ちっちゃな川がたくさんあって、泥《どろ》だらけになっちゃう』

そういうことにしておきましょうと、うなずいておいた。

『あのぼろぼろの教会と同じような感じだった』

「遺構ということですか？」

『多分ね。泥《どろ》に埋《う》まってたのを掘《ほ》り出《だ》したみたいな穴倉で、そこに荷物を運び込んでいるみたい。中からはお酒と、お肉を焼く煙《けむり》の匂《にお》いに楽器の音色、それから女の子たちの楽しそうな声がたーっぷり』

「はあ……」

絵に描《か》いたような盗賊《とうぞく》たちだ。

もしもそこに異端審問官《いたんしんもんかん》が踏《ふ》み込んで、薄明《はくめい》の枢機卿《すうききょう》を名乗る者たちの痴態《ちたい》を発見したとしたら、大変なことになる。

『でも、穴倉はちょっと変なんだよね』

「変？」

自分を背に乗せて歩きながら、ミューリは首を伸《の》ばして鼻を天に向ける。

『多分、秘密の出入り口がいくつかあるの。草原の離《はな》れたところからも、お肉の匂《にお》いがしてたから』

そのあたりはさすが狼《オオカミ》だが、ミューリが疑問を持つのもまた妙《みょう》だった。

「盗賊《とうぞく》なら、逃《に》げ出《だ》すための秘密の通路を確保していてもおかしくないでしょう？」

それこそエーブのように用心深い人間の存在を、自分たちはよく知っている。秘密の通路なんて、いかにもミューリが好きな話なのに。

『うーん、そうなんだけど、そうじゃなくて……』

ミューリはそう言ってから、ふと足を止めた。

『ほら、ここも』

「ん？」

速度を緩《ゆる》めたミューリが、前足でたしたしと地面を叩《たた》きながら歩いていく。

『このだだっ広い野原の中に、こんなふうにずら〜っとなにかが埋《う》まってるんだよ』

「……」

暗くてよく見えないので、ミューリの背中から降りて、顔を近づけてみる。

自然石ではなく、加工された石が並んで埋《う》められている。

「石壁《いしかべ》の土台跡《あと》でしょうか？」

すぐ思いついたのはそれなのだが、ミューリは狼《オオカミ》の姿のまま、器用に肩《かた》をすくめてみせる。

『あちこちに埋《う》まってるこの石は、オルブルクのあの教会に続いてるみたい。壁《かべ》だとしたら、ものっすごく長い壁《かべ》だね』

ミューリが首を振《ふ》った方向を見れば、オルブルクで炊《た》かれている灯《あか》りがかすかに見えた。

『で、兄様の偽者《にせもの》たちの根城からも、こういうのが伸《の》びてるみたい』

「……」

しかも根城は土に埋《う》まっていたのを掘《ほ》り出《だ》したらしい。

自分は鳥になったつもりでこの野原を見下ろして、呟《つぶや》く。

「城郭跡《じょうかくあと》？」

ミューリの大きな耳がぴんと立ち、尻尾《しっぽ》も持ち上がる。出口のない市壁《しへき》で囲まれた、不気味な夢の町を描《えが》いたばかりなのだ。

「丘《おか》の上の要塞《ようさい》で、こういう防壁跡《ぼうへきあと》を見たことがありますが……」

もちろん自分はミューリの夢の続きを話しているのではなく、もしも彼らが放棄《ほうき》された要塞《ようさい》を根城にしているのなら、一網打尽《いちもうだじん》にする際に厄介《やっかい》なことになると思ったから。

ただ、足元の石は石壁《いしかべ》の土台にしては心許《こころもと》ないし、妙《みょう》な点がある。

「規模が広すぎますよね。それに、土台だけが綺麗《きれい》に残って、壁《かべ》の部分がまったくないというのも変ですし」

ミューリは鼻先で石の匂《にお》いを嗅《か》いでから言う。

『私は、秘密の地下通路なんじゃないかって思ったの』

「通路？」

『ところどころ中が空洞《くうどう》になってるみたいで、お肉の匂《にお》いもかすかに漏《も》れてくるんだよ。だからここを伝って、敵の背後に出るためのものかなって』

言われてみれば通路跡《あと》にも見えるが、中を這《は》って進むにしては狭《せま》すぎる気がする。

いや、穴兎《あなうさぎ》みたいな穴居《けっきょ》性の動物を専門に狩《か》る狩人《かりゅうど》なら、この程度朝飯前だろうか。

けれどどうしても、貴族の廃屋《はいや》敷《しき》で水路の跡《あと》に逆さまにはまったル・ロワの姿を思い出す。

「攻城《こうじょう》戦で壁《かべ》を潜《くぐ》り抜《ぬ》ける地下通路なら、もっと深くに掘《ほ》るものでは？　それに、規模も大きすぎる気がします」

膝《ひざ》をつき、草と泥《どろ》に半ば埋《う》もれた石を触《さわ》っていると、ミューリが鼻先をこちらの肩《かた》にこすりつけ、顎《あご》をずしりと乗せてくる。ホロほど大きいわけではないが、かわいい仔狼《こオオカミ》という大きさでもないので、ちょっと重い。

『そうなんだけど、古代帝国《ていこく》はここに戦いの拠点《きょてん》を作ってたっていうしさ、それくらいきっとすっごい戦いだったのかも』

カナンはそのようなことを言っていた。

エシュタットからここまでは結構距離《きょり》があるが、昔は海面が高かったらしいので、当時の海岸線はもっと内陸部寄りだったろう。そのことを考えると、エシュタットそのものが昔はもっとこの近くにあったと考えてもおかしくはない。

だからかつてはエシュタットと一体化した軍事施設《しせつ》があって、異教徒たちと激しい戦《いくさ》を繰《く》り広《ひろ》げていた最前線……なのだろうか？

「しっくりきませんが、逆に戦いに用いられた以外の理由が思いつかないですよね」

『絶対、戦《いくさ》だよ』

肩《かた》に乗せた顎《あご》でぐいぐい押してくるのは、偽者《にせもの》の薄明《はくめい》の枢機卿《すうききょう》の欺瞞《ぎまん》に気づく際、先を越《こ》されたことの仕返しだろう。

「ただ、これが古代帝国《ていこく》時代の遺構なら、エシュタットの書庫には記録が残っているかもしれません。戻《もど》ったら調べてみましょう」

なにせエシュタットは、そもそも古代帝国《ていこく》時代の前線基地を土台にしている街だ。

カナンの力も借りればすぐわかるだろう、と思っていたら、肩《かた》から重みが消えた。

振《ふ》り向《む》くと、ミューリが不思議そうな顔をしていた。

『急にどうしたの？　兄様はこういうのに興味なさそうなのに』

いつもはわがまま放題で話を聞けと迫《せま》ってくるくせに、こういうところは変に弱気だ。

「詐欺師《さぎし》たちに説得力をもたらしていた、原因のひとつのはずですから」

『？』

ミューリは顎《あご》を上げ、遠くのオルブルクの明かりとこちらを見比べる。

「この遺構が造られたのは、華美《かび》な聖堂などまだどこにもない時代のことでしょう。その時代、教会はただひたすらに信仰《しんこう》を広めるため、古代帝国《ていこく》の騎士《きし》たちと共に偉大《いだい》なる教父たちが旅に出て、果敢《かかん》に辺境に赴《おもむ》いたそうです」

冒険譚《ぼうけんたん》が大好きなミューリは、自分の言いたいことの意味がわかったのだろう。

少しだけ、その銀色の毛並みが膨《ふく》らんでいた。

「オルブルクの熱狂《ねっきょう》は、単に偽者《にせもの》の説教のうまさだけが原因ではないはずです」

もっと人の心に強く訴《うった》えかける、否定しようのないなにかがあったせい。

あそこまで盛り上がっている原因は、古代帝国《ていこく》時代の息吹《いぶき》のせいではなかろうか。

『……伝説が、ここにある？』

いささか外連味《けれんみ》が強すぎると思ったが、言いたいことはほぼ同じ。

そしてほかならぬ自分たちも、これから多くの味方を巻き込んでいかなければならない。

「彼らは私の名を騙《かた》っているのです。味方を集めるため、彼らの方法を参考にしても許されるでしょう？　言葉だけでは限界がありますからね。そこに原初の教会という足場があれば、私たちがなにを目指しているのか、とても強く伝わるはずです」

話しながら立ち上がり、ミューリと同じ、オルブルクの方角を見やる。

今はただのっぺりとしたススキ野原が広がるばかりだが、かつてはここに騎士《きし》や教父たちが集《つど》い、異教徒たちと激しい戦いを繰《く》り広《ひろ》げたはず。そして見事敵を打ち破り、ここを拠点《きょてん》としてさらに北へと向かい、多くの人々がこの土地を通過したのだ。

かすかなそよ風は、それこそはるか昔に人々が通り過ぎていった、その名残《なごり》かもしれない。

目に見え、手に触《ふ》れられるものというのは、言い知れぬ説得力を持つ。

「ただ、そうなるといよいよ詐欺《さぎ》師たちのことがわかりません」

はるか昔のオルブルクの灯《ひ》を見つめていたようなミューリが、大きな体ごとこちらを見る。

「ただの詐欺《さぎ》師たちにしては、色々なことが手慣れているように思えませんか？」

ミューリはこちらを見て、少し長めに瞼《まぶた》を閉じた。

『それを確かめにいくんでしょ？』

そしてふんふんと鼻を鳴らし、赤い目をきらりと輝《かがや》かせる。

やる気十分のようだ。

「ええ。かつての教父と、騎士《きし》と同じように赴《おもむ》きましょう」

ミューリは口を半開きにして驚《おどろ》いてから、たちまち尻尾《しっぽ》を振《ふ》ってこちらの腰《こし》のあたりを鼻で突《つ》いてくる。

「ん、な、ミューリ！　こら、痛っ！　やめなさい！」

最近は少女の姿でも飛びかかられると受け止めきれないのに、狼《オオカミ》の姿だと身の危険を感じるくらいだ。

かつて帝国《ていこく》時代の物語が実演されたこの場所で、まるで彼らみたいに、なんて言うのは、ミューリ相手に言いすぎだったかもしれない。

ようやく落ち着いたミューリの背中にまたがり、耳打ちするのを忘れなかった。

「調査するだけですからね。蹴散《けち》らすのはそのあとですよ」

乱暴な狼《オオカミ》は赤い瞳《ひとみ》をじろりとこちらに向け、返事の代わりに走り出す。

騎士《きし》を名乗るにはまだまだおてんばがすぎると、呆《あき》れたため息は風となって消えたのだった。

なにもない草原なのに、じっと耳を澄《す》ませていると、どこかから楽器の音色と笑い声が聞こえてくる。周囲に人の暮らす建物などなく、迷信深《めいしんぶか》い者なら精霊《せいれい》たちが酒盛りしていると思ったかもしれない。

詐欺《さぎ》師たちの根城としては実に素晴《すば》らしい立地なのだが、彼らの根城がオルブルクからほどよく離《はな》れたところにあったのは、こちらとしても好都合。

ミューリが控《ひか》えめに、けれどはっきりと遠吠《とおぼ》えをすると、場違《ばちが》いな楽器の音色がぴたりとやんだ。

狼《オオカミ》？　こんな平野で？　野犬だろう？

そんなやりとりが聞こえるかのような間を空けた後、ちょっとした崖《がけ》になった草むらの一角から、木材のきしむ音がして、光が漏《も》れてきた。

ご丁寧《ていねい》に草が貼りつけてあって、一見それとわからなくしている扉《とびら》のようだ。

それを押し開けて、地下の根城から野鼠《のねずみ》のように顔を出す者たちがいた。

けれど外はいつもの夜で、時折そよ風でススキが揺《ゆ》れる程度。

なあんだ、というほっとするため息すら聞こえそうで、扉《とびら》が閉じられそうになったその瞬《しゅん》間《かん》。

再び遠《とお》吠《ぼ》えが響《ひび》き渡《わた》る。

今度はよりはっきりと、距離《きより》も近く。

「おいっ」

「野犬じゃないのか？」

「知るか！　ほかの扉《とびら》も確認《かくにん》しろ！」

慌《あわ》てたやりとりが聞こえ、扉《とびら》がばたんと閉まる。閂《かんぬき》を渡《わた》す音も聞こえてきた。

ミューリは少し離《はな》れたところでもこの様子がわかるのか、三度目の遠《とお》吠《ぼ》えはどこか浮《う》き浮《う》きした感じだった。ススキの陰《かげ》から様子を見守っている兄としては、ため息をつくばかり。

ほどなくミューリが現れ、地下の根城が埋《う》まっている地面の上を、すんすんと鼻を鳴らして歩き回ってから、はっきりとこちらを見た。

母親譲《ゆず》りの赤い瞳《ひとみ》をらんらんと輝《かがや》かせ、普《ふ》段《だん》はあんまり手入れをしない尻尾《しっぽ》を旗のように大きく振《ふ》って、口を開けて天を向く。

四度目の遠《とお》吠《ぼ》えは遠慮《えんりょ》がなく、自分が聞いていても怖《こわ》い。

夜風に身をゆだねていたススキたちでさえ震《ふる》え上がり、ざわざわと音を立てる。

そして遠吠《とおぼ》えの余韻《よいん》が消える頃《ころ》、ミューリは身を翻《ひるがえ》し、先ほど男たちが顔を覗《のぞ》かせていた扉《とびら》の前に降り立った。

『ヴゥ！　ヴァウゥ～～！』

いかにも狼《オオカミ》っぽくて、逆に実際には聞いたことのない唸《うな》り声を上げながら、ミューリが扉《とびら》を爪《つめ》で引《ひ》っ掻《か》いている。

外から見ている分には、尻尾《しっぽ》をぱたぱた振《ふ》っているミューリが、それこそ猫《ねこ》の爪《つめ》とぎを真似《まね》して遊んでいるようにしか見えないのだが、中にいる者たちは生きた心地《ここち》がしないだろう。

草が剝《は》がれ、木がこそげ、中の明かりが外に漏《も》れてくる。

悲鳴や怒号《どごう》も漏《も》れ聞こえ、ミューリがちらとこちらを見て、笑っていたような気がする。

『ハッ！　ヴォウ！　ハアッ！』

いかにもわざとらしい荒《あら》い息遣《いきづか》いのミューリが、割れた扉《とびら》の隙間《すきま》に鼻先を突《つ》っ込んでいた。

中にいた者たちはそれを見て肝《きも》を潰《つぶ》したはずだ。

遠吠《とおぼ》えと息遣《いきづか》い程度なら、腹をすかせた野犬という可能性もあった。

だが、扉《とびら》の隙間《すきま》から顔を見せたのは、熊ほどもある狼《オオカミ》なのだ。

『ハッ、ハッ、ハッ』

扉《とびら》の割れ目に鼻先を突《つ》っ込んでいたミューリは、ふと、扉《とびら》の隙間《すきま》から鼻を抜《ぬ》いて体を離《はな》す。

中の者の立場からすると、悪魔《あくま》のような狼《オオカミ》が、気まぐれで立ち去ってくれたかと期待する頃《ころ》だろうか。

しかしミューリは、一、二、三と数を数えているのがよくわかる。

悪戯《いたずら》好きの狼《オオカミ》は突然《とつぜん》、鎌《かま》のように上体と前脚を持ち上げるや、扉《とびら》に襲《おそ》いかかった。

『ガウゥウゥ！　ヴァウゥウゥ！』

両の前脚で派手に木の扉《とびら》をぶち破り、地獄《じごく》の番犬のような唸《うな》り声を上げながら、とっくに壊《こわ》れている木の扉《とびら》を、ご丁寧《ていねい》に歯で噛《か》み砕《くだ》いていく。

ミューリにかかれば木の扉《とびら》など卵と小麦粉で作ったお菓子《かし》みたいなもので、小気味よい音を立てて砕《くだ》けていく。

ただ、いつまでも中に入らず、音を立てて扉《とびら》をばりばり噛《か》み砕《くだ》いているのには理由があった。

恐《おそ》ろしい唸《うな》り声とは裏腹に尻尾《しっぽ》をぶんぶん振《ふ》っているミューリは、もはやなんの用もなさなくなった木の扉《とびら》を、最後に足で押し倒してからこちらを見た。

『兄様、もう大丈夫《だいじょうぶ》だよ』

哀《あわ》れなモグラたちは、無事に秘密の通路から逃げ出せたらしい。

「やりすぎです」

呆《あき》れてそう言うのだが、思う存分狼《オオカミ》のふりができてご満悦《まんえつ》のミューリは、叱《しか》られてるのに遊んでもらってると勘違《かんちが》いする犬そのままに、ぱたぱた尻尾《しっぽ》を振《ふ》りながらじゃれついてくる。

「中にはもう、誰《だれ》もいないんですか？」

入口から軽く中を覗《のぞ》き込むと、まさに宴会《えんかい》の最中に襲撃《しゅうげき》された、という感じの光景が広がっていた。

『兄様の偽者《にせもの》の匂《にお》いは……しないかな。多分、町のほうにも隠《かく》れ家《が》があるんだと思うけど』

倒《たお》れた椅子《いす》、転がっているジョッキ、湯気を立てているスープに、燃えさしの蠟燭《ろうそく》。

鼻と耳の良《よ》いミューリが先に中に入り、テーブルから骨付きの肉かなにかをちょっと失敬しながら、ついてこい、と尻尾《しっぽ》を振《ふ》る。

「結構広いんですね……それに、石造りとは」

もっと狭苦《せまくる》しい洞窟《どうくつ》めいたものを想像していたが、文字どおりに、石造りの建物がそのまま地面に沈《しず》んでいたとしか思えない。

けれど天井《てんじょう》を見上げ、奇妙《きみょう》に思う。

「天井《てんじょう》も、石？」

ここが古代帝国《ていこく》の遺構だとしたら、長い年月の中で地中に埋《う》まったと考えるのが妥当《だとう》だろう。だが丸みを帯びた天井《てんじょう》は、見事に組まれた石材でできていた。それによくよく壁《かべ》や床《ゆか》を見ると、組み上げられた石の隙間《すきま》は、奇麗《きれい》に、そして完璧《かんぺき》に塗《ぬ》り固められている。

およそ盗賊《とうぞく》の仕事とは思えないので、おそらく元からこのように造られていたのだ。

「これだと、まるで……」

宴会《えんかい》の跡《あと》がもの悲しい地下の根城を見回して、自分は思う。

ここは長い年月で沈《しず》んだのではなく、もしかして、元々地中にあったものなのではないか？

けれど、一体なんのために？

隠者《いんじゃ》が修行《しゅぎょう》をするための洞穴《ほらあな》にしては整いすぎているし、教会とはとても思えない。

そんなことを考えていたら、右手に湿《しめ》り気《け》を感じた。

ミューリが鼻をこすりつけていて、こっちにこい、と首を振《ふ》る。

根城は普通《ふつう》の建物のように扉《とびら》で仕切られているのではなく、廊下《ろうか》とも呼べない奇妙《きみょう》な狭《せま》い通路で繋《つな》がっている。

なんとなく、放浪《ほうろう》学生の頃《ころ》の出来事を思い出した。あまりにお腹《なか》が空きすぎて、川の堤《つつみ》に穴を掘《ほ》って暮らしている大きな鼠《ねずみ》を追いかけ、その巣穴に潜《もぐ》り込んだ時のことだ。あれにそっくりだった。

盗賊《とうぞく》たちは通路で繋《つな》がる広い空間を、それぞれ居間や物置として利用しているらしい。酒や食べ物が積まれていたり、寄付で集められたのだろう物資を集めた場所などがあった。分かれ道もちょくちょくあり、床《ゆか》になにか大きなものを引きずった跡《あと》のついた通路があって、視線でその先を追いかければ、大きな木箱がひっくり返っていた。

中から溢《あふ》れているのは、金貨や銀貨だ。

「よほど動転していたのでしょうね」

ミューリの襲撃《しゅうげき》に慌《あわ》てふためき、この箱ごと持って逃《に》げようとしたところ、あまりの重さに持ち上げられず、引きずっていこうとして結局ひっくり返してしまったのだろう。

そんなもの置いていけ！　でも……！　狼《オオカミ》は金貨なんか食べないだろ、早く逃《に》げるぞ！　というやりとりが目に浮《う》かぶ。

哀《あわ》れで罪深い彼らに神の御加護があらんことを、と祈《いの》りを捧《ささ》げてから、先に進んでいるミューリを追いかける。

そして、ミューリに追いつくと、ミューリはとある部屋の前で頭を低くし、扉《とびら》の隙間《すきま》から漏《も》れ出る空気の匂《にお》いを嗅《か》いでいるようだった。

しばしそうしてから、顔を上げてこちらを見て頭を撫《な》でろと催促《さいそく》してくるので、はいはいと撫《な》でていたら、扉《とびら》の奥から人の呻《うめ》き声が聞こえてきた。

びくりと体をすくませたが、ミューリはその反応を待っていたらしい。悪戯狼《いたずらオオカミ》はにやにや笑い、すっと立ち上がって、鼻先で薄《うす》っぺらい木の扉《とびら》を押し開けた。

そこはこれまでに通り過ぎてきた倉庫や居間のようなものとは違《ちが》い、誰《だれ》かの私室だった。

壁《かべ》にはすっかり溶《と》けた蠟燭《ろうそく》が弱々しく灯《とも》るだけで、自分の目ではわずかに事物の輪郭《りんかく》が見える程度。

ただ、部屋の空気が荒《すさ》んでいることは、自分の鼻でもわかる。酒と、脂《あぶら》と、それからたくさんのことを放り出した人間特有の匂《にお》いとでもいうのか。

テーブルの上で突《つ》っ伏《ぷ》しているのは、一人の痩《や》せた男。

ホーベルンだった。

「……酒と……博打《ばくち》ですか」

突《つ》っ伏《ぷ》したテーブルには、ばら撒《ま》かれたままの手札とサイコロが散らばっている。倒《たお》れた椅子《いす》を合わせると全部で四脚《きゃく》。酒の入ったままのジョッキなども同じ数だけあることから、直前まで博打《ばくち》をしていたのだろう。

一人見捨てられているのは、勝負の途中《とちゅう》からすでに泥酔《でいすい》していたからか。いずれにせよ、敬意を払《はら》われているにしても形だけなのだろうし、仲間と見なされていないのがわかる。

右手は酒の入ったジョッキを握《にぎ》ったままで、左手になにか紙切れを握《にぎ》っている。寝《ね》ているかどうかミューリに目で確認《かくにん》してから、明かりを近づけてみた。

紙片《しへん》には、ものすごく古びた紙に、なにか絵が描《か》かれている。

『井戸？』

主人たちの夕食を食べたがる犬みたいに、ミューリはテーブルに身を乗り上げて覗《のぞ》き込む。

自分も井戸に見えるが、それにしては少し形が妙《みょう》だ。

なんだろうか、と思っていたが、ミューリがふと耳をぴんと立てた。

『……』

そして、目で合図してくる。

一度逃《に》げ出《だ》した盗賊《とうぞく》たちが、様子を見に戻《もど》ってきたのかもしれない。

『兄様は先に戻《もど》ってて。私は帽子《ぼうし》を取ってくるから』

ミューリはそう言って、暗闇《くらやみ》の中を駆《か》けていく。

帽子《ぼうし》など、と言いかける頃《ころ》には、闇《やみ》の中。

まったくもうと肩《かた》を落とす。

最後に軽く部屋を見回すと、暗闇《くらやみ》に慣れた目が、壁《かべ》に掛《か》けられた紋章旗《もんしょうき》を見つけた。

盾《たて》の前で剣《けん》が交差するよくある意匠《いしょう》だが、よく見ると二本の剣《けん》ではなく、一本の剣《けん》と……。

「一本の、槌《つち》？」

貴族の紋章《もんしょう》にしては奇妙《きみょう》だと思ったが、ホーベルンの再度の呻《うめ》き声に我に返り、道を引き返していく。

銀貨のこぼれた木箱を跨《また》ぎ越《ご》え、こちらで曲がった気がするな、と通路を折れて進んでいく。

最悪、道を間違《まちが》えていてもミューリが追いかけてきてくれるはず。ばったり盗賊《とうぞく》と出くわして顔だけは見られないようにと、外套《がいとう》に口元を埋《う》めるようにして歩いていく。

すると、行き止まりだった。

間抜《まぬ》けの兄様、という声が聞こえた気がした。

引き返そう、と思ったのだが、ふと、そこは壁《かべ》ではなく、頑丈《がんじょう》な扉《とびら》であることに気がついた。

あるいはここが金蔵なのかもしれない。

盗《ぬす》むつもりはないが、彼らの資金力を把握《はあく》しておいて損はなかろうと、肩《かた》で押し開けるようにして重い扉《とびら》を開く。

そしてたちまち鼻を突《つ》いたのは、金属臭《きんぞくしゅう》だった。

一体どれだけ溜《た》め込んでいるのだと、オルブルクの人たちの熱狂《ねっきょう》的な信仰心《しんこう》を思い出しながら、詐欺《さぎ》師への怒《いか》りがふつふつと湧《わ》いてくる。

自分たちは金貨のために教会と戦っているのではない。

もっと崇高《すうこう》な、正しい生をまっとうし、神の定めた正しい道を歩めるように、世の不正と戦って……と思っていた矢先。

豚《ぶた》の脂《あぶら》の匂《にお》いがした。

金貨や銀貨には縁遠《えんどお》いその匂《にお》い。

けれど脂《あぶら》の匂《にお》いが似合う金属というものに、心当たりがあった。

それはあのおてんば娘《むすめ》が大好きな、毎日髪《かみ》の毛《け》と同じくらい熱心に手入れをしている——。

「これ、は……」

蠟燭《ろうそく》に照らし出されていたのは、およそ詐欺《さぎ》師には不釣《ふつ》り合《あ》いな、膨大《ぼうだい》な量の武器だった。

「こ、んな、一体？」

悪行に身をやつす者たちなのだから、武装していても特に不思議はないが、呆気《あっけ》に取られたのはその量のせいだ。

足元から天井《てんじょう》まで、ぎっしり武具が詰《つ》め込まれていたのだから。

「……」

薄明《はくめい》の枢機卿《すうききょう》の名を騙《かた》り、数日の宿と食事をかすめ取る。

その手のよくある詐欺《さぎ》ではないかと、当初は思っていた。

けれどオルブルクは沸騰《ふっとう》した信仰《しんこう》の町であり、根城はかつての古代帝国《ていこく》時代の遺構を利用した本格的なもの。

そして、この大量の武器。

固唾《かたず》を呑《の》むと、ゆっくりと後ずさりしてから、踵《きびす》を返《かえ》す。

そこからどうやって外に出たのかは、記憶《きおく》になかった。


気がつくと根城から外に出ていて、ほどなくミューリもやってきた。

狼《オオカミ》の頭にちょこんと帽子《ぼうし》を載《の》せ、首には巨大《きょだい》な首飾《くびかざ》りのように豚《ぶた》の腸詰《ちょうづめ》をぶらさげ、口に大きな塩漬《しおづ》け肉を咥《くわ》えてご満悦《まんえつ》。

根城で見たものの整理が追いつかず、なかば呆然《ぼうぜん》としていた自分は、おてんば狼《オオカミ》の変わらない様子につい噴《ふ》き出《だ》してしまって、ようやく息を吸えた気がした。

「蜂蜜《はちみつ》の樽《たる》もあったんだけどなあ」

人の姿に戻《もど》ったミューリは、戦利品を撫《な》でながらそんなことを言っている。

根城を後にし、自分たちが野営しているのは、オルブルクとエシュタットの中間くらいにある丘《おか》の上だった。草が生《お》い茂《しげ》り、風とおしも良《よ》いところなので、一晩を明かすくらいならちょうどよかった。

なお、当たり前のように食べ物を持ち出してきたミューリに対し、盗《ぬす》みをするなんてという叱《しか》りの言葉を向けたものの、腹をすかせた狼《オオカミ》がやってきたのに食糧庫《しょくりょうこ》が荒《あ》らされてないなんておかしいでしょと一蹴《いっしゅう》されてしまった。

ぐっと言葉に詰《つ》まるこちらの劣勢《れっせい》を見て取ったのか、「それとも荒《あ》らすだけ荒《あ》らして食べ物を粗末《そまつ》にするほうがよかった？」と言われたら、降参するほかなかった。

「それより兄様」

と、泥炭《でいたん》の焚火《たきび》で暖を取るくらいなら毛布だけのほうがまし、と主張してそのとおりにしているミューリは、毛布にくるまったまま、並んで座るこちらの肩《かた》に自分の肩《かた》をぶつけてくる。

「なにを見つけたの？」

ただでさえ勘《かん》の鋭《するど》いミューリだし、誰《だれ》が見たって根城の外でふらふらしてる兄の様子のおかしさには、すぐに気がついただろう。

「……」

しかし自分はうまく答えられなかった。

見た物がなにかは、もちろん説明できる。薪束《まきたば》のように無造作に束ねられた刀剣《とうけん》と、それこそススキのように壁《かべ》に立てかけられていた数多《あまた》の槍《やり》。

弓矢もたくさんあったし、戦斧《せんぷ》のような物騒《ぶっそう》なものもあった。

さらには兜《かぶと》、盾《たて》、鎧《よろい》などが、金属製のものも革製《かわせい》のものもあった。

そして、あの酔《よ》いつぶれていた人物だ。

「あの人たちは、本当にただの詐欺《さぎ》師なのでしょうか？」

こちらが黙《だま》っている間にごそごそ荷物を漁《あさ》り、湿気《しつけ》に負けない堅焼きパンを取り出してかじっていたミューリは、狼《オオカミ》の耳と一緒《いっしょ》にその瞳《ひとみ》をこちらに向ける。

「ほういうほほ？」

堅焼きパンに牙《きば》を突《つ》き立《た》てたまま、どういうこと？　と聞き返してくるミューリは、そのままパンをぽきりとかじり取る。

「あなたと別れた後、道を間違《まちが》えたんです。そして、行き当たった先の部屋に、大量の武器がありました」

二口目をかじろうと大きく口を開けていたミューリが、手を止める。

「武器？」

「明らかに彼らだけで使う量ではありませんでした」

ミューリは手元のパンを見て、どんな武器よりも鋭《するど》い牙《きば》を突《つ》き立《た》てる。

「あそこが古代帝国《ていこく》時代の戦《いくさ》に使われてた証拠《しょうこ》だよ」

「大昔から連綿と、たっぷりの脂《あぶら》で手入れをし続けていた人がいるってことですか?」

ばき、ぼり、という不穏《ふおん》な音を立てて堅焼きパンを噛《か》み砕《くだ》くミューリは、肩《かた》をすくめている。

「違《ちが》うよ。戦うのに便利だってこと」

しばし呆気《あっけ》に取られ、聞き返す。

「彼らがエシュタットと戦うつもりだと?」

「ほかにどんな敵がいるの?」

やや呆《あき》れてすらいる顔。

「司令官は、まあ、貴族様がいるし」

ホーベルンは一見すると世捨て人にしか思えないような感じだが、確かに地位はあるはずだ。

しかしそうなると、疑問が出てくる。

「司令官を見捨てて逃《に》げますか?」

「正義の騎士《きし》が活躍《かつやく》するお話は、その手の悪党の話でいっぱいだよ。悪い頭目はいつも手下に見捨てられて、慈悲《じひ》を乞《こ》うもの」

物語は物語であって現実ではないのだが、そんなことはミューリに言っても無意味だろう。

代わりに少し熱めのため息をついてから、呻《うめ》く。

「なにか妙《みょう》な気がします」

「そう?」

気がつけばミューリが手にしている堅焼きパンは残すところわずかで、ばきばきと威勢《いせい》よく食べ進み、最後の欠片《かけら》をひょいと口に放り込んで手を払《はら》う。

「兄様の偽者《にせもの》は正真正銘《しょうしんしょうめい》の詐欺《さぎ》師だったんだから、むしろ問題は簡単になったと思うけど」

「……」

兄様は世界の四分の一しか見ていないから、とミューリは言っていた。

女の子のことが全然わからないからまず半分。

それからもう半分は。

「全部が嘘《うそ》なんじゃない？」

悪意だ。

「兄様の名を名乗って、たくさんの人を騙《だま》して、いかにもお金集めをしていますということそのもの全部が、嘘《うそ》なんじゃないかな」

闇《やみ》の森を駆《か》け抜《ぬ》ける、狼《オオカミ》の赤い瞳《ひとみ》が笑《え》みの形に細められる。

「兄様の敵は誰《だれ》？」

その問いに、視線が上がる。

わずかに小高いこの場所からは、西のほうにかすかにそれが見える。

天高くそびえる大聖堂の、尖塔《せんとう》の影《かげ》。

一晩中灯《とも》される蠟燭《ろうそく》の灯《あか》りが、わずかに闇夜《やみよ》にその姿を浮《う》かび上《あ》がらせているのだ。

「エシュタットの、自作自演？」

ミューリはなにも答えない。

けれど話は終わりだとばかりにこちらの肩《かた》に頭を乗せて、毛布を掻《か》き寄せている。

自分たちがアケントから慌《あわ》ててここにやってきたのは、まさしく薄明《はくめい》の枢機卿《すうききょう》の名を騙《かた》る者に、悪評を広められては困るからだった。

だとすれば、その悪評を喉《のど》から手が出るほど欲しがっている教会側はどうすべきか。

預言者になりたければどうすればいい？　と皮肉たっぷりに語る道化師《どうけし》を見たことがある。

「自ら預言を実現させればいい」

ミューリが狼《オオカミ》の耳先で、こちらの頰《ほお》をからかうようにくすぐってくる。

実際、詐欺《さぎ》師たちは余りに手慣れていた。あまりに手慣れすぎていた。

不毛の泥炭《でいたん》地に生えるススキの向こう。

黒い泥《どろ》の海の中に、エシュタットの影《かげ》がわずかに浮《う》かんでいたのだった。

第二幕

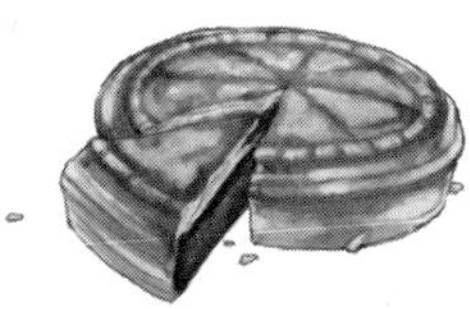

翌朝、もう一度オルブルクに戻《もど》り、町の様子を見にいった。

相変わらず賑《にぎ》やかで、信仰《しんこう》に満ちていて、あの『始まりの教会』は朝の礼拝でごった返していた。

寝不足のように見えた薄明《はくめい》の枢機卿《すうききょう》の様子はこの時も遠くてよく見えなかったが、周囲の聖職者たちは若干寝不足《じゃっかんねぶそく》に見えた気がした。狼《オオカミ》の来襲《らいしゅう》に備えて一晩中見張りをしていたから、なんていうのはうがちすぎだろうか。

今や誰《だれ》も彼もが詐欺《さぎ》師に見えてしまうが、どれが偽者《にせもの》でどれが本物の説教師かは、自分とは別行動をしている鋭《するど》い目つきのミューリが、見極《みきわ》めてくれるだろう。

礼拝が終わるとまた寄付を迫《せま》られるので、その前に『始まりの教会』から離《はな》れた。

ミューリとの合流を待たずに一足先に町を後にしたのは、オルブルクはあまりに空気が濃《こ》く、長居したくなかったから。

自分の偽者《にせもの》を含《ふく》む彼らは、ちょっとした稼《かせ》ぎが目当ての小悪党ではない。組織だった詐欺《さぎ》師集団だ。その詐欺《さぎ》師たちが、人々の怒《いか》りを煽《あお》ったその火によって、一体どんな鉄を打つつもりなのか。

昨晩のミューリの指摘《してき》と、暗闇《くらやみ》の中で見た山ほどの武具が思い出される。

あの武器を手に取るよう命令するのは薄明《はくめい》の枢機卿《すうききょう》と名乗る人物であり、武器を手に取るのは薄明《はくめい》の枢機卿《すうききょう》を救世主と崇《あが》める者たちのはず。

単なる詐欺師《さぎ》たちの金儲《かねもう》けなら、そんなものは必要ない。

だとすれば、信仰《しんこう》心を煽《あお》り立《た》てられた人々の足元に忍《しの》び寄《よ》るのは、醜悪《しゅうあく》な計画の影《かげ》にほかならない。

薄明《はくめい》の枢機卿《すうききょう》の名を信じてくれた人々の身に、危険が迫《せま》っているかもしれなかった。

「にーいーさーまっ」

オルブルクから出て、エシュタットに向かう道を馬を引いて歩いていたら後ろからぶつかられた。それから鬱陶《うっとう》しいくらいにまとわりついてくるので、こちらが暗く沈《しず》みがちなのを見て、わざとそんなことをしているのだろうとはわかる。

なのでどうにか小言を呑《の》み込んでから尋《たず》ねた。

「そちらはどうでした？」

ミューリが両手で抱《かか》えているのは、大きな葉っぱでくるまれた焼き立ての肉とパン。

昨晩の戦利品を店に持ち込んで、物々交換《ぶつぶつこうかん》してきたようだ。

「詐欺《さぎ》師たちは多分、全部で十人くらいかなあ。あの根城にいなかった人で、それっぽいのを合わせたら、二十人くらい」

昨晩の襲撃《しゅうげき》で、ミューリは根城にたっぷり自分の匂《にお》いを残してきた。

あそこにいた人物なら、翌日でもある程度わかるらしい。

「いずれにせよその程度の人数でエシュタットに攻《せ》め込むのは、無謀《むぼう》ですよね」

だとすると、やはりあの大量の武器防具は彼ら自身が使うものではない。

正しい信仰《しんこう》を守るためだと言って、扇動《せんどう》された人々に渡《わた》すものなのだろう。

「あと、オルブルクのよくない話も聞いてきたよ」

ミューリが話しながら包みの葉っぱを解いていくと、中からいい匂《にお》いのする湯気が立ち上る。

「大事なものを間違《まちが》って寄付しちゃったから、返して欲しいんだけど返してもらえなくて……みたいな相談を、すっごく悪そうな商人さんにしてみたら、すぐ聞けた」

褒《ほ》めていいのかどうかわからないが、ミューリのその手の目利《めき》きと演技は馬鹿にできない。

「寄付されたものは全部、よその町で売りさばいてるみたい。そこのお店で別に胡椒《こしょう》を買ったら、売りさばき先はエシュタットに流れ込む川を遡上《そじょう》した先の町だって教えてくれた。それに、税金の話も兄様と一緒《いっしょ》。ここは税がない大市だって聞いたからやってきたけどなあ、なんのことはねえ、結局しょっちゅう寄付をねだられて、生臭坊主《なまぐさぼうず》どもが儲《もう》けるだけ。商売あがったりだ！」

途中《とちゅう》からは、その商人の口真似《くちまね》なのだろう。

なんとなく、歯が欠けて、なめし皮みたいに深い皺《しわ》の刻まれた商人の顔が浮《う》かんだ。

ただ、聞き捨てならぬ単語があった。

「胡椒《こしょう》？　胡椒《こしょう》って言いました？」

ミューリはちょうど、大口を開けて焼いた肉を頬張《ほおば》るところ。

おいしそうな赤身肉に散らされている、黒い粒《つぶ》。

ミューリはふいっとそっぽを向きながら、肉を食べるのに忙《いそが》しいとばかりに口いっぱいに肉を頬張《ほおば》っている。

「あなた、まさか、昨晩金貨を――」

「もう！　盗《と》ってないってば！」

ミューリは言って、手元からパンを取り出し、こちらに押しつけてくる。

「持ちきれないから余った分と交換《こうかん》したの！」

「……」

嘘《うそ》をついている風ではないが、それにしたって元々肉やらを根城から持ち出したのは盗《ぬす》みといえなくもない。かといって、狼《オオカミ》に襲《おそ》われたのに食糧《しょくりょう》が無傷というのは余りに怪《あや》しいし、食べ物をだめにするほうが悪い、というミューリの言い分には理がある気がする。

正義と建前と兄としての分別の隙間《すきま》で、石うすによって粉にされる胡椒粒《こしょうつぶ》になった気がした。

「とにかく、兄様の偽者《にせもの》たちは、ちょっとした思いつきで悪事を働いてるわけじゃないっていうのは、もう確実。あと、ホーベルン家の話も聞いてきたよ」

焼き立ての肉の熱気のせいで、ちょっと湿気《しけ》たパンをかじりながら、ミューリを見やる。

「青息吐息《あおいきといき》の、没落貴族《ぼつらくきぞく》だって。エシュタットの商人に借金だらけで、お屋敷《やしき》も取り上げられちゃったんだって。あんなところにいたのは、行くところがなかったからかも」

昨晩の、詐欺師《さぎ》たちが逃《に》げ出《だ》した根城に一人取り残されていた哀《あわ》れな貴族。

彼の領土とは、作物もろくに育たない泥炭地《でいたん》。

そして行くところがないというのなら、あの部屋に紋章旗《もんしょうき》が掲《かか》げられていたのは、詐欺《さぎ》師たちによる敬意の表れですらない。あの紋章旗《もんしょうき》は、ホーベルンの最後のよすがなのだ。

「詐欺《さぎ》師たちに唆《そそのか》されて、利用されて、それがわかってるけど今更《いまさらに》逃げ出《だ》せなくて、わが身を哀《あわ》れんで飲んだくれてる……なんて様子にぴったりじゃない？」

旅に出て、物語の楽しさを知って、自分でも好き勝手な空想を書くようになって、ミューリの語彙《ごい》は明らかに増えた。

けれどどうも剣呑《けんのん》な言葉ばかり覚えているようで、兄としては頭が痛い。

そして問題は、唆《そそのか》されて、利用されて、わが身を哀《あわ》れんでいるという表現が、あまりに自分の見たものとぴったりだったこと。

あとはあの酔《よ》いつぶれた貴族を苦しめるのが、詐欺《さぎ》師たちの私利私欲か、はたまたエシュタットの黒い思惑《おもわく》かだ。

そのどちらであっても、看過できることではない。

それは薄明《はくめい》の枢機卿《すうききょう》の名を勝手に利用しているから、というだけではない。

かたや人々を騙《だま》し、かたや哀《あわ》れな貴族を踏《ふ》みつけている。

そこに正義など、あるはずもないのだ。

「神はすべてをご存じのはずです」

ミューリが交換《こうかん》してきたパンを手に取って、噛《か》みちぎったのだった。

なにか大きな企《たくら》みごとがあるのは間違《まちが》いないが、手に入れた手がかりはそのどれもが、噛《か》み砕《くだ》くのにまだ大きすぎた。手に入れた材料を切り分けて、並べ直さなければならない。

わかっているのは、あのオルブルクに集《つど》う人々の足元に、危険な刃《やいば》が埋《う》め込まれているということだけ。

そんなことを思いながらエシュタットに戻《もど》れば、まさに切れ味抜群《ばつぐん》のナイフのような人物が、宿の酒場で待っていたのだった。

「エーブお姉さん！」

宿屋の前にやたら豪華《ごうか》な馬車が止まっていたのでもしやとは思ったが、ミューリが真っ先に気がついて、小走りに駆《か》けて飛びついていた。

今日は珍《めずら》しく派手な格好をしていないが、美貌《びぼう》を隠《かく》しきれない傘《かさ》持ちの娘《むすめ》と、寡黙《かもく》だけれどなんだかんだ優《やさ》しく、ミューリに剣《けん》の技《わざ》を教えてくれていた護衛のアズもいて、ミューリはそれぞれ抱擁《ほうよう》を交《か》わし、挨拶《あいさつ》をして回る。

そこには久しぶりに会えた喜びと同時に、驚《おどろ》きからくる嬉《うれ》しさもあるのだろう。

自分もミューリに遅《おく》れてテーブルに歩み寄って、挨拶《あいさつ》する。

「まさか自らいらっしゃるとは」

アケントから出した手紙には、自分たちの名を騙《かた》る詐欺《さぎ》師が現れたらしいことと、その対策も含《ふく》めて大陸側の権力者たちに速《すみ》やかに薄明《はくめい》の枢機卿《すうききょう》の顔を売るべく、ハイランドやエーブたちに伝手《つて》と知恵《ちえ》を貸してもらえないかと伝えてあった。

てっきり文書を抱《かか》えた使いがくると思っていたから、大商人自らの登場には驚《おどろ》いた。

「うちの可愛《かわい》い坊《ぼう》やがついに方々の宮廷《きゅうてい》に乗り込むというんだ。お姉さんとしては放っておけまいよ」

悪戯《いたずら》っぽいエーブの微笑《ほほえ》みに苦笑いしか出ないのだが、そんなエーブと並んでこちらを見ているミューリの顔に気がつく。

それは、自分も間抜《まぬ》けな兄の保護者だと思い込んでいるものだった。

「お前が宮廷《きゅうてい》に現れれば、地元の政商どもがわらわら寄ってくるだろうからな。うちの羊は誰《だれ》のものか知らしめる必要がある」

そんな言葉にも隣《となり》でうんうんうなずいているミューリを見て、肩《かた》を落としてから自分は言った。

「その前に、片付けないといけない問題があるのですが」

「騙《かた》り、だったか。その手の話はしょっちゅう聞くが、まさか身内に被害者《ひがい》が出ようとはね」

エーブは立ち上がり、顎《あご》をしゃくる。

「港のほうに部屋を借りてある。話はそちらでしょう」

さっさと歩き出すエーブに、酒場の主人がぺこぺこしているので、たっぷり心づけをはずんだようだ。

ミューリはエーブたちと一緒《いっしょ》に馬車に乗り、自分だけが借りた馬にまたがって、その後についていく。途中《とちゅう》、ミューリが何度も馬車からこちらを振《ふ》り向《む》いて、楽しそうに手を振《ふ》ってくるので、仕方なく振《ふ》り返す。

エーブたちを乗せた馬車はまっすぐ街の西に向かい、やがて市壁《しへき》の外に出てしまう。市壁《しへき》の外にもなお石畳《いしだたみ》の道は続いていて、町が広がっている。海が後退するのに合わせて海港も遠くなり、港と街を結ぶ新市街、とでも呼ぶ区画なのだろう。市壁《しへき》の中と比べるといささか活気に劣《おと》る区画を抜《ぬ》けると、海というよりかは湖のように穏《おだ》やかな水面が見えてきた。

「相変わらず倉庫を借りているんですね」

海沿いにずらりと並ぶ建物のうちのひとつに、馬車が止まる。

エーブは肩《かた》をすくめ、さっさと建物の中に入っていったのだが、追いかけると戸口を入ったところで、ル・ロワとカナンが出迎《でむか》えてくれたのだった。

大きなテーブルを囲み、オルブルクで見たことを説明する。

根城の発見や侵入《しんにゅう》については、ミューリが情感たっぷりに話していた。

だんだん興奮してきて、放っておいたら地下から出てきた竜《りゅう》と戦いかねなかったので、ほどほどのところで口を挟《はさ》む。

「今のところ懸念《けねん》点はふたつです。根城で酔《よ》いつぶれていたのは本当にホーベルンその人なのかということ、それと、大量の武器です」

話を邪魔《じゃま》されたミューリはむっとしていたものの、話に夢中で汗《あせ》ばんでいたくらいなので、隣《となり》に座っていたカナンから冷たい飲み物を渡《わた》されるとおとなしくしていた。

答えたのは、ル・ロワだ。

「ホーベルン家のご当主様で間違《まちが》いないでしょう。屋敷《やしき》を取り上げられたという話は、私もこの街の本好きの都市貴族たちから聞きました。不毛の領地を舞台《ぶたい》にした陰謀《いんぼう》に巻き込まれ、詐《さ》欺《ぎ》師の根城で酔《よ》いつぶれていたとしてもおかしくありません」

いっそホーベルンが悪の首謀《しゅぼう》者ならば話はわかりやすいかたちになりそうなのだが、偽者《にせもの》の薄明《はくめい》の枢機《すうき》卿《きょう》による説教の後、背中を丸めてその場を立ち去るホーベルンの様子と、根城で酔《よ》いつぶれていた姿を思い出せば、とてもそうは思えない。

どう見ても彼は巻き込まれ、利用されている側だ。

そこにエーブが言う。

「領民を食わせられない領主は領主じゃない。こんな土地じゃ、せいぜい家畜《かちく》用の草が育つかどうかだろう。水害も多そうだし、抱《かか》えているだけ損という土地に縛《しば》られ、にっちもさっちもいかない領主というのは案外多いものだ」

なんとなくだが、そういう領主たちに金を貸しつけて冷たく笑っているエーブの姿が想像できて、かぶりを振《ふ》った。

「そのようですな。しかも昔は海面がもっと高かったため、土地の保護の手間は輪をかけて大変だったようです。何代か前の時代に大市の権利を聖堂都市に明《あ》け渡《わた》したのも、およそ領地の経営が成立しなかったからだろうと」

ミューリでさえへこたれる湿地《しっち》なのでそれはわかるが、少し不思議な気もした。

「大市の経営が大変、というのはニョッヒラの経験からなんとなくわかるのですが、しかし、聖堂都市は上手にやってますよね」

大聖堂は巨大《きょだい》で、その尖塔《せんとう》に一晩中照らされる明かりのおかげで、オルブルク周辺からでもわずかにその存在が確認《かくにん》できた。

あれは、積み上げられた富が漏《も》らす明かりでもある。

オルブルクで聞いた、大聖堂を糾弾《きゅうだん》する声が蘇《よみがえ》る。

「教会の存在そのものが、そもそも大市みたいなものだ。領主がやるのとはわけが違《ちが》う」

自分がエーブを見やると、肩《かた》をすくめられた。

「わざわざ苦労してでも人々がやってきて、寄付まで納めてくれるんだ。大市開催《かいさい》に関する費用を税のかたちで集める必要がないだけで、どれほど楽なことか」

オルブルクでは説教の後に籠《かご》が回されて、人々が争って寄付をしていた。確かに税の徴収《ちょうしゅう》では、到底《とうてい》ああはいかないはずだ。

「薄明《はくめい》の枢機卿《すうききょう》の偽者《にせもの》を擁立《ようりつ》し、信徒たちが勝手に集まってくれるなら、大聖堂の真似《まね》を十分できる。それだと、武器の話も納得《なっとく》できるしな」

それに反応したのはミューリだ。

「武器の？　なんで？」

オルブルクとエシュタットの戦力差はあまりに明らかだ。まともな判断力を持っているのなら、エシュタットに勝てるなどと思わないはずであり、ミューリはだからこそ、エシュタットによる自作自演説を導き出した。

その場合、求められているのはオルブルクの勝利ではない。薄明《はくめい》の枢機卿《すうききょう》によって戦《いくさ》が起こされたという、既成《きせい》事実そのものだ。おそらくそうすることで、薄明《はくめい》の枢機卿《すうききょう》は既存《きそん》権力を脅《おびや》かす危険な存在だと、世間に喧伝《けんでん》するのではあるまいか。

それならば、詐欺《さぎ》師たちが武器を集めている理由もわかる。

けれどエーブは、ミューリとは違《ちが》うなにかを見ているらしい。

「戦《いくさ》の話が大好きなお嬢《じょう》さん。攻城《こうじょう》戦の時に必要な攻《せ》める側の戦力は、守る側と比べてどのくらい必要だ？」

豚《ぶた》のあばら肉を噛《か》みちぎっていたミューリは、むぐむぐ咀嚼《そしゃく》して飲み込んでから、言った。

「十倍ってよく聞くけど……」

「ならそこそこ戦えるだろう」

珍《めずら》しい硝子《ガラス》の器《うつわ》に注がれた酒で、エーブは唇《くちびる》を湿《しめ》らせている。

この悪い商人はなにを言いたいのだろうと、ミューリと一緒《いっしょ》に首をひねっていたところ、おてんば娘《むすめ》がにゅっとその首を伸《の》ばした。

「あ、そうか！　この街に攻《せ》め込むんじゃなくて、この街から守るための準備ってこと⁉」

「えっ」

呆気《あっけ》に取られる自分の前で、エーブはわざとらしく微笑《ほほえ》んだ。

圧倒的《あっとうてき》な戦力差。

しかしその視点を入《い》れ替《か》えれば、あの武器の話はまったく様相が変わってくるのだ。

「開けた地形で、一見すると守るには不適なようだが、ぐずぐずの土地だからな。濠《ほり》を巡《めぐ》らせるなりすれば、攻《せ》める側には嫌《いや》な土地だろう。泥《どろ》に足を取られて歩兵の足並みは乱れ、重い鎧《よろい》を着た騎士《きし》は沈《しず》み、馬は滑《すべ》って転んで大騒《おおさわ》ぎ。そう簡単には攻《せ》め落《お》とせまい」

ミューリはうんうんとうなずいているし、確かに理屈《りくつ》はとおりそうなのだが、自分はいまいち信じられなかった。

それにエーブ自身が、顎《あご》を撫《な》でてからこう続けた。

「まあ、それで最後まで戦《たたか》い抜《ぬ》けると本気で思っているのかどうかは、疑問だがね」

ミューリが肩透《かたす》かしを食らっていた。

「あるいは寄付金をたっぷり集め、逃《に》げるまでの時間稼《じかんかせ》ぎか」

簡単に陥落《かんらく》できないことと、絶対に陥落《かんらく》しないことの間にはあまりにも大きな違《ちが》いがあるが、時間稼《じかんかせ》ぎという言葉はそのふたつの溝《みぞ》を埋《う》めるものに聞こえた。

オルブルクは信仰《しんこう》に燃える人々によって結束しているし、エシュタットは多くの人々がオルブルクに向かっているせいで閑散《かんさん》としている。そのために、いくらか戦力差は縮まっているだろう。

しかしエシュタットは大聖堂を擁《よう》する聖堂都市である以前に、選帝侯《せんていこう》が治める帝国《ていこく》の都市でもある。その支配領域は泥《どろ》がちの土地を越《こ》え、肥沃《ひよく》な土地を治める領主たちにまで及《およ》んでいるだろう。エシュタットが動員できる戦力は、相当なものになるはずだ。

目と鼻の先で勝手に町をつくられ、大市の開催権《かいさいけん》まで奪《うば》われたら、黙《だま》っているはずがない。なんなら、他の選帝侯《せんていこう》たちの軍勢を援軍《えんぐん》に呼ばれる可能性だって十分にあるわけで、たとえ籠城《ろうじょう》戦をするにしたって、オルブルクが勝てる見込みなど万にひとつも存在しないはず。

だとすると、やはりエーブの言うとおり、寄付や貢物《みつぎもの》を集められるだけ集めて逃げるための、時間稼《じかんかせ》ぎなのだろうか？

「その点について、私からお話したいことが」

それまでじっと話を聞いていたカナンが言った。

聖職にある者の癖《くせ》なのか、わざわざ立ち上がって、ごほんと咳払《せきばら》いをする。

「巡礼者《じゅんれいしゃ》のふりをして、聖職者の方々にお話を聞いてきましたが、どうやらオルブルクは、大市の開催《かいさい》権以上のものを求めているとのことです」

エーブが軽く目を細めると、カナンは続ける。

「市壁《しへき》の鍵《かぎ》の要求があったそうなのです」

鍵《かぎ》？　と小首を傾《かし》げるミューリの横で、自分は驚《おどろ》きの声を上げた。

「まさか、都市の自治権を要求しているのですか？」

無謀《むぼう》な試みのことを、小魚が鯨《くじら》を飲み込むような、と喩《たと》えることがある。

これこそまさにそれで、市壁《しへき》の鍵を寄こせというのは、掘立《ほったて》小屋だらけのオルブルクがエシュタットに成り代わろうとしていることを示す。

言葉を失っていたら、不意に袖《そで》を引かれた。

むくれているミューリだった。

「えっと……市壁《しへき》の鍵《かぎ》とは、都市の自治権を示す象徴《しょうちょう》です。つまり……」

「市壁《しへき》の鍵《かぎ》の要求が本気なら、連中はぬかるみの上に造った掘立《ほったて》小屋の集まりを、この巨大《きょだい》なエシュタットの代わりにしようって腹積もりだな」

その荒唐無稽《こうとうむけい》な話になにか刺激《しげき》されたのか、ミューリは大きく息を吸って、尻尾《しっぽ》みたいに体を膨《ふく》らませていたが、一方で自分はますます混乱した。

なぜなら、詐欺《さぎ》師たちの行動がミューリの言ったようにエシュタットの自作自演とするなら、筋書きが杜撰《ずさん》すぎるからだ。酒場で語られる詩人の唄《うた》だって、もう少し現実味がある。

それともこのくらい派手なほうが、薄明《はくめい》の枢機卿《すうききょう》の危険性をばら撒《ま》くのに適しているということだろうか？

しかし腹立たしいのは、自作自演でないとすると、なおのこと奇妙《きみょう》なせいだった。

まず、あのホーベルンが、そんな大それたことを考えるだろうかという問題がある。それにあの詐欺《さぎ》師たちが、あの掘立《ほったて》小屋だらけのオルブルクで、選帝侯《せんていこう》としての地位を手に入れようと本気で思っているとも思えない。

いかに夢見がちなミューリであっても、およそ笑ってしまうような話だろう。

手元にある材料だけでは、どうしたって奇妙《きみょう》なのだ。

ならば、まだ姿を見せていない材料があるのだろうか？

そう思って状況《じょうきょう》を俯瞰《ふかん》してみると、思い出すことがあった。

エシュタットに到着《とうちゃく》した日、早速《さっそく》話を聞き集めてきたカナンの教えてくれた話だ。

「カナンさんのお話では……大聖堂は、オルブルクの対応に手をこまねいていると仰《おつしや》っていましたよね」

目と鼻の先で町をつくられ、大市を邪魔《じやま》され、挙句に市壁《しへき》の鍵《かぎ》を要求されていたという。

普通《ふつう》ならば、帝国《ていこく》の一角を治める権力者として、面子《メンツ》と権威《けんい》の維持《いじ》のためにも、早急《さつきゆう》に叩《たた》き潰《つぶ》すような事態だろう。

それをしないのは、薄明《はくめい》の枢機卿《すうききよう》の威光《いこう》にエシュタットが怯《ひる》んでいるせいだと、カナンはあの時に興奮気味に話していた。

しかし、そうではないのだとしたら？

「エシュタットは、薄明《はくめい》の枢機卿《すうききよう》の名に怯《ひる》んでいるのではなく、オルブルク、いえ、彼ら詐欺《さぎ》師に入《い》れ知恵《ぢえ》をしている誰《だれ》かがいると、そう疑っているのでは？」

ホーベルン家の領主と詐欺《さぎ》師たちが結託《けつたく》しているだけでは、今の奇妙《きみよう》な状況《じようきよう》を説明しきれない。でも役者が彼らだけではないのだとしたら、その限りでない。

その指摘《してき》を受けたカナンは、少し恥《は》ずかしそうに答えた。

「はい。その点ではいささか先走っておりました……。この街の方々から話を聞き集めていくうち、まさにコル様の仰《おつしや》るとおりだとわかってきました。当たり前ですが、この街の皆《みな》さんも、笑い話に出てくる案山子《かかし》のような聖職者ではありませんから」

油断なく目を光らせ、知恵《ちえ》を絞《しぼ》る者は自分たちだけではない。

「オルブルクにいる薄明《はくめい》の枢機卿《すうききよう》が、おそらく偽者《にせもの》であろうというのは、皆《みな》さんすでに十分予測のうえのようです」

だとすると、エシュタットはホーベルンという貴族や、ましてや薄明《はくめい》の枢機卿《すうききよう》という名前に怯《ひる》んでいるわけではない。

彼らが警戒《けいかい》しているのは——。

「誰《だれ》かが仕掛《しか》けた見《み》え透《す》いた罠《わな》って思ってるんだね」

目を輝《かがや》かせたミューリからは、今にも耳と尻尾《しっぽ》が出てしまいそうだ。

「私、知ってるよ！　これって、揉《も》めごとをわざと作って相手に手を出させて、大義名分として戦《いくさ》に引きずり込むって手口だよね？」

「選帝侯《せんていこう》の地位を巡《めぐ》る政治劇なら、ありうる話だな」

エーブも相槌《あいづち》を打ち、物騒《ぶっそう》な話が大好きな二人が意気投合している。

確かにそれならば詐欺《さぎ》師たちの異様な手際《てぎわ》の良《よ》さが説明できる。武器の存在も説明できる。自分の口の中が苦くなるのは、この説が正しいのなら、薄明《はくめい》の枢機卿《すうききよう》の名を信じて集まった人々は、文字どおり捨て駒《ごま》として集められた生贄《いけにえ》にすぎなくなるからだ。

もしもその可能性が正しいのなら、やはりどんな手を使ってでも……。

そう考えていたら、カナンの横でじっと腕《うで》を組んでいた、希代の書籍商《しよせき》がのそっと口を開く。

「コル殿《どの》、彼らは古代帝国《ていこく》時代の遺構を、根城にしているということでしたが」

「えっ……と、はい」

急に話を振《ふ》られて戸惑《とまど》ったが、偽者《にせもの》が語る『始まりの教会』の話は自分も印象に残っていた。

「信仰《しんこう》を説くうえでの、権威《けんい》付けのためだと思います。今にも崩《くず》れそうな遺構を説教の場にして、『始まりの教会』と称《しょう》していました。まだ教会が腐《くさ》る前の、古代帝国《ていこく》時代に建立《こんりゅう》された教会のはずだからと」

「ふむ。そしてその話そのものは、そこまででたらめでもなさそうではありませんでしたか」

その問いは、カナンに向けて。

「そう、ですね。この地域一帯が、古代帝国《ていこく》時代に異教徒との戦いの前線基地になったというのは史実のはずです。そして騎士《きし》たちの居留地には必ず教会が建立《こんりゅう》されたはずですから、十分ありうるかと思います。しかし……」

それが、一体?

全員の視線が集まる中、ル・ロワは言った。

「だとしたら、もっと単純にして、たわけた話の可能性もありうるのでは? なにせ、古代帝《てい》国《こく》の遺構なのですからな」

たわけた、という古風な言い方をした時、ル・ロワはミューリに向かってにやりと笑ってみせた。いわば読書の師匠《ししょう》格であるル・ロワのそんな様子に、ミューリは不思議そうな顔をする。

「ほら、ミューリ殿《どの》。古代の遺構ですよ。なにか思いつきませんか？」

「ふえ……？」

小首を傾《かし》げたミューリは、直後に雷《かみなり》に打たれたように目を見開く。

「あっ！」

書籍商《しょせき》は肩《かた》を揺《ゆ》らして笑い、こちらを見回しながら言った。

「皆《みな》さん、古代帝国《ていこく》が残したのが遺構だけだと考えるのは、早計でしょう」

元々夢見がちだったミューリだが、空想癖《へき》に拍車《はくしゃ》がかかったのは間違《まち》いなくこのル・ロワの影響《えいきょう》もあるはず。悪い大人の薫陶《くんとう》を受けたおてんば娘《むすめ》は、椅子《いす》を蹴倒《けたお》さんばかりに立ち上がる。

「古代の財宝！」

「いかにも、いかにも！　詐欺《さぎ》師どもは人を集めて目隠《めかく》しとし、それをこっそり掘《ほ》り出《だ》そうとしているのではありませんかな」

「ばっ——」

馬鹿な、と言いかけて言葉になりきらなかったのは、すぐにその妥当《だとう》性に気づいたから。

偽者《にせもの》の薄明《はくめい》の枢機卿《すうききょう》という名乗りに騙《だま》されるのは、生まれた町や村から一生出ない人々だけ。交易に携《たずさ》わる商人や、世界中に広がる教会と連絡《れんらく》を取り合っている聖職者などは、眉《まゆ》に唾《つば》するに十分な見識を持っている。

だから逆に大聖堂側としては、敵対勢力による見《み》え透《す》いた罠《わな》ではなかろうかと、対応に慎《しん》重《ちょう》になっているという推測が成立する。

それに詐欺師《さぎ》たちだって、エシュタットに本気で攻《せ》め込まれたら一巻の終わりということはわかっているはずだし、市壁《しへき》の鍵《かぎ》を渡《わた》せという要求の支離滅裂《しりめつれつ》さもわかっているだろう。

だから一連の流れはまさに、なにか裏がある、と思わせるためのものだとしたら。

そしてエシュタットの者たちは、見事その策に引っかかったのだとしたら。

ルティアが語っていたように、折りしも南の帝国《ていこく》と教皇は、領土を巡《めぐ》って小競《こぜ》り合《あ》いをしていたというのだから、帝国《ていこく》の権力者たちは敵の存在に神経を尖《とが》らせていたはず。

人の心の隙間《すきま》につけ込む詐欺師《さぎ》たちは、まさにそこに目をつけたのではないか。

偽者《にせもの》とばれることなど当然承知のうえで、ついでにオルブルクを守りきる気もさらさらない。財宝を掘《ほ》り出《だ》すまで時間が稼《かせ》げて、穴を掘《ほ》っていても怪《あや》しまれないくらい賑《にぎ》やかならそれでいい。

つまりオルブルクは、なにからなにまで嘘《うそ》で塗《ぬ》り固められた、夜明けの光と共に消えてしまう妖精《ようせい》の村なのではないか。

あのホーベルンと信仰《しんこう》熱心な人々は、嘘《うそ》に混ぜると素晴《すば》らしい味付けになるといわれる、一抹《いちまつ》の真実として利用されたのではないか。

計画の壮大《そうだい》さと大胆《だいたん》さに呆気《あっけ》に取られ、固唾《かたず》を呑《の》んでいたところだった。

「話としては面白《おもしろ》いがね」

エーブのため息交じりの言葉で、我に返る。

「本気で信じているのか？」

エーブの冷たい目に、ル・ロワは楽しそうに含《ふく》み笑うばかり。

ミューリはその様子に、ぽかんと口を開けていた。

「あるかないかもわからない財宝の話のために、世の耳目《じもく》を引きやすい薄明《はくめい》の枢機卿《すうききょう》の名を騙《かた》るなんてのは、いくらなんでも馬鹿げている。ほかにやりようがあるだろう」

ル・ロワがついに肩《かた》を揺《ゆ》らして笑い出すと、はしごを外されたかたちのミューリはル・ロワのことを恨《うら》めしそうに見ていたし、自分もちょっと気持ちは同じだった。

「ふふふ。ご勘弁《かんべん》を。ただ、財宝は荒唐無稽《こうとうむけい》にしても、あの土地に執着《しゅうちゃく》する理由がある可能性は捨てきれないでしょう。遺構の存在がどうにも気になるのですよ。コル様のお話を聞いても、詐欺《さぎ》師たちは手際《てぎわ》がいい。単なる思いつきにしては用意周到《しゅうとう》ですから、オルブルクをあの場所に築いたのも、あの場所だからこそ、という可能性は常に考えるべきだと思いました。もっともそれは、私が政治劇より冒険譚《ぼうけんたん》のほうが好きなせいかもしれませんが」

権力者同士の陰謀《いんぼう》に目を輝《かがや》かせていたエーブとしては、やや耳が痛かったようだ。軽く肩《かた》をすくめていたが、どっちの話も大好物のミューリだけが、結局どっちなんだとぷりぷり怒《おこ》っていた。

そんな様子を前に、自分はふと、呟《つぶや》いた。

「財宝？」

ル・ロワの口にした荒唐無稽《こうとうむけい》な話と、エーブの冷ややかな指摘《してき》。

あの場所にオルブルクをわざわざつくった理由と、あえて薄明《はくめい》の枢機卿《すうききょう》を名乗る理由。

鍵《かぎ》は、財宝という単語だった。

「コル様？」

カナンから声をかけられ、言った。

「古代の遺構と財宝ですが、ありうるのでは？」

他の誰《だれ》が言ってもここまで驚《おどろ》かれなかったろう、というくらい、四人が目を丸くしてこちらを見た。

「そうです。ええ、財宝は確実にありますよ」

ミューリはいっそ不安そうな顔でこちらを見ている。

おかしな妖精《ようせい》に幻覚《げんかく》を見せられているのではと思ったのかもしれない。

「だって、埋《う》めておけばいいんですから」

そしてたちまちミューリは、顔半分をしかめながら言った。

「あのさ、兄様。いきなりどうしたの？　そんなことして、誰《だれ》が得するっていうの？」

自分は怯《ひる》まず、むしろ微笑《ほほえ》み返すと、ミューリはぎょっとして体を引く。

「儲《もう》かりますとも。そのための薄明《はくめい》の枢機卿《すうききょう》だとすれば」

「えっ？」

ぺちんというのは、ル・ロワが自身の額を叩《たた》いた音。

さらにその横で、エーブが珍《めずら》しく悔《くや》しそうに顎《あご》を引いていた。

商人二人は、すぐ思い至ったらしい。

「そうか、その手がありましたな」

「え、えっと？」

困惑《こんわく》しているのはカナンで、ミューリは話の先が見えないことが不服だったようだ。不機嫌《ふきげん》そうな顔でこちらを睨《にら》みつけている。なにせ隠《かく》された財宝と金儲《かねもう》けなんて、この堅物《かたぶつ》の兄には最も縁遠《えんどお》いものなのだから。

それは確かにそうなのだが、信仰《しんこう》の世界のことならば自分はミューリよりもよく知っている。

たとえばその、よろしくない側面も。

「聖遺物を掘《ほ》り出《だ》すつもりなのだとしたら？」

「せいいぶつ……？」

ミューリは怪訝《けげん》そうにその単語を繰《く》り返《かえ》してから、はっと腰《こし》に提《さ》げている剣《けん》の柄《つか》を見ていた。

聖遺物とは、神の奇跡《きせき》を体現した聖なるなにか。

それはたとえば、天使が舞《ま》い降《お》りた台座の破片《はへん》だったり、聖人が身に着けていた持ち物だったりと様々だが、共通するのは、恐《おそ》ろしく高価なことだ。

なにせ霊験《れいげん》あらたかな聖遺物があれば、それを目当てに巡礼者《じゆんれいしや》が押し寄せ、教会の霊的権威《れいてきけんい》も大いに上がる。そのため怪《あや》しげな品が、ものすごい高値で取引されるのだ。

そんな聖遺物に関する話で、伝説の剣《けん》には聖人の骨が用いられているという噂《うわさ》を聞きつけたミューリは、あろうことかこちらの腕《うで》の骨を物欲《ものほ》しそうな目で見ていたこともあるくらいだ。

なにせその兄というのは、世に聞こえし薄明《はくめい》の枢機卿《すうききよう》。

聖遺物として、申し分ない！

「薄明《はくめい》の枢機《すうき》卿《きよう》様が、自分で埋《う》めたものを自分で掘《ほ》り出《だ》して、奇跡《きせき》によって見つかったものだと売りさばくわけか。なんとあくどい」

白々しくあくどいなどと言うエーブは、面白《おもしろ》そうな顔をしていた。

「もちろん可能性のひとつですし、これだと武器の存在がよくわからなくなるのですが、それ以外のことはある程度説明できると思います」

聖遺物を掘《ほ》り出《だ》した後、盗《ぬす》まれないようにする護衛のためとかだろうか？

「いずれにせよ、薄明《はくめい》の枢機卿《すうききよう》を騙《かた》る偽者《にせもの》が、あんなところで大騒《おおさわ》ぎしている理由にはいくつも可能性があるってわけだ」

エーブは手元の硝子《ガラス》の器《うつわ》を指で傾《かたむ》けながら、なにかを考えている。

「偽者《にせもの》を亡《な》き者にすること自体はさほど難しくなかろうが、連中の目的や、後ろに誰《だれ》がいるのかによっては、そう簡単に話は進まなくなる」

その言葉に自分はうなずき、こう言った。

「選帝侯《せんていこう》の地位を巡《めぐ》る陰謀《いんぼう》のような話は、私の手に余ります。ただ、遺構に関する可能性は、私たちでも調べられますよね？」

自分が視線を向けたのはカナンだ。

「あ、は、はい。大聖堂には巨大《きょだい》な書庫がありました。おそらく古代帝国《ていこく》時代の歴史も記録が残っているはずです」

あの遺構は一体なんなのか。

最初は単なる権威《けんい》付けかとも思ったが、あの存在こそが詐欺《さぎ》師たちの計画の根幹に関わるのかもしれないという可能性が出てきた。

ル・ロワが語る財宝や、自分が述べた聖遺物捏造《ねつぞう》でなくとも、彼らの目的があの遺構そのものという可能性は十分ある。

「賑《にぎ》やかしのつもりで口にしましたが、案外筋は悪くなかったようですな」

ル・ロワが笑い、ミューリが噛《か》みつくような目を向けていた。

「ねえ、結局、財宝はあるの？　ないの!?」

笑うル・ロワにむくれるミューリ。やれやれとばかりにエーブが砂糖菓子《がし》の入った器《うつわ》をミューリの前に置いて、機嫌《きげん》を取っていたのだった。

エーブの借り上げている倉庫で会議をしたその翌日。

自分たちは早速《さっそく》エシュタットの大聖堂に赴《おもむ》いた。

「うわ〜、おっきい！」

山奥《やまおく》のニョッヒラから出てきた直後は、ミューリはなにを見ても珍《めずら》しそうにしていた。

いくらか旅慣れてきてそういうことも減ったが、さすが選帝侯《せんていこう》たる大司教が治める大聖堂は、ミューリの好奇心《こうきしん》を刺激《しげき》するに十分だったらしい。

大聖堂だけならウィンフィール王国にも比肩《ひけん》するものがあるが、付随《ふずい》する建物が多く、まるで都市の中にもうひとつ町があるように見えるのだ。

「先日少し覗《のぞ》いてきましたが、書庫も立派なものでした。かつてこの聖なる都市に集まり、北方に旅立っていった騎士《きし》たちの紋章《もんしょう》を収めた一覧もありました」

ミューリが目を輝《かがや》かせるには十分な情報だ。

大聖堂ともなるとひっきりなしに人が出入りしているものだが、朝の礼拝が終わって人もはけたのか、たまさかの静寂《せいじゃく》が訪《おとず》れていた。

遍歴《へんれき》の神学博士見習いに扮《ふん》したカナンの案内を受け、大聖堂に足を踏《ふ》み入《い》れる。

その身廊《しんろう》に一歩入れば、あまりの天井《てんじょう》の高さにミューリは口が半開きだ。

天井《てんじょう》ははるか遠くにあるのに、そこに描《えが》かれている天使たちの表情がはっきりわかる。大きなものはそれだけで人々を圧倒《あっとう》し、少しだけ世間知らずのおてんば娘《むすめ》は怯《ひる》んでいた。

「信仰《しんこう》に目覚めましたか？」

ミューリは固唾《かたず》を呑《の》んでから、見栄《みえ》を張るように首をすくめてみせる。

カナンはそんなミューリに微笑《ほほえ》み、身廊《しんろう》を左に逸《そ》れ、大聖堂の日々の運営を司《つかさど》る様々な機関が集まる、併設《へいせつ》の建物に向かう。

カナンの言葉では、大聖堂はがらんとしているということだったが、長く広い廊下《ろうか》に出るとそうでもなかった。数多《あまた》の聖職者のみならず、どこかの領主から派遣《はけん》されたのであろう文官の一団や、身なりのよい商人など様々な人たちがいた。

あるいは、この規模の大聖堂だと、普通《ふつう》はもっと混雑しているのかもしれない。

なにせこのエシュタットには、地元ならば比類なき名士に数えられるであろう司教その人を任命する権限を持つ大司教がいる。それだけでも、広大な領域の教会組織を監督《かんとく》する立場ゆえ、日々多くの聖職者が訪《おとず》れることだろう。

さらには聖堂都市として大司教が市政を司《つかさど》っているし、選帝侯《せんていこう》という立場から数多《あまた》の俗人《ぞくじん》領主たちを従えて、帝国《ていこく》の領土の一角をも治めている。

この大聖堂には、いわばこの世に存在する権力が上から順に全部集まっているようなもの。

そのため普段《ふだん》から多種多様な人々が出入りしているようで、神学博士の見習いが遊学の途《と》中《ちゅう》で知り合った富裕《ふゆう》な商会の子息とその家庭教師と共に、各地の歴史を調べているから大聖堂の書庫を閲覧《えつらん》したいなんて申し出ても、いちいち気にも留《と》めないようだった。

「こちらに名を……はい、寄付はこちらに。本の取《と》り扱《あつか》い方法は？　ああ、お三方ともアケントにて学ばれたと、はい、結構。こちらの札を司書に見せてください。次の方」

　実に事務的だった。

　ちなみに自分たちの前に並んでいたいかにも富裕《ふゆう》な身なりをした夫婦《ふうふ》は、遺産相続を巡《めぐ》って親戚《しんせき》と対立しており、家系の確認《かくにん》をするためにとある町の年代記を閲覧《えつらん》したいという話だった。ついでに帰《かえ》り際《ぎわ》には大聖堂に寄付をして、訴訟《そしょう》の際には味方についてもらうつもりなのだろう。

　歴史ある大聖堂というのは、そういう土地の記憶《きおく》の礎《いしずえ》のような役目も担《にな》っている。場合によっては贅沢《ぜいたく》だと糾弾《きゅうだん》しなければならないのだろうこの石造りの建物だって、そのおかげで歴史の中で数多《あまた》ある大火や水害を乗《の》り越《こ》え、今の世まで貴重な書籍《しょせき》を連綿と受《う》け継《つ》いでこられたのだ。

　それに重厚《じゅうこう》な石造りの建物の中を歩いていると、日々の仕事で忙《いそが》しそうに立ち働く者たちがたくさん目に入る。そうやって、大きなエシュタットという街のみならず、周辺領土の安寧《あんねい》が保たれている。

　この大聖堂のような役割を、あのオルブルクが担《にな》えるはずもないし、一切《いっさい》の税も取らずに維《い》持《じ》できるというのも夢物語だ。

『始まりの教会』での説教は、詐欺《さぎ》師がしていたから誤りというわけではない。

あれは過激にすぎるし、実現不可能な理想論だと思う。

ただ、人々は違和感《いわかん》なく受け入れ、熱狂《ねっきょう》していた。

つまり放っておけば、薄明《はくめい》の枢機卿《すうききょう》の考えとはそういうものなのだと、世の人々に誤解されるという証左でもある。

語らずに理解されようというのは、甘えなのだ。

薄明《はくめい》の枢機卿《すうききょう》はもっと、世に広く出なければならない。

そしてその覚悟《かくご》が遅《おそ》かったからこそ、詐欺《さぎ》師たちの暗躍《あんやく》を許してしまっている。

だから自分には、この陰謀《いんぼう》を暴《あば》く義務がある。

息を大きく吸い、長く吐《は》く。

そしてミューリに負けず劣《おと》らず、大股《おおまた》で書庫に続く廊下《ろうか》を歩んだのだった。


「古代帝国《ていこく》時代を記した年代記？」

カナンが受付でもらった札を司書に渡《わた》し、目的の本を告げると、司書は嫌《いや》そうに聞き返してからため息をついた。

「オルブルクのたわ言には耳を貸しませんように。『始まりの教会』とやらがあるとすれば、それはここにほかなりません」

どうやら『始まりの教会』の真偽《しんぎ》を調べにきた者はほかにもいるらしい。

司書は疲《つか》れたように言ってから、書架《しょか》に案内してくれた。

大きな、という言葉では表しきれない書庫にはほかにも閲覧者《えつらん》がいて、熱心に頁《ページ》を繰《く》っている。書架《しょか》に収められたどの本も鎖《くさり》で繋《つな》がれ、司書は武骨な鍵《かぎ》で三冊ほど鎖《くさり》を解き、書見台に置く。それから今度は書見台に取りつけられた鎖《くさり》で、本を繋《つな》ぎとめる。書架《しょか》にはところどころ悪《あく》魔《ま》を模した小さな彫像《ちょうぞう》があり、閲覧《えつらん》者が本を持ち出さないように見張っている。

「神の御加護がありますように」

司書はやや投げやりにそう言って、離《はな》れていった。

「……少なくない人たちが、同じ本を開いているようですね」

書庫の本などというものは、どれも頁《ページ》を開けばぺりぺりと音がするものだが、書見台に置かれたそれは実にしなやかだ。

「私たちの前に並んでいた貴族様もそうですが、どちらが正当性を有するのかは、過去に聞くしかありませんからね」

時の流れと共に町が移設されることは珍《めずら》しくなく、河口の町となると土砂《どしゃ》の堆積《たいせき》などで大きく地形も変わってしまうから、あの崩《くず》れかけの建物がかつての教会という可能性は、ないわけではない。

「根城のことも載《の》ってるかな」

　一方のミューリは、土地の歴史よりも、あの泥《どろ》の下に埋《う》まっていた古代帝国《ていこく》時代の遺構にご執心《しゅうしん》だ。ミューリの描《えが》いていた出口のない町のことを思い出し、市壁《しへき》でありませんように、となんとなく思ってしまう。

　そんな自分をよそに、わくわくした様子で早速《さっそく》本を開いたミューリだが、たちまち椅子《いす》の上でのけぞっていた。

　どうしたのかと思ってその本を見れば、そこにあるのは教会文字だった。

「う……兄様ぁ……」

　俗語《ぞくご》は流暢《りゅうちょう》に操《あやつ》れるようになっても、教会文字はまったく別の知識。

「私とカナンさんで文字を読んでいきますから、あなたは挿絵《さしえ》から関係のありそうなものを探してください」

　年代記といっても親切に時代順に並んでいるわけではなく、その時々に記されてきた記事を無造作に綴《と》じたものがほとんどだ。

　なんなら厚さを調整するために、教会文字で書かれているというだけで内容はまったく年代記と関係のないものが、一緒《いっしょ》くたに綴《と》じられていることだって珍《めずら》しくない。

　ミューリは肩《かた》をすくめ、ぶつぶつ文句を言いながら本の前に座り、自分たちも作業に取りかかったのだった。

教会にて商《あきな》いをする不信心なる者どもよ、と強い口調で始まる定番の説教がある。

けれどエシュタットの大聖堂ほど大きなところになると、お昼時には参拝者やそこで立ち働く人たちのため、食べ物を売り歩く者たちが大勢いた。

大聖堂はいくつもの建物が繋《つな》がっていて、広々とした中庭もあちこちにある。

日当たりの良《よ》い場所をミューリが見つけてきて、そこで昼食となった。

「よくわかりませんでしたね」

カナンのぽつりと言った一言が、すべてを表していた。

「元々は太古より続く交易のための集落があって、そこに古代帝国《ていこく》の前線基地が造られたと。ほどなく教会が建立《こんりゅう》され、信仰《しんこう》と異教徒討伐《とうばつ》の一大中心地となった……ということでしたが」

乱雑に掻《か》き集められた古い時代の逸話《いつわ》を繋《つな》ぎ合《あ》わせると、大まかにはそういう歴史になる。

「ホーベルン家が記録の続く限り昔からこの土地に住む家系だった、というのは少し驚《おどろ》きでしたが」

「じゃあ、あの人は一応、偉《えら》い人だったんだ」

根城の中で酔《よ》いつぶれている、ホーベルン家現当主と思《おぼ》しき御仁《ごじん》。

ミューリの頰《ほお》についたパンのかすを取ってやりながら、自分はカナンに言った。

「ホーベルン家は、古代帝国《ていこく》の騎士《きし》たちがやってくる前、名もない集落を取りまとめていたのでしょう。湿地《しっち》だった土地を改良し、多くの人々が住めるようにした功績を以《も》って爵位《しゃくい》を授《さず》けられた、とありましたし」

「しかしその土地で麦は実らず、数多《あまた》の水害にも悩《なや》まされ、ついに大市は神の御加護の許《もと》でなされるべきと、権利を大聖堂に譲渡《じょうと》した……というわけですか」

歴史は勝者が記すものと相場が決まっているので、異教徒たちをどんどん北方に追いやる中、力をつけた大聖堂側がホーベルン家に無理難題を吹《ふ》っかけて弱体化させたというのは、ありえないことではない。

しかし、大市の開催《かいさい》は見た目ほど簡単でも儲《もう》かることでもないと、あのエーブも言っていた。商売上手な領主などめったにいないことを鑑《かんが》みれば、音《ね》を上げたホーベルン家が自主的に権利を譲渡《じょうと》したという話も、自然に思える。

「けど、じゃあ、あの根城とか埋《う》められていた石とかはなんなの？　集落の跡《あと》？　そこに財宝があるってこと？」

教会文字が読めずにふくれっ面《つら》だったミューリだが、思いのほか挿絵《さしえ》は多く、オルブルクで見かけた泥《どろ》の下の遺構の絵がないかと熱心に探していた。

しかし挿絵《さしえ》の中でも、風景を描《えが》いたものというのは多くなく、見つかるのはせいぜいが騎士《きし》団長の凱旋《がいせん》などの場面で、背後にそれらしい建物が描《えが》かれる程度だった。

「財宝はともかく、周囲が敵だらけのためにひとまず造られた陣地《じんち》の跡《あと》、というのが妥当《だとう》なところなのでは」

あの遺構の規模感から、戦《いくさ》を想定したものとしか思えない。

一方で、大規模な戦《いくさ》があったという記録もないし、年代記の古い話というのは、ほとんどがエシュタットの大聖堂の成り立ちについてのものだった。

それらをまとめると、こうだ。

今、大聖堂が建ちエシュタットとして街になっているここは、元々海の中にぽつんと浮《う》き出《で》た小島らしかった。水害で川沿いの広範囲《こうはんい》が水浸《みずびた》しになった際には、多くの者が船で逃《のが》れる避《ひ》難《なん》場所だったようで、そこに信仰《しんこう》の礎《いしずえ》となる教会を建てたのは自然な流れだったろう。信仰《しんこう》も多く集めたはずだ。

そして海の後退と共に小島は地続きとなり、その都度町としての体裁《ていさい》が整えられ、今に至る。

しかも小島はしっかりした岩盤《がんばん》を有していて、この街を形作る石の多くが、足元から切り出されたものだという。だから昔はもっと小高い丘《おか》のようだったことが、ミューリの見つけた古い挿絵《さしえ》から窺《うかが》えた。

「ただ、ホーベルン家の名前を、私はどこかで聞いたことがあるんですよね……」

その答えが見つかるかもと思ったが、だめだった。

あるいは放浪《ほうろう》学生の頃《ころ》、大学都市アケントに向かう途中《とちゅう》で知らずにエシュタット近郊《きんこう》を通り、その時に耳にしたのだろうか。

「私は聞いたことないかなあ」

ということは、武勲《ぶくん》で有名なわけでもなさそうだ。

やはり子供の頃《ころ》の旅の途中《とちゅう》で耳にしたのかもしれない。

「それより、この後はどうするの？」

三人がかりだったので、ひととおり年代記は読み終わっている。

ただ、これといった手がかりを得られていないので、望《のぞ》み薄《うす》でももう一度書庫に行くべきか。

あるいは街の好事家《こうずか》に当たっているル・ロワのほうに、手掛《てが》かりとなる本があるだろうか。

さもなくば、あの土地を選んだのは、たまたま薄明《はくめい》の枢機卿《すうききょう》のふりをするのに適していたから、そうしただけなのか。

そう思っていたところ、パンを口に詰《つ》め込んだミューリがごくりと飲み込んで言った。

「ねえねえ、それならさ、私、見にいきたいところがあるんだけど」

「見にいきたいところ？」

「歩き売りの商人さんに聞いたんだけど、この街の歴史を知りたければ、必ず見るべきものが大聖堂にはあるんだって！」

自分とカナンが顔を見合わせる中、ミューリは満面の笑《え》みでこう言った。

「地下のお墓だってさ！」

一瞬《いっしゅん》、骨を咥《くわ》えてご満悦《まんえつ》の狼《オオカミ》を想像してしまったが、実際はちょっと趣《おもむき》が違《ちが》うものだった。

どこまでも広がる泥《どろ》の土地に珍《めずら》しく、ここは岩盤《がんばん》のしっかりした小島だったという。海が後退し、陸地と地続きになる中で、水害の多い土地へと街を拡大するために石が切り出され、頑丈《がんじょう》な建物が建設された。

その時に石を切り出した跡地《あとち》が、大規模な地下墳墓《ふんぼ》として利用されているのだという。古代帝国《ていこく》時代は戦《いくさ》の前線基地として利用され、その後は南の帝国《ていこく》の一角となったような都市だから、そこに納める骨には困らない。

エシュタットの地下墳墓《ふんぼ》は、エシュタットの富と栄光の歴史を一望できる隠《かく》れた名所なのだと、商人がミューリに吹《ふ》き込んだらしい。

冒険《ぼうけん》大好きなミューリは、地下墳墓《ふんぼ》という単語そのものですでに興奮していたが、商人の地元自慢《じまん》が決して誇張《こちょう》でなかったというのは、自分たちもほどなく気づいたのだった。

「……」

地下墳墓《ふんぼ》への入り口は、大聖堂に関連する建物が立ち並ぶ区画でも特に古い一角にあった。その雰囲気《ふんいき》に、ミューリでさえ口をつぐむ。

地獄《じごく》への入り口を思わせる暗い穴が地下に続き、古びた巨大《きょだい》な鉄格子《てつごうし》で仕切られている。そこを管理する聖職者が腰《こし》に提《さ》げているのは、小さめのこん棒にも見える巨大《きょだい》な鉄鍵《かぎ》だ。

少なくない寄付を経て開かれた鉄格子《てつごうし》をくぐると、掃除《そうじ》の行き届いた他の場所とは趣《おもむき》が違《ちが》う、拭《ぬぐ》いきれない時《と》間《き》の澱《おり》がこびりついた石の階段がある。真っ暗な地下からは冷たい風が吹《ふ》き上《あ》がってきて、かすかに黴《かび》の匂《にお》いもする。

陰気《いんき》な聖職者が蠟燭《ろうそく》を手に進んでいくと、壁《かべ》には神への救いを求める文句がびっしりと書かれていた。文字からでもわかる鬼気《きき》迫《せま》ったそれに、さしものミューリも顔を強張らせ、こちらの手を痛いくらいに握《にぎ》ってくる。

「これらは、水害のたびに大聖堂に逃《に》げ込んだ人々が、迫《せま》りくる水を前に書いたものです」

陰気《いんき》な聖職者がそう教えてくれた。大潮と大雨が合わさると、大聖堂の床《ゆか》まで水浸《みずびた》しになったらしい。偉大《いだい》なる聖者たちの眠《ねむ》るここならば、絶対に水浸《みずびた》しになるまいと人々が詰《つ》めかけたのだろう。

水害というと鉄砲水《てっぽうみず》やがけ崩《くず》れといったものしかなじみのない山育ちのミューリには、ひたひたと足元から迫《せま》りくる水の害は未知の怖《こわ》さだったようだ。

さらに地下に下りていくと、整備された石の階段ではなくなり、岩をそのまま削《けず》り出したものに変わる。壁《かべ》にも漆喰《しっくい》が塗《ぬ》られなくなり、雰囲気《ふんいき》としては洞穴《ほらあな》そのままだ。蝙蝠《こうもり》が出てきてもおかしくないが、天然の洞窟《どうくつ》ではないので幸いにそういうことはなかった。

階段を下りきると、大きな燭台《しょくだい》置き場が壁《かべ》に彫《ほ》られていて、置きっぱなしになっているいくつかの蠟燭《ろうそく》に火が移された。

「わっ……」

ミューリが思わず声を上げる。

増えた灯《あか》りに照らされたのは、細長い通路。

その通路の両脇《りょうわき》に、ベッドのようにくりぬかれた安置所が、足元から天井《てんじょう》までぎっしり並んでいた。

「エシュタットの発展に尽力《じんりょく》された、歴代の偉人《いじん》たちの墓所です。彼らの眠《ねむ》りを妨《さまた》げませぬように」

陰気《いんき》な聖職者は、特にミューリに向けて言って、歩き出す。

安置されている者たちは、腹の上に剣《けん》を抱《だ》いている者もいれば、聖典らしき本を抱《だ》いている者もいる。死者の名と没年《ぼつねん》が記された銅板をはめ込まれている者もいれば、多大なる寄付によってここに眠《ねむ》る、とだけ記されている者もいる。

空虚《くうきょ》な眼窩《がんか》と笑っているようにも見える髑髏《どくろ》を晒《さら》して眠《ねむ》る者たちがほとんどだが、時折生前の顔つきもわかるほど顔の皮膚《ひふ》を残している者もいた。

カナンが足を止めるのは聖職者の名が刻まれた遺骸《いがい》の前で、ミューリが足を止めるのは騎士《きし》たちの遺骸《いがい》の前だ。

ここに眠《ねむ》る誰《だれ》もが、それぞれの時代では名士に数えられ、重要な働きを担《にな》った者たちなのだろう。けれども今は等しく眠《ねむ》りにつき、現世での役目を終えた骸《むくろ》を晒《さら》すのみ。

塵《ちり》は塵《ちり》に、灰は灰に、という聖典の言葉が思い出される。

たとえば豪華《ごうか》な副葬品《ふくそうひん》に囲まれながら眠《ねむ》っているのは、錆《さ》びついた王冠《おうかん》らしきものを腹の上に載《の》せた人物だ。銅板には、聞いたことのない国名と、王という身分が記されている。歴史の濁流《だくりゅう》の中で一瞬《いっしゅん》だけ浮《う》かんだ、泡《あわ》のような国だったのだろう。

そして聖職者は、通路の奥で足を止める。

地下墳墓《ふんぼ》はかなり広く、先にもなお通路が続いているが、彼が足を止めたのはそこが特に重要な者たちの眠《ねむ》る場所だからのようだ。

そこだけ狭苦《せまくる》しい廊下《ろうか》ではなく、ちょっとした広場になっていて、周囲を囲む壁《かべ》に、ひときわ大きな安置所が掘《ほ》られている。

「歴代の大司教様です」

横に寝《ね》ている者たちもいれば、立ったままの姿勢で安置されている者もいる。誰《だれ》も彼もが立派な僧服《そうふく》を身に纏《まと》い、蠟燭《ろうそく》の灯《あか》りで怪《あや》しく照らされる装飾《そうしょく》品を身につけている。

ただ、なんとなくそのどれもがくすんで見えたのは、彼らの身につける装飾《そうしょく》品が、一様に錆《さ》びていたからだ。

黄金ではないし、銀でもない。青い黴《かび》のようなものが浮《う》いていることから、銅の装飾《そうしょく》品らしいとわかる。

黄金にしなかったのは、謙遜《けんそん》の証《あかし》だろうか？

それにしては着飾《きかざ》るという欲そのものは抑えられなかったのかと、いささか非難めいた視線を向けていたら、ミューリに袖《そで》を引かれた。

ミューリが指さしたのは、僧服《そうふく》の大司教たちの中で唯一《ゆいいつ》、俗人《ぞくじん》の服を着た者がいたからだ。

「初代ホーベルン？」

こびりついた埃《ほこり》と緑青《ろくしょう》のせいでほとんど消えかかっているが、銅板にその名が記されている。

初代といっても、土地を改良し、爵位《しゃくい》を授《さず》けられた人物という意味での、初代だろう。大聖堂の建立《こんりゅう》より彼の没年《ぼつねん》のほうがかなり前なので、どこか別の場所に安置されていたのを、ここに移送したのだ。おそらくこの大聖堂が建立《こんりゅう》された時、ホーベルン家に成り代わって広く領域を支配する、という正当性を付与《ふよ》するために。

剣《けん》を抱《だ》いて眠《ねむ》りにつく、初代ホーベルン。訪《おとず》れた人のお賽銭《さいせん》なのか、枕元《まくらもと》や服の上に銅貨が散らばっている。

あなたの領地では今、子孫が虐《しいた》げられ、詐欺《さぎ》師が好き勝手やっていますよと、耳元で囁《ささや》きたくなる。

彼が目を覚ませば、あの遺構がなんなのかも聞けたろうに、と思って顔を上げた時のこと。

彼が眠《ねむ》る安置所の上の壁《かべ》に、古めかしい筆致《ひっち》で絵が描《えが》かれていた。

「これは……？」

手にしていた蠟燭《ろうそく》を掲《かか》げると、色あせ、やや不気味な印象のある絵が浮《う》かび上《あ》がる。

それはなにかの儀式《ぎしき》を描《えが》いたものらしい。

中心にある大きな井戸のようなものを人々が囲み、崇《あが》めるように集まっている。

その井戸の上には輝《かがや》く太陽を手にした神がいて、井戸の下には、右手に剣《けん》、左手には槌《つち》かなにかを握《にぎ》って正面を向く人物の姿がある。

剣《けん》と槌《つち》の組み合わせは、あの詐欺《さぎ》師たちの根城でも見た。

ホーベルンの紋章《もんしょう》だ。

「この井戸みたいなの、根城で見たね」

ミューリがこそっと話しかけてくる。

酔《よ》いつぶれた没落《ぼつらく》貴族が握《にぎ》り締《し》めていた、小さな紙片《しへん》。あそこに描《えが》かれていたのも、確かにこんな形のものだった。つまりそれはホーベルン家にとって重要なもので、初代当主が眠《ねむ》る墓所に記されるほどのものということになる。

その井戸のようなものの上に立つ、太陽を持った神。

代わりにホーベルンは、剣《けん》と槌《つち》を持っている。

盾《たて》ではなく、槌《つち》。

土地の改良を通じて爵位《しゃくい》を賜《たまわ》ったらしいので、武勲《ぶくん》を上げた戦士ではなく、なんらかの技術を持つ職人的な存在だったのかもしれない。

となると、酔《よ》いつぶれたホーベルンが握《にぎ》っていた紙切れと目の前の絵から、ホーベルン家は井戸職人だったのではないかと考えられる。

しかし、井戸職人でそんな大きな功績を立てられるものだろうか？

ここはむしろ、水で溢《あふ》れているのだから。

人々を困らせるのは水の多さであって、少なさではなく――。

そう思った直後、ひゅっと息を呑《の》んだ。

もう少しで声が出そうで、慌《あわ》てて自分の口を押さえた。

それでもいくらか漏《も》れてしまったようで、聖職者は叱責《しっせき》するような目を向けてくるし、カナンも首を伸《の》ばしてこちらを見る。

ミューリは間抜《まぬ》けな兄が蜘蛛《くも》かムカデに驚《おどろ》いたのかと、蠟燭《ろうそく》で足元を照らしている。

だが、違《ちが》う。

自分はこの井戸がなんなのかわかったのだ。

なぜホーベルンの名に聞き覚えがあったのかもわかったし、紋章《もんしょう》に描《えが》かれた槌《つち》の意味もすぐに理解できた。

そうなると、にわかにこの初代ホーベルンの様子が色々な意味を帯びてくる。

特に、彼の身体《からだ》の上や枕元《まくらもと》に置かれたものだ。

顔を近づけそれらに目を凝《こ》らせば、当時の様子が目に浮《う》かぶようだった。

そして洪水《こうずい》が様々なものを押し流すように、この広場で眠《ねむ》る大司教たちの装飾品《そうしょく》にも合点《がてん》がいった。彼らは決して、謙遜《けんそん》の徳から銅製品を身に着けていたのではない。

足元を照らしていたミューリは、間抜《まぬ》けな兄がまたなにか変なものを見間違《みまちが》えて慌《あわ》てている
のかと、呆《あき》れたような顔を向けてくる。

「ホーベルンの名を、知っています」

自分が呟《つぶや》くと、ミューリは小首を傾《かし》げていた。

「ニョッヒラの湯屋でもたくさんお世話になりました。揚水機《ようすいき》の名前です」

「ようすいき？」

「ですからオルブルクのあそこは、教会ではありません。あそこは――」

静かに眠《ねむ》る、初代ホーベルン。

銅貨が散らばる彼の安置所の上に描《えが》かれたものは、かつてのオルブルクを描《えが》いたものだ。

そしてその光景に混じる、あの詐欺《さぎ》師たち。

彼らは確かに、あの土地にこそ用があったのだ。

あの土地の、泥《どろ》の下に埋《う》まる財宝に。

けれどはやる気持ちを抑《おさ》えたのは、自分の仮説が正しいとすると、まだ大きな違和感《いわかん》があっ
たから。

今はぽかんとこちらを見るカナンが、昨日こう言っていたのだから。

この街の人々は、案山子《かかし》ではない。

書庫に歴史書を調べにきたのが自分たちだけではなかったように、この安置所に手掛《てが》かりを見つけた者も多くいるのでは。

「だとすると……」

なぜ詐欺《さぎ》師たちはあそこにオルブルクを建設したのか。

なぜ詐欺《さぎ》師たちは薄明《はくめい》の枢機卿《すうききょう》の名を選んだのか。

なぜエシュタットはオルブルクに攻《せ》め込まないのか。

そしてなぜ、ほかならぬエーブがわざわざこの街にきたのか。

「兄様？　え、兄様⁉」

ひどく嫌《いや》な予感がして、思わず駆《か》け出《だ》していた。

蠟燭《ろうそく》の火が消えるのも構わず、地上を目指す。

自分は大きなことを見落としていた。

この泥《どろ》がちの土地の歴史を、その始まりから一気に駆《か》け抜《ぬ》けるかのように、地下墳墓《ふんぼ》から大聖堂に出る。

兄様、と呼ぶ声が地下から聞こえるが、ミューリなら後から難なく追ってこられるだろう。

それよりも、自分にはしなければならないことがあったのだから。

なぜホーベルンの名に聞き覚えがあったのか、それは自分も使ったことがあるからだ。

温泉地ニョッヒラに湯屋を造る時、職人たちの手配から設備の建設など、様々な仕事を手伝った。中でも厄介《やっかい》だったのは、あっちこっちから染《し》み出してくる湯を、作業の邪魔《じゃま》にならないよう掻《か》き出《だ》すこと。

そこで用いられたのが、鉱山の排水《はいすい》や畑の灌漑《かんがい》に用いられる揚水機《ようすい》で、その発明者の名を取って、ホーベルンとも呼ばれていた。

「揚水機《ようすい》……ああ……言われてみれば、鉱山の備品で確かに見たことがあるな。そうか、ここの領主の名前なのか」

エーブの下《もと》に話をしにいった。

そもそもホーベルン家がこの土地で有力者だったのは、水捌《みずは》けの悪いこの土地を救う揚水機《ようすい》を造り出したから。あるいは誰《だれ》かが発明したそれを、自分たちのものとして管理していたからだ。

今の世に伝わるそれは、円筒形《えんとう》の金属製の筒《つつ》の中に棒を差し込み、その棒に沿ってらせん状に打ち出した金属板をはめ込んだもの。棒を回転させるとらせん状の金属板がぐるぐると回ることで、水が排出《はいしゅつ》される仕組みになっている。

これが優《すぐ》れているのは、筒状《つつじょう》の装置なので、水車などを置くには場所が狭《せま》すぎたり、ある程度の高低差を越《こ》えて水を掻《か》き出《だ》す必要があったりする場所でも、容易に設置できるところだ。

ほかにも、歯車を組み合わせることによってらせん状の板を足で回せるから、力のない子供でも重労働の排水《はいすい》作業を行うことができる。たとえば、非力な自分みたいな者でも。

ニョッヒラの湯屋の建設は、これがなければ覚束《おぼつか》なかった。賢狼《けんろう》ホロの膂力《りょりょく》はすさまじいものだが、岩を砕《くだ》く力で水を掻《か》き出《だ》せるかというと、また別の話なのだから。

「そして、私たちがオルブルクで見てきたものです」

地下墳墓《ふんぼ》から飛び出した後、自分はミューリもカナンも置き去りにして、エシュタットの大きな商会に飛び込んだ。そこで周辺地域の地図を手に入れ、道端《みちばた》に膝《ひざ》をついて、ミューリが見つけ出した土の下の遺構とオルブルクを書き込んでいたところで、二人が追いついた。

あそこに埋《う》められた細長い石材は、地下通路や城壁《じょうへき》の跡地《あとち》ではない。

初代ホーベルンがなぜ、貴族の証《あかし》である剣《けん》を右手に持ち、左手には家を守る盾《たて》の代わりに槌《つち》を持っていたのか、その答えが地図の上に浮《う》かび上《あ》がる。

揚水機《ようすい》は錆《さ》びや加工のしやすさを考えて、銅で造られることが多い。

そして銅細工が発展するところ、銅の産出ありだ。

「オルブルクの遺構は、大規模な排水《はいすい》設備です。しかし泥炭《でいたん》地ゆえに作物の育たない土地ですから、畑のためではありません。詐欺《さぎ》師たちが『始まりの教会』と称《しょう》しているのは」

地図の一点を指さしながら、言った。

「おそらく銅の製錬所跡《せいれんじょあと》です。あの一帯では、銅鉱山の露天《ろてん》掘《ぼ》りが行われていたのではないかと思います」

地下墳墓《ふんぼ》で眠《ねむ》る者たちの副葬品《ふくそうひん》は、ほとんどが銅製品だった。死してなお着飾《きかざ》る欲を抑《おさ》えられなかった大司教たちでさえ、銀でも黄金でもなく、銅だった。

カナンと、特にミューリはその説明だけだと懐疑《かいぎ》的だったし、ミューリとしては財宝が埋《う》まっていて欲しいので、なおのこと厳しい目を向けてくる。

しかし自分には確信があった。

まず、ホーベルン家の紋章《もんしょう》が剣《けん》と槌《つち》であることや、揚水《ようすい》機で名を成した家系であること。

それから、初代ホーベルンが眠《ねむ》っているあの安置所の様子と、大市の話だ。

不毛な土地で、水害も多いのに、エシュタットが大市としてうまくやれているのは、大聖堂があるからという話だった。たとえばほかにもっと相応《ふさわ》しい場所があったとしても、教会ならば人々が艱難辛苦《かんなんしんく》をものともせずにやってくるからと。

そしてその話は、大昔も同じだったはず。

古代帝国《ていこく》の騎士《きし》たちがこの土地にやってくるさらに前、ここにはすでに集落があり、人々の交易の要になっていたのはどういう理由からなのか？

もっと内陸部か、あるいは、後々大聖堂の造られることになるこの小島こそ、交易所となっていてしかるべきでは。それがどうして、水害に悩《なや》まされるぬかるみの中に集落があったのか。

あんな場所に集落を構える理由が、なにかあったのだ。

まだ海岸線が内陸部に入り込み、今よりももっと水浸《みずびた》しだった時代に、古代帝国《ていこく》時代の騎士《きし》たちも着目し、そこに根を張るほどのなにかがあそこにはあった。

そしてそのなにかのため、詐欺《さぎ》師たちもまた、あそこに陣取《じんど》っているのだとしたら。

「銅鉱山しかないと思います」

勢い込んだ説明に、エーブは地図を睨《にら》みながら顎《あご》を撫《な》でている。

「露天掘《ろてんぼ》りの鉱山なんて久しぶりに聞いたが……昔は山に火を放つだけで、銀が川となって流れ出すような鉱山がごろごろあったらしいからな」

「今は長年の堆積《たいせき》で跡形《あとかた》もありませんが、おそらくホーベルン家はその銅鉱山を支配して、銅の加工も管理していた家系なのでしょう。周辺の人々はその銅を目当てにやってきた結果、交易所として発展したのではないでしょうか。それに、単なる技術を持っているだけで、貴族になれるでしょうか？　紋章《もんしょう》に剣《けん》と槌《つち》が記されるような功績というと、かなり限られるはずです。その功績というのが……これです」

自分は財布《さいふ》にあったそれを、エーブに見せた。

「貨幣《かへい》の打ち出しか」

こんな不毛の土地にわざわざ集落をつくるからには、それ相応の理由がなければならない。

ましてや異教徒との戦《いくさ》の前線基地になったのなら、それ以降は彼らを支える食料やらも調達できなければならない。

そして周囲で育てられないならば、それは購入《こうにゅう》されなければならない。

購入《こうにゅう》には代価が必要だが、銅が産出すれば、解決できる。

貨幣《かへい》を打ち出すための腕《うで》の良い銅細工職人なら、すでにいるのだから。

「そして銅鉱山ならば、埋《う》まっている財宝のように、こっそり掘《ほ》り出《だ》すわけにはいきません」

「採掘《さいくつ》には人手が必要だが、オルブルクみたいなのがあれば目《い》くらましになると？」

「『始まりの教会』として当時の遺構がもてはやされるなら、第二、第三のありがたい遺構を掘《ほ》るために、喜んで協力を申し出る人手を募《つの》ることもできます」

商会で買いつけた地図に、殴《なぐ》り書《が》きの遺構の様子。

それをテーブルに叩《たた》きつけるようにして、勢い込んでエーブに説明する。

偽者《にせもの》たちがどうしてあんなところにいるのか、これが答えだ。

地図を眺《なが》めていたエーブが、ゆっくりと視線をこちらに向ける。

「連中の思惑《おもわく》がこれだとする。まあ、鉱山の採掘狙《さいくつねら》いなら試掘《しくつ》をしているだろうから、調べればすぐにわかる。なにより妥当《だとう》なところだろうと、私も思う。ただ」

椅子《いす》の背もたれに体を預けたエーブは、腹の上で手を組む。

それからゆっくりとこちらを静かに見据《みす》え、言った。

「そんなに急いでくることか？」

うっすら笑ってすらいる。

その妙《みょう》な雰囲気《ふんいき》に、カナンとミューリが揃《そろ》って身じろぎしていた。

そして自分は、はっきり言った。

「急ぎますよ。なぜなら」

一度息を吸って、吐《は》いた。

「エーブさんがここにきたのは、私のお目付け役でしょう？　事が済むまで私が余計なことをしないように。いざという時には、拘束《こうそく》すらするつもりで」

ミューリとカナンは呆気《あっけ》に取られ、こちらとエーブの顔を見比べている。

そのエーブ本人は目を細め、顎《あご》を上げた。

「裏切り者と罵《ののし》るかな？」

泣きそうな顔になるミューリだが、自分は怒《おこ》ることなんてせず、むしろ疲《つか》れたように軽く噴《ふ》き出《だ》してしまった。

「そんなことはしません」

そして、自ら椅子《いす》を引いて、腰《こし》を下ろす。

「エーブさん、それにハイランド様も、自らの役目をこなしているだけのはずですから」

ミューリが不安そうな顔でこちらを見やるのは、話の向かう先がわからないからだろう。

エーブはなにを企《たくら》んでいたのか。

なぜ、本物の薄明の枢機卿のほうを監視《かんし》しにきたのか？

「選帝侯《せんていこう》たる大司教様たちは、状況《じょうきょう》をすべて摑《つか》んでいたはずです」

なぜなら、この自分にもたどり着けたくらいなのだから。

エーブは微笑《ほほえ》み、続きを促《うなが》すように小首を傾《かし》げる。

「オルブルクに攻《せ》め込まない本当の理由は、詐欺《さぎ》師たちの思惑《おもわく》がわからないからではないでしょう。その背後にいるかもしれない誰《だれ》かの影《かげ》ですら、多分、最大の理由ではないと思います」

自分は確かに教会と戦っているが、憎《にく》んでいるわけではない。

頭の中で最後の欠片《かけら》がぴたりとはまったのは、地下墳墓《ふんぼ》入り口の落書きのことがあったから。

「安易に攻《せ》め込めないのは、オルブルクに集《つど》う人たちそのものが原因ですよね？」

カナンもミューリも、固唾《かたず》を吞《の》んで自分とエーブのことを見つめている。

そしてエーブは、降参するように肩《かた》をすくめた。

「そうだ。間抜《まぬ》けな子ほど可愛《かわい》いというしな」

それはエーブ流の冗談《じょうだん》だろうが、ここは聖職者が治める聖堂都市。

オルブルクに集《つど》う人々の行く末を案じるのは、なにも自分たちだけではないのだ。

それでふと思い出すのは、エシュタットの大広場に用意された、店主のいない露店《ろてん》の数々だった。せっかく準備した大市に誰《だれ》もこず、寂《さび》しい思いをしたのは、おそらくミューリだけではない。

「詐欺《さぎ》師たちは人々の前で笛を吹《ふ》き、あんな場所に連れていってしまった。挙句にそこでは連日、大聖堂を非難する説教を繰《く》り返《かえ》している。これはいわば――」

「反乱」

自分の呟《つぶや》きに、エーブはゆっくりとうなずく。

「真面目な反乱なら、まだしもエシュタットの連中は手際《てぎわ》よく対処できたんだろうがな」

エーブはやや疲《つか》れたように、手元に視線を落としてから、こちらを見た。

「薄明《はくめい》の枢機《すうき》卿《きよう》」

「？」

「誰《だれ》がつけたのか、良《よ》い名だな」

エーブは皮肉っぽい笑《え》みを見せ、椅子《いす》の背もたれに体を預ける。

「教会みたいな巨大《きよだい》な存在は、普《ふ》通《つう》の人間にとっちゃ立ち向かうなんて想像すらしない相手なんだ。どれだけ不満があっても、そういうものなのだと受け入れるしかない天気みたいなもの。しかし」

世界を股《また》にかけ、見上げるばかりの黄金を積み上げてきたであろう希代の商人が、肩《かた》をすくめた。

「市《し》壁《へき》の向こうに、明かりが見えるんだ。生まれてからずっと続いていた長い夜が、なんと今まさに明けようとしているではないかってな。人々は大慌《おおあわ》てで東の門に集《つど》う。願うことすら忘れていた夜明けを、祝え、祈《いの》れと叫《さけ》ぶ。再び暗闇《くらやみ》が落ちないように」

エーブは目を細め、優《やさ》しそうに笑《え》む。

「この街を出て、オルブルクみたいなところに集《つど》うなんてのは、馬鹿げているように思うだろう？　だが、なにかが変わるかもしれないという期待は、抗《あらが》いがたい魅力《みりょく》なんだ。生きているうちにそんな場面に遭遇《そうぐう》するなんて機会は、そうそうない。見飽《みあ》きた隣人《りんじん》に囲まれて、なんの変化もない毎日を繰《く》り返《かえ》し、両親やそのまた両親が繰《く》り返《かえ》してきたのと同じ人生を送るのが当たり前だからな」

そう言って遠い目をするエーブの目元には、かつて貴族のお嬢《じょう》さんだった頃《ころ》の名残《なごり》が見えた気がした。

「そんな中、歴史に残る冒険譚《ぼうけんたん》のような話が舞《ま》い降《お》りる。その登場人物になれるかもしれないと気がつくんだ。そりゃあ、なにをおいてもそこに向かうだろうよ」

エーブの視線は、悪戯《いたずら》っぽくミューリに向けられていた。

ただ、エーブの言葉はあのオルブルクで見たことの意味をより深く理解させてくれた。

あそこにあった熱狂《ねっきょう》は、純粋《じゅんすい》な信仰心《しんこう》だけではない。

生まれてから死ぬまでただそこにあるとしか思っていなかった大聖堂を、自分たちの手で揺《ゆ》り動《うご》かせるかもしれない。そんな興奮が、あの熱狂《ねっきょう》の正体なのだ。

「大聖堂側も、最初はよくある寄付を集める類《たぐい》の詐欺《さぎ》だろうと、放置していたらしい。それがどんどん人が集まり、信徒の集団のようになってきた。それで慌《あわ》てて、薄明《はくめい》の枢機卿《すうききょう》が本物かどうかの可能性を王国に問い合わせたり、どこかの敵対者が政治的な思惑《おもわく》で送り込んできた刺《し》客《かく》ではなかろうかと探《さぐ》り始めたが、事態がどんどん大きくなっていった。あっという間に、詐《さ》欺《ぎ》師たちを捕《と》らえて処刑《しょけい》したらはいおしまい、というわけにはいかない規模になってしまった。もはや詐欺《さぎ》師たちを捕《つか》まえるなら、間違《まちが》いなくオルブルクの連中と一戦交えることになる。だが大聖堂側が戦う相手は、ほかならぬ自分のところの領民なんだ」

しかも彼らは、大聖堂誅《ちゅう》すべしと気炎《きえん》を上げている町の人々が、詐欺《さぎ》師たちに騙《だま》されていることを知っている。

「エシュタットが手をこまねいているように見えたのは、選帝侯《せんていこう》をはじめとした大聖堂の方たちが悪辣《あくらつ》ではない……という証拠《しょうこ》ですよね？」

自分の問いに、エーブはうなずく。

「私も意外だったが、連中はなんだかんだ聖職者なんだな。これだけ街が大きいと綺麗《きれい》ごとだけで統治するなんて無理だから、民衆からは悪の巣窟《そうくつ》だと見られがちだろうがね。基本的には善人だよ。呆《あき》れるくらいに」

エーブはこの街の高位聖職者の誰《だれ》かと、連絡《れんらく》を取っているようだ。本物かどうかの問い合わせをしてきたくらいなので、元々エシュタットは薄明《はくめい》の枢機卿《すうききょう》やウィンフィール王国とは敵対していないのだろう。

とにかく、そこにいるのは偽者《にせもの》だと返事をした王国側としては、騒《さわ》ぎはとっくに片付いていると思っていた。それがまったくそうではなく、むしろいつの間にか膨《ふく》れ上《あ》がっていたことを、自分の手紙で知らされた。それで慌《あわ》ててラウズボーンに出入りする遠隔地交易商人《えんかく》たちに話を聞き、大陸のあちこちにまでその話が広まりつつあると知って、驚《おどろ》いて駆《か》けつけたのではないか。

そしてこの街の人間から詳《くわ》しい顚末《てんまつ》を聞いた中で、大聖堂側の苦悩《くのう》を知ったのだろう。

「この期に及《およ》んでなお大聖堂の連中がぐずぐずしているのは、騙《だま》されている領民たちを傷つけないで、穏便《おんびん》に事態をまとめる方法を探《さぐ》っていたからだ。しかし、そんな方法はない。なにせ激しい抵抗《ていこう》が予想されるし、なによりオルブルクの連中は散々大聖堂を罵《ののし》っていたんだからな。仮にうまくオルブルクを解散させたところで、改悛《かいしゅん》もしない奴《やつ》らを街に受け入れれば、領主としての権威《けんい》に大きく傷がつく。だからかたちだけでも悔《く》い改《あらた》めてもらう必要があるが……無理な相談だろう」

本来ならば、聖職を務めながら俗世《ぞくせい》の領主も務める彼らの、その良心を褒《ほ》めるべき場面だ。

しかし問題は、そこに薄明《はくめい》の枢機卿《すうききょう》という名前が関わっていることだった。

「王国としてはこれ以上、薄明《はくめい》の枢機卿《すうききょう》について厄介《やっかい》な話が広まっては困る。オルブルクがいよいよ町としての体裁《ていさい》を整え出したら、世間からはどう思われる？　薄明《はくめい》の枢機卿《すうききょう》が大陸で遊説《ゆうぜい》するのは教会の不正を糺《ただ》すため、なんてのは単なる口実で、民衆を扇動《せんどう》して王国に属する領地を築こうとしているのだと思われかねない」

だから王国は、エシュタットに圧力をかけにきた。

今すぐ薄明《はくめい》の枢機卿《すうききょう》の偽者《にせもの》を討伐《とうばつ》しろと。

たとえ、どんな凄惨《せいさん》な反乱討伐《とうばつ》戦の様相を呈《てい》しようとも。

「私たちもお前たちの手紙で、慌《あわ》てて情報を集めたが、この手の物語の結末なんてのは、決まってるんだ。どう言いつくろってもエシュタットは帝国《ていこく》の一部で、選帝侯《せんていこう》たる大司教は剣《けん》によって統治を続けてきた為政者《いせいしゃ》だ。聖職者としての努力には限度がある。だからオルブルクに軍勢を送り込み、抵抗《ていこう》する人々を切《き》り伏《ふ》せてでも、偽者《にせもの》の薄明《はくめい》の枢機卿《すうききょう》を討《う》ち取《と》るのが筋だ。それ以外の道はない」

長い台詞《せりふ》を終えたエーブは、小さく咳払《せきばら》いをしてから、ため息交じりに言った。

「そしてそれは、遅《おそ》いか、早いかの違《ちが》いでしかない」

こちらを見る目は、ひどく億劫《おっくう》そうな、面倒臭《めんどうくさ》そうな目だ。

「だからお前たちがここに向かうという手紙を受け取った時、私たちはすぐに最悪の可能性に思い至った。お前たちがこの街にきて状況《じょうきょう》を調べたら、遠からず真実にたどり着くだろうことは想像に難《かた》くない。なんだかんだ、お前らは優秀《ゆうしゅう》だし、実際にあっという間にたどり着いた」

嫌《いや》そうなエーブの顔は、自身の陰謀《いんぼう》も暴かれたことを思い出したのかもしれない。

「そしてお前は、当然、こう思う。オルブルクの哀《あわ》れな羊たちを助けたいと」

なにも言えないし、エーブはこちらを責めるつもりですらなさそうだ。

太陽が西に沈《しず》んだら、しばらく後に東からまた昇《のぼ》るという話をしているようだった。

「そしてお前は後先考えず、大聖堂に突撃《とつげき》する。そんなことになれば、悪夢の始まりだ」

問題は膨《ふく》らし粉《こ》を入れたパン種のように膨《ふく》らむだろう。

エシュタットからすれば、本物の薄明《はくめい》の枢機卿《すうききょう》が反乱者の味方をすることになるのだ。するとオルブルクにいた偽者《にせもの》も、最初から内政に干渉《かんしょう》するために手を組んでいる仲間なのではないかとか、疑心暗鬼《ぎしんあんき》が募《つの》っていくだろう。

その結果、南の帝国《ていこく》の一部たるエシュタットは、薄明《はくめい》の枢機卿《すうききょう》に敵対する旗を掲《かか》げてしまうかもしれない。挙句にそれを見た他の帝国《ていこく》都市も、追随《ついずい》しないとは限らないのだ。

もちろんそうならない可能性もあるだろうが、そこに賭《か》け金《きん》を積み上げるより、もっと確実に、安全に話をまとめられる方法がある。

「ちょっと目端《めはし》の利《き》く詐欺《さぎ》師どものせいで、我々の計画にけちがつくようなことは許されない。危険を冒《おか》すことすら馬鹿げている。だからこれ以上薄明《はくめい》の枢機卿《すうききょう》の意図せぬ話題が広まらぬよう、私は王国の意向をエシュタットに伝え、同時に、お前たちの手綱《たづな》を握《にぎ》りにきたわけだ」

事態がこれ以上悪化しないように。

たとえ、哀《あわ》れな人々を死地に追いやるという汚《よご》れ役《やく》を負ってでも。

「コル」

エーブが珍《めずら》しく、茶化すことなくこちらの名を呼んだ。

真剣《しんけん》なその目は、どうして最初からこの話をしなかったのかという、その理由でもある。

「すべてを手に入れることはできないんだ」

そんな台詞《せりふ》を、貪欲《どんよく》な商人から言われてしまう。

もちろん自分だってわかっている。

今すぐ偽者《にせもの》を討伐《とうばつ》する必要があるし、しかし熱狂《ねつきょう》に導かれて詐欺《さぎ》師たちを守ろうと立ちはだかる町の人々に、それは偽者《にせもの》だと指摘《してき》してもきっと耳を貸さないだろう。

結果、悲惨《ひさん》な戦いが起き、多くの人々が無意味な戦いで命を落とすことになるが、それでも問題は解決する。

そして改めて、薄明《はくめい》の枢機卿《すうききょう》は公会議に向けて協力してくれる権力者の下《もと》を訪問することになる。おそらくこのエシュタットも、第一の候補となるだろう。なにせ詐欺《さぎ》師が現れた初期、王国に本物かどうかの照会をしてきたくらいなのだから。

ならば先を見据《みす》え、賢《かしこ》く立ち回るべき。

それこそ、信仰《しんこう》を脇《わき》に置いてでも。

「まったく、ハイランドの奴《やつ》になにか特権でも回してもらわなきゃ、こんな役は割に合わん」

エーブは子供がいじけるみたいに言って、畳《たた》みかけた。

「お前の正義に反しているのはわかっている。納得《なっとく》しきれないのもわかる。だから私を恨《うら》んでくれて構わない」

大きなもののために。

東の門からほのかに見える曙光《しょこう》が、太陽となって暗闇《くらやみ》を照らせるように。

自分の隣《となり》で、ミューリが身じろぎした。こちらの服の袖《そで》を摑《つか》もうとしてためらっている、そんな感じだった。

ミューリは自分よりよほど賢《かしこ》いから、エーブの言うことがよくわかっている。そのさらに向こうに座るカナンもまたそうだ。そもそもカナンは教皇のお膝元《ひざもと》から、真なる正義のために古巣を裏切るかたちで王国にやってきたくらいなのだから、見た目よりよほどしたたかだ。

それでも二人が黙《だま》っているのは、自分のことを理解してくれているからだろう。

ついこの間まで、この自分はただ無邪気《むじゃき》におのれの正義を貫《つらぬ》けばいい羊だった。

けれどいつの間にか、その図体《ずうたい》が大きくなっていた。道を共にする者たちも増えていた。

子供が大人になるのをいつか受け入れなければならないように、自分には認めなければならないことがあるのだ。

「ですが」

と、自分は言った。エーブが口元を強張《こわば》らせ、目つきも剣呑《けんのん》になる。ミューリは、はっきりこちらの暴走を止めようと服の袖《そで》を摑《つか》む。

それらすべてを理解したうえで、自分は言った。

「時間をください」

テーブルに手をついて、身を乗り出してエーブを見下ろすように体を近づけた。

エーブはちらともこちらから目を逸《そ》らさない。

その冷たい瞳《ひとみ》で、じっとこちらを見つめている。

「どう助けるのか、私には想像もつかんがね」

偽者《にせもの》に騙《だま》されている人たちを救うその方法。

あるいは、正気に戻《もど》す方法と言ってもいい。

「騙《だま》されている連中を、騙《だま》されているんだと説得するだけじゃない。偽者《にせもの》の言説に乗せられて、散々大聖堂を悪だなんだと罵《ののし》った後なんだ。連中が相応の改悛《かいしゅん》を見せなければ、統治者たる大聖堂側としても安易に街に受け入れられやしない。その方法が見つからず、連中は手をこまねいていた」

超《こ》えるべき壁《かべ》はふたつ。

そのどちらも、恐《おそ》ろしく高い。

「もちろん、やるべきことをやったということがお前の慰《なぐさ》めとなるのなら、私は止めはしない。公会議に向けて味方を募《つの》れば、これから先も、似たようなろくでもない取引を呑《の》む必要が出てくるだろう。だが、お前は本当に――」

身を乗り出していたこちらに、エーブもまた、顔を近づけてくる。

子供の頃《ころ》から、エーブはなんだかんだ優《やさ》しかったが、そこには距離《きょり》があった。

それは多分、大人と子供の差だった。

その距離《きょり》が、今、なくなった。

「大丈夫《だいじょうぶ》です。薄明《はくめい》の枢機卿《すうききょう》の役からは、降りませんよ」

たとえ悲劇を止められずとも、めそめそすることはない。

エーブはじっとこちらを見つめ続ける。

ミューリとカナンが息を詰《つ》めているのがわかるが、なんとなく、ミューリは別のことを心配しているような気がして、笑いそうになってしまう。

そして先に目尻《めじり》を緩《ゆる》ませたのはエーブで、詰《つ》めていた息を吐《は》くと、体を引いて背もたれに体を預けた。

「お前が大人になった餞別《せんべつ》だ。三日待ってやる」

エーブは手元を見て、一瞬《いっしゅん》なにかを考えてから、またこちらを見た。

「しかし三日目の夜には、聖堂参事会の窓口役に、お前の存在を伝えにいく。面倒《めんどう》な羊がやってきたぞと。連中も馬鹿じゃないから、問題がさらに複雑化すると予想ができる。それに帝国《ていこく》は教皇と揉《も》めたばかりだからな。さらに薄明《はくめい》の枢機卿《すうききょう》と敵対すると、世の潮流から孤立《こりつ》してしまう。そのことを考えれば、さっさと聖職者の服を脱《ぬ》ぎ、領主の服に着替《きが》えるだろう。礼拝を仕切るみたいに、討伐《とうばつ》隊を編成するはずだ」

自分はようやくテーブルの上から身を引き、腰《こし》を下ろす。

横から向けられるミューリのきつい目つきは、心配させるなと言いたげだし、勝手に遠くに行くなと言いたげでもある。

「ありがとうございます」

もっと嫌味《いやみ》っぽく言えたなら、かえってエーブの気は晴れたかもしれない。

エーブが悪役に徹《てつ》しようとするのは、根っこのところがいい人のせいなのだから。

「食事でも？」

その誘《さそ》いを、自分は苦笑いで固辞したのだった。


宿に戻《もど》る間、ミューリは一言も口を開かなかった。カナンも静かだったのは、ミューリを差し置いてなにか言える雰囲気《ふんいき》ではなかったからだろう。

宿の部屋に入るなりミューリはこちらの胸を叩《たた》いてきたし、痛いくらいに強くしがみついてきた。

自分がなにを覚悟《かくご》して、薄明《はくめい》の枢機卿《すうききょう》の役を降りないと宣言したのか、この賢《かしこ》い少女にはよくわかっている。そのうえで、たった三日間だけの猶予《ゆうよ》を得た。そんな大事なことを、騎士《きし》たる自分を差し置いて決めるなんて、と怒《おこ》っていたのかもしれない。

そしてミューリはすぐに体を離《はな》すと、廊下《ろうか》に飛び出て、自室に入ろうとしていたカナンを呼

び止めた。

「カナン君も手伝って！　なにか方法を探さなくちゃ！」

カナンはぱっと顔を輝《かがや》かせ、「もちろんです！」と勇んで部屋にやってきた。

二人と自分はいささか年が離《はな》れているのに、どちらかというとこの二人のほうが大人な気がする。自分は彼らの優《やさ》しさに気恥《きは》ずかしさを感じながら、こう言った。

「知恵《ちえ》を貸してください。悪い人たちに騙《だま》されてしまった人たちを助けたいのです」

文机《ふづくえ》を部屋の真ん中に引っ張り出し、一枚の紙を置く。

偽者《にせもの》を信じてしまい、熱狂《ねっきょう》に浮《う》かされるまま、渡《わた》ってはいけない川を渡《わた》ってしまった人たち。

彼らを無事に、川のこちら側に引《ひ》き戻《もど》さなければならない。

当然、この街の聖職者たちもその方法を考えた後で、しかし良《よ》い案はなく、もはやいかに素《す》早《ばや》く事態を収めるかの話でしかなくなっている。

すべてを手に入れることはできないと、あのエーブが言った。

教会を糺《ただ》すという巨大《きょだい》な目標のためならば、切り捨てねばならないもののひとつやふたつ、どうしたってあるだろう。しかしそういうことに慣れきった時、きっと自分は神を信じられなくなる。いや、その前に自分のことを信じられなくなると思った。

だから可能な限り、抵抗《ていこう》しなければならない。馬鹿げているとわかっていても、世の中は真実が勝《まさ》るのだと、ぎりぎりのところまで信じて戦《たたか》い抜《ぬ》くほか、自分を保つ方法はないのだから。

「偽者《にせもの》を偽者《にせもの》と糾弾《きゅうだん》するのは難しくありません。捕《と》らえることもまた、そうでしょう」

目配せは、ミューリに対し。

ミューリが本気を出せば、一晩のうちに詐欺《さぎ》師たちを腸詰《ちょうづめ》肉の材料にできるはずだ。

「ですが熱狂《ねっきょう》した人々には逆効果になるでしょう」

「聖者は死して完成すると言いますしね」

教会の歴史に詳《くわ》しいカナンは、もちろん異端騒《いたんさわ》ぎの顛末《てんまつ》もたくさん知っている。

異端騒《いたんさわ》ぎは指導者が死んだらそこで終わりではない。

むしろ死んだ指導者が神格化され、より強い結束が生まれてからが異端討伐《いたんとうばつ》の本番だ。

「それにオルブルクの人たちとしても、自分たちの行動が誤りだった、とは容易に認められないでしょう。このことは、エシュタットが彼らを赦《ゆる》す妨《さまた》げになります」

口汚《くちぎたな》く領主権力を罵《ののし》った領民を、なんの罰《ばつ》も与《あた》えずに受け入れることは、領主として許容できない。好き勝手やっても罰《ばつ》されないという前例ができれば、再び似たようなことが起きかねないし、支配下の貴族たちも大聖堂の権威《けんい》に挑戦《ちょうせん》し始めてしまう。

それ故《ゆえ》に、ハイランドたち王国側としても、エーブを送り込んだのだ。エシュタットが薄明《はくめい》の枢機卿《すうききょう》の味方になることを期待しているのならば、政治的に安定してくれていなくては困るのだから。

問題はとても単純で、答えはいくつもある。

ただ、自分たちの望むものは、この上なく難しい答えだ。

「オルブルクの人々を正気に戻《もど》す。そしてエシュタットへ改悛《かいしゅん》の意思を見せるようにする」

できるはずもない、と冷静な頭のどこかで思う。

しかしそんな中、ミューリとカナンが示し合わせたように、それぞれ懐《ふところ》から羽ペンを取り出していた。

まるで、騎士《きし》が剣《けん》を引《ひ》き抜《ぬ》くように。

「エーブお姉さんの目ん玉をひん剝《む》いてやるんだから」

またどこで覚えてきたのか、野蛮《やばん》な言葉遣《ことばづか》い。

カナンはくすぐったそうに笑い、ミューリはふんと鼻を鳴らしてこちらを見る。

自分は一人ではない。

そして羽ペンは、時に剣《けん》をも打ち負かすはずなのだから。

第四幕

すでに多くの人が頭を悩《なや》ませた後。

だからとにかく案を出していった。

人を雇《やと》ってオルブルクに放ち、偽者《にせもの》ではないかという噂《うわさ》をばら撒《ま》く。そんな迂遠《うえん》で手の込《こ》んだものから、聖職者一団を雇《やと》って神学論争を挑《いど》ませるといったものまで、とにかく思いつく限りのことを考えていった。

そしてこの手のことをやってみればすぐにわかるのだが、簡単に出てくるのはせいぜい五つ程度。十個出る頃《ころ》にはかなり疲弊《ひへい》し、二十個を数える頃《ころ》には頭が痛くなる。

紙に記された三十個目ともなると、そいつは偽者《にせもの》、と書いた紙を貼りつけた馬を突撃《とつげき》させるとか、どうしてその発想に至ったのかまったくわからないものになってくる。

一日目はそんなふうにしてあっという間に過ぎたし、二日目にはエーブから話を聞いたらしいル・ロワが部屋に顔を見せた、というよりは、様子を見にきたというほうが近いだろう。

なにせ事あるごとに夢中になりやすい三人が雁首《がんくび》そろえているのだから。

「あまり無理はなさいませんように」

ル・ロワが木窓を開けると、すっかり昇《のぼ》った太陽の光が差し込んできて、目に痛い。

エーブがくれた三日間の猶予《ゆうよ》というのは、おそらく大聖堂が討伐《とうばつ》隊を編成するのを止めていられる時間、というわけではない。そうではなく、間抜《まぬ》けな三人が全力を尽《つ》くして燃《も》え尽《つ》きるのがそのくらい、と見積もったはず。

睡眠《すいみん》も食事もろくにとらず、限界まですべてを絞《しぼ》り出《だ》し、精根尽《つ》き果《は》てたその頃《ころ》なら辛《つら》い決断も受け入れやすくなるだろうからと。

「エーブさんは今、エシュタット側の連絡役《れんらく》の人と、偽者《にせもの》たちの背後関係を調べているようです。あの人の商《あきな》いの知識があれば、どこかの権力者が隠《かく》れ蓑《みの》に使っている商会の名前などもわかりますから、ほどなく偽者《にせもの》たちの後《うし》ろ盾《だて》がわかるでしょう」

そこに銅鉱山がある、とわかっているだけでは採掘《さいくつ》はできない。

それにオルブルクの掘立《ほったて》小屋を造るにも、資材をどこかから手に入れなければならない。

誰《だれ》かが知恵《ちえ》と金を出しているなら、痕跡《こんせき》は見逃さないということだろう。

「それと、都市貴族の皆《みな》さんも、ほどなく戦《いくさ》になるだろうと思って準備を進めているのですが、稀覯本《きこう》と引《ひ》き換《か》えに話を聞いてまいりましてね」

話しながらル・ロワがせっせと部屋の中を歩き回っているのは、目の下に真っ黒いくまを作ってベッドの片隅《かたすみ》で紙を睨《にら》みつけているミューリと、書庫でもよくそうしているのか、部屋の角っ子で膝《ひざ》と頭を抱《かか》えて知恵《ちえ》を絞《しぼ》っているカナンに、それぞれパンと飲み物を差し出していたからだ。

「エシュタットとしては、あえて籠城《ろうじょう》戦に持ち込む作戦のようでした。そうすれば、疲弊《ひへい》したオルブルクは、どこかで音《ね》を上げ、降参してくれるだろうと」

偽者《にせもの》たちに吹《ふ》き込まれた狂信《きょうしん》が薄《うす》れ、改悛《かいしゅん》を示してくれるならば、教会の立場としても統治者の立場としても、道を誤った彼らを受け入れられる。

「しかしこれはエーブさんも同じ考えでしたが、籠城《ろうじょう》戦だと話が長引きますし、肝心《かんじん》の詐欺《さぎ》師たちを取《と》り逃《に》がす心配があります。あそこには、どうも逃《に》げるのに便利な遺構がたくさんあるとか？」

かつて銅鉱山だった時の、大規模な排水《はいすい》路。

「そんなふうにもたもたしているうち、色々な人たちの関心を引いてしまうかもしれません」

エーブが嫌《きら》われ役を覚悟《かくご》して、この街にやってきたのは、まさにそれがあるからだ。

たとえば大陸側で、薄明《はくめい》の枢機《すうき》卿《きょう》の考えに共鳴している領主がいたとする。

それがピエレのように血気盛《さか》んで、エシュタットの兵に取り囲まれている神の僕《しもべ》を助けるべし、とオルブルクに駆《か》けつけたらどうなるか。

「三日の猶予《ゆうよ》というのは、エーブさんの我慢《がまん》できる限界です」

今にもお節介《せっかい》な誰《だれ》かが助《すけ》っ人《と》としてオルブルクにたどり着いてしまうかもしれない。

機を見るに敏《びん》な商人のエーブとしては、やるべきことが決まっているのに動かないのは相当な苦痛のはず。

いわんや間抜《まぬ》けのわがままのために足踏《あしぶ》みしていたせいで、あと一歩間に合わないなんてことになったとしたら。

「エーブさんは、コル様のことがよほどお気に入りのご様子」

ル・ロワは明るく言っているが、やや呆《あき》れているようでもある。人当たりのいいル・ロワだが、本業は危険な本を取《と》り扱《あつか》う商人で、危険には人一倍敏感《びんかん》なのだ。

部屋に様子を見にきたのも、エーブほど自分たちのことを信用しておらず、破れかぶれでオルブルクに赴《おもむ》くようなことを考えていないかと勘繰《かんぐ》ったのかもしれない。

「またなにか情報を摑《つか》んだら、お知らせに参りますね」

ひとしきり世話を焼き終わったル・ロワは、そう言い残して部屋を後にする。

残ったのは、妙《みょう》に爽《さわ》やかな朝の空気と、けだるい疲労《ひろう》感。

「ルティアさんの気持ちは、こんな感じだったのかもしれませんね」

パンを二口かじり、残りをテーブルに置いた自分は、木窓の向こうの青空を見ながら言った。

「問題は解決に向かい、けれど、自分の手の届かないところにある」

薄明《はくめい》の枢機卿《すうききょう》は、名前が大きくなりすぎた。

そして大きな者は、小さなことにかかずらっていられなくなる。

望むと望まないとにかかわらず。

代わりに大きな者に期待されるのは、正しい方向を向いて歩き、後ろに続く者たちの目印となることだ。おそらくだが、今までの冒険《ぼうけん》のように、知恵《ちえ》を絞《しぼ》って危険を冒《おか》すなんてことは、この先なくなっていくのではないだろうかと思った。

ことさら冒険《ぼうけん》好きなわけではないし、危険なことなんてなければないでいいと思う。

でも、そうか、と思った。

ミューリがアケントでひどく動揺《どうよう》したのは、旅の終わりという言葉で、こんな感傷に苛《さいな》まれたからなのかもしれない。

「書物にはこの世のすべてが書かれているが……現実のすべてが書かれているわけではない」

呟《つぶや》くように言ったのは、カナンだった。

「コル様の前には、これからも困難が立ちふさがりましょう。ですが私は」

と、尻《しり》から生えた根っこを引《ひ》き抜《ぬ》くように立ち上がったカナンは、少し照れたように言う。

「微力《びりょく》ではありますが、コル様のことを近くでお支えし続けます」

そんなカナンに微笑《ほほえ》み返し、手を取って礼を言う。

ミューリが剣呑《けんのん》な目つきでパンをかじりながらその様子を見ていた気がするが、カナンは手を離《はな》すと少し疲《つか》れたように肩《かた》を落とし、言った。

「とはいえ、私は結局本の虫のようです。自ら発想するのは得意ではありません。大聖堂の書庫にて、異端審問《いたんしんもん》の話からなにか手がかりが得られないか調べてきます。時に歴史の中で、意表をつくような赦《ゆる》しの事例がありますからね」

カナンは凝《こ》り固《かた》まった体を無理やり伸《の》ばすように体をひねり、よろよろと部屋から出ていった。扉《とびら》を開けると廊下《ろうか》には椅子《いす》を置いて座る護衛がいて、やれやれといった顔をしてから、軽くこちらに目礼して扉《とびら》を閉めていた。

扉《とびら》が閉じられると、たちまち静かになり、木窓の向こうからやや閑散《かんさん》とした街のざわめきがかすかに入り込んでくる。

ミューリは手元の紙を見たまま、ぴくりとも動かない。

「ミューリ？」

あまりに動かないので寝《ね》ているのかと思ったが、ミューリはそのままゆっくり体を傾《かたむ》け、ベッドに仰向《あおむ》けに倒《たお》れ込む。

「こんなお話、楽しくない」

そして天井《てんじょう》に向かって、呟《つぶや》いていた。

「兄様はどんな問題も解決して、すべての悪人を懲《こ》らしめるんだもの」

いつもの手厳しい評価と、足して二で割ってくれたらちょうどよそうなのだがと、そんなことを思って笑う。

やれやれと息をついてから、ミューリの隣《となり》に腰掛《こしか》けた。

「まだ二日ありますよ」

ミューリの肩《かた》がぴくりと反応したのは、意外な言葉だったからだろう。

きっと、世の中そううまくいくものではないとか、そんな賢《さか》しらな言葉が向けられると思っていたはず。

ミューリが窺《うかが》うようにこちらを見るので、自分は微笑《ほほえ》み返しておく。

「少しずつ、兄らしい振《ふ》る舞《ま》いの仕方がわかってきました」

あるいは大人になるということ。

理想と現実のどちらかではなく、その両方をとるしたたかさ。

ミューリはなにか面白《おもしろ》くなかったのか、口を引き結ぶと寝返《ねがえ》りを打って、こちらの腰《こし》にしがみついてくる。

尻尾《しっぽ》が飛び出し、不機嫌《ふきげん》そうにばたばたベッドを叩《たた》いている。

そしてそれも落ち着く頃《ころ》、ミューリは言った。

「牙《きば》と爪《つめ》は役に立たないって、ルティアもとっくに知ってたよね」

カナンがいたので紙には書かなかったが、ミューリはもちろんその選択肢《せんたくし》も含《ふく》めて、考えていただろう。単身オルブルクに乗り込んで、偽者《にせもの》の尻《しり》に噛《か》みつき、襲《おそ》いくる人々の目を覚まさせるため縦横《じゅうおうむ》無尽《じん》に走り回る。

伝説の勇者も真っ青な立ち回りができたとしても、問題はおそらく解決しない。

そのことに、ミューリ自身気がついている。

「役に立たないのではなくて、適材適所です」

誤魔化《ごまか》しに似たものをかぎ取ったのか、ミューリが不服そうに呻《うめ》いている。

そんな様子に、自分はふと、ニョッヒラのことを思い出してしまう。

「湯屋を造る時も、ホロさんがこんな感じでロレンスさんに慰《なぐさ》められていました」

「母様が？」

「ホロさんの爪《つめ》は湯脈を見つけるのに大いに役立ちました。でも、細かい作業となるとてんでだめです。揚水機《ようすい》を使っている私のことを、ホロさんはよく恨《うら》めしそうに見ていたものです」

ミューリはため息をつき、またこちらの腰《こし》に顔を押し当ててくる。ミューリの尻尾《しっぽ》がベッドを叩《たた》く音と、木窓の外の喧騒《けんそう》だけが静かに部屋に響《ひび》く。

ミューリの頭に手を置いて、疲《つか》れたように口《くち》の端《は》だけで笑う。

自分の力は世の役に立たないなんて思うのは、決して自分だけではない。

その気持ちを共有するように、銀色の髪《かみ》の毛《け》に指を沈《しず》めてわしわしする。

ミューリの尻尾《しっぽ》の動きがだんだん緩慢《かんまん》になり、やがてふわりとベッドに横たわって、力なく膨《ふく》らんだり縮んだりしている。

眠《ねむ》ったのだろう。

ベッドの端《はし》で丸まっていた毛布に手を伸《の》ばし、ミューリの体にかけてやる。

疲れきった様子のその寝顔《ねがお》を見つめていると、あと二日、こんなことに付き合わせるのは申し訳なくなってくる。

いや、そんな物分かりのよさは、それはそれで失望させてしまうだけだろうかと思う。

このおてんば娘《むすめ》が、ある日突然《とつぜん》おしとやかな女の子になってしまったら、自分だって物足りなさを覚えるだろうから。

呆《あき》れたように笑い、ベッドから立ち上がる。

書き散らかした紙を拾い集め、ひねり出した案をひとつずつ見返していく。

どれもひねり出す時には大変だったのに、書いてみるとばかばかしかったり、誰《だれ》でも思いつきそうなことばかりだったりする。

ただ、紙をめくっていくうちに、ミューリの頭を撫《な》でていた時のような浮《うわ》ついた気持ちは冷えて固まっていく。

二日後には大聖堂から号令がかかり、オルブルクに向けた兵が準備される。

薄明《はくめい》の枢機卿《すうききょう》の名を信じた人たちが、あの泥地《でいち》に斃《たお》れるのだ。

なにかないだろうか。

戦《いくさ》をせずとも済むような、彼らが偽者《にせもの》を信じてしまったと受け入れて、エシュタットに赦《ゆる》しを乞《こ》うようななにか。

あるいは、自分が薄明《はくめい》の枢機卿《すうききょう》になってしまう前の、いや大人になってしまう前の、世に綺《き》麗《れい》ごとは存在するのだと最後のよりどころとなるようななにかが。

けれど紙をめくっていけば、そんなものはないとはっきりするばかり。

かつては峻厳《しゅんげん》だったはずの教会が少しずつ崩《くず》れ、堕落《だらく》しきってしまったのもまた、きっとこういうことなのだろうと思った。

それにたとえそんな世の中だとしても、高潔な人々は存在する。このエシュタットだって、浅慮《せんりょ》だが哀《あわ》れな領民のため、最後まで知恵《ちえ》を絞《しぼ》ったらしいのだから。

天井《てんじょう》を仰《あお》ぎ、大きくため息をついてから、これはよくない、と思う。こんなことでは思いつくものも思いつくまいと言い聞かせ、再び紙に目を落とす。

明け方の頃《ころ》に書いたのだろう、眠気《ねむけ》となにも思いつかない苛々《いらいら》で殴《なぐ》り書《が》きのようになっているミューリの筆跡《ひっせき》が続き、突拍子《とっぴょうし》もない案が続く。

火を放つなんて戦《いくさ》と同じくらい恐《おそ》ろしいものから、エシュタット中の野犬を集めてオルブルクの人を大混乱に陥《おとしい》れるとか、おとぎ話一歩手前のことまである。

苦笑いをしながらめくっていくと、またとんでもないのが出てきた。

「水攻《みずぜ》め……」

水害に悩《なや》まされてきた土地であり、ミューリもその時の恐怖《きょうふ》の一端《いったん》を、大聖堂の地下墳墓《ふんぼ》入り口に残された落書きで垣間見《かいまみ》た。神がお怒《いか》りであると、言葉でなく実際に水害として目の当《あ》たりにすれば、人々は自分たちの信じていた者が偽者《にせもの》だと理解するだろうか。

けれどそのためには雨乞《あまご》いをしなければならず……と思っていたら、ミューリの殴《なぐ》り書《が》きには続きがあった。

思わず目をしばたいたのは、そこにあったのがいやに具体的な記述だったからだ。

「……これは、土地の様子?」

あの市壁《しへき》のない夢の町に似たり寄ったりの絵が描《か》かれているが、オルブルクとその周辺のつもりらしいのは、書き込みでわかった。オルブルクがぐるりと丸で囲まれ、低い、と書かれている。その周りは、高い、と書かれている。

そしてオルブルクから北に向かったあたりに、横線が引かれている。

自分はそれを見て、なにか予感があった。

紙から顔を上げ、眠《ねむ》りこけているミューリを見やり、それからあるものを探した。

エーブの前に広げた地図だ。

大規模な古代帝国《ていこく》時代の排水《はいすい》路を書き込んだ、エシュタット周辺地図。

ミューリの描《えが》いたそれと並べ、見比べる。

「川」

オルブルクを北に向かうと、川が流れている。

そしてミューリの地図には、こう書かれている。

高い。

「……」

ミューリはついさっき、爪《つめ》と牙《きば》の話をした。

今の世では役に立たないその力。

ミューリは眠気《ねむけ》にうつらうつらしながら、カナンがいるのも忘れて、思いついたことをそのまま書き込んでいたのだろうそこには、こうある。

——私の爪《つめ》なら、川に穴を掘《ほ》れる。

水害を、起こせるのだ。

思わず口に手を当てた。

オルブルクはかつての銅鉱山跡地《あとち》であり、おそらく度重《たびかさ》なる水害か湧水《ゆうすい》によって、放棄《ほうき》された。それから長い年月を経て、すっかり泥《どろ》で埋《う》められた。

けれど土地そのものが平らになるほどではなくて、往時の面影《おもかげ》をわずかに残していたのは、自分も遠くからオルブルクを眺《なが》めて気がついたこと。ミューリは狼《オオカミ》一流の感覚で、広い土地の地勢を瞬時《しゅんじ》に見抜《みぬ》いたのだ。川周辺の様子についても、おそらく詐欺《さぎ》師たちの根城を探す過程で、ひとっ走り見てきたのではないか。

そしてミューリの書き込みには続きがある。

——家の裏山のため池を壊《こわ》した時、兄様に信じられないくらい怒《おこ》られた。兄様の馬鹿！

ミューリのとんでもない悪戯《いたずら》は数知れず、言われてようやく思い出した。

その最後の、この言葉。

——だから川の氾濫を、遺跡《いせき》を掘《ほ》ってる人たちのせいにしたらいい。

他の荒唐無稽《こうとうむけい》な計画に比べ、これだけいやに具体的だった。

実際にミューリが目の当《ま》たり《あ》にし、おてんば娘《むすめ》として過去にしでかしたことの延長なのだから、それはそうだろう。

ただ、自分が息を呑《の》んだのは、あの時の卒倒《そっとう》しそうな気持ちを思い出したからではない。

「これは、大聖堂側も考えていないのでは……」

なにせ川の堤《つつみ》を切ろうというのだ。水害と戦ってきた者たちとしては、むしろ唾棄《だき》すべき案だろう。

それに、どうやって堤《つつみ》を切るのかという現実的な問題もある。おそらく堤《つつみ》を切るというより、のっぺりした川岸にかなり大きな溝《みぞ》を掘《ほ》る必要があるはずだから。

だが、ミューリならば可能なのではないか。賢狼《けんろう》ほどではなくとも、その狼《オオカミ》の姿は堂々としたものなのだ。

そう考えていくと、このとんでもない悪戯《いたずら》みたいなことが、オルブルクの者たちの目を覚まさせるのに相応《ふさわ》しい案に思えてくる。

それによく言うではないか。

寝《ね》ぼけてないで顔を洗ってこいと。

川が北側にあるのもいい。

ここで堤《つつみ》を切れば、水は南のオルブルクに流れ、西の海に向かって流れていくだろう。

人々もその水から逃《のが》れるように西に向かい、その先にあるのは……。

「エシュタット」

その瞬間《しゅんかん》、ニョッヒラでの記憶《きおく》が鮮明《せんめい》に蘇《よみがえ》る。

他の子供たちと一緒《いっしょ》になって、興味本位でため池を壊《こわ》したミューリは、とてつもない流れに巻き込まれたらしい。そうしてびしょ濡《ぬ》れの傷だらけになって、死者のような格好で宿の入り口に現れた。

血の気が引くこちらをよそに、ミューリはほっとしたのかわんわん大泣きしていた。

そう。思い出したが、あの時は怒《おこ》る気すら起きなかった。

とにかく無事でよかったと抱《だ》きしめた時の、池の藻《も》の匂《にお》いまで思い出す。

だとしたら。

「だとしたら……」

エシュタットも同じでは？

しかもあそこは、水害の恐怖《きょうふ》を皆《みな》が共有する、ただでさえ泥《どろ》がちの土地。

不謹慎《ふきんしん》にも、自分はその様子を想像した。

水に追われ、救いを求めて逃《に》げ惑《まど》う人々の群れを。

そして、そんな彼らを慈悲《じひ》深く受け入れる、聖職者たちを。

「聖典の詩編第四節……希望の土地に向かう、物語」

詰《つ》めるべき細部はある。要は水害を人為《じんい》的に引き起こすのであり、場合によっては戦《いくさ》よりもひどい結果になりかねない。

だが、検討には値《あたい》すると思った。

こんな馬鹿げて大それた計画は、大人になったらできないのだから。

「ミューリ!」

その名を呼んで、ベッドに駆《か》け寄《よ》った。

むにゃむにゃしているミューリの肩《かた》を揺《ゆ》らし、摑《つか》んで起こす。

不機嫌《ふきげん》そうな顔に向け、言った。

「あなたの大好きな泥《どろ》遊びですよ」

紙を突《つ》きつけて言うと、ミューリはゆっくりと目を見開いたのだった。

馬に乗って向かうのは、オルブルク。

正確にはオルブルクから少し離《はな》れた場所なのだが、手綱《たづな》を握《にぎ》るミューリは怖《こわ》いくらい馬を全力疾走《しっそう》させている。速度を落とせと言っても聞かないので、諦《あきら》めてその華奢《きゃしゃ》な腰《こし》に手を回してしがみつくほかない。

詐欺《さぎ》師たちの根城を探していた時にすでに周辺の地理はすっかり頭に入っていたのか、ミューリは道なき道を的確に進んでいく。

そうしてたどり着いたのは、エシュタットから北に向かった場所を流れる川沿いの道だ。

この川は東から流れてきて、あのオルブルクを回り込むように内陸部に続いている。

馬が荒《あら》い息をつく中、ミューリは鞍《くら》の上で立ち上がり、目を細めて遠くを眺《なが》めている。

山生まれ山育ちなのに、そうしていると生まれた頃《ころ》から草原で馬を駆《か》っているように様《さま》になっている。

「やっぱり、思ったとおり！」

そして腰《こし》を下ろしたミューリは、言った。

「こっち側の土地を全部、水浸《みずびた》しにできるよ」

さらりと口にされる、破滅《はめつ》の言葉。

「多分だけど、大昔には鉱山を掘《ほ》って出たくず石で、この川の流れをここで押しとどめてたんじゃないのかな」

足元を見てミューリが言う。

「年代記にあった挿絵《さしえ》だと、川の流れが違《ちが》う絵がいくつかあって不思議だったんだよね。でも、水浸《みずびた》しになりがちな場所で穴を掘《ほ》るなら、川の流れを変えるべきだから、当然かも」

東西に延びる川と、川に沿ってわずかに盛り上がる地面。

そこからオルブルクの方向を眺《なが》めると、ミューリの考えを笑うことなどできない。

「私の爪《つめ》なら、ここを掘《ほ》り崩《くず》せるよ」

村の子供たちもよくそういう遊びをやっていた。

小川の水を堰《せ》き止《と》めたり、逆に落ち葉や枯《か》れ木《き》で堰《せ》き止《と》められた水を一気に流したり。

「兄様の偽者《にせもの》たちが鉱石を掘《ほ》ってるんだったら、洪水騒《こうずいさわ》ぎをそいつらのせいにできる」

ミューリはいつの間にか耳と尻尾《しっぽ》を隠《かく》し、真面目な顔になっていた。

かつてはそんな災害が頻繁《ひんぱん》に起きた現場なのだ。

「オルブルクの人たちは、水がくるなんてことになったら、なにをおいても逃《に》げると思う。水害は……この土地の人たちみんなの辛《つら》い記憶《きおく》のはずだもの」

大聖堂の地下墳墓《ふんぼ》入り口には、水に追われた人たちの落書きが残っていた。

海面の高かった時代、あんな場所にまで水が迫《せま》ったことが何度もあったのだ。

そのたびに人々は船に乗り、あるいは泳ぐようにして、石で守られたエシュタットに逃《に》げ込んだ。人々はその都度、感謝したはずだ。

足を取られるぬかるみや、すべてを飲み込もうとする泥《どろ》ではなく、しっかりとした石の上に立った時の安心感は、どんな説教よりも神の確かさを感じさせただろう。

自分は、悲しいことだが知っている。

祈《いの》りは無力だと。

もしもオルブルクに水害が迫《せま》ったとしたら、偽者《にせもの》たちは馬脚《ばきゃく》を露《あら》わさずにはいられない。

誰《だれ》が祈《いの》ったって、迫《せま》りくる水を止められないのだから。

そうしてオルブルクの者たちは、薄明《はくめい》の枢機卿《すうききょう》のことなど忘れて逃《に》げ出《だ》すだろう。

兵を送る必要などない。

彼らは自然の脅威《きょうい》の前に、なすすべなく逃《に》げ出《だ》すほかない。

「そこで、聖典の……詩編？　第四節、だっけ？」

ミューリがこちらを見てそう言った。

信仰《しんこう》なんて鼻も引っかけないミューリだが、この話はカナンから聞かせてもらったらしい。

ミューリにかかれば聖典のありがたいお話でさえ、楽しい物語か楽しくない物語かに分けられてしまう。

そして詩編第四節は楽しい物語だったようだ。

なぜなら、災厄《さいやく》の降りかかった民《たみ》たちが、約束の地に向けて旅立つ冒険《ぼうけん》の話なのだから。

「兄様が先導するのは……だめなんだよね？」

本物の薄明《はくめい》の枢機卿《すうききょう》がいることを知られたら、人々の熱狂《ねっきょう》が偽者《にせもの》からこちらに移るだけで、問題は解決しなくなる。それどころか、自分がエシュタットとの和解を説くようなことをすれば、こちらこそ偽者《にせもの》だと言われるかもしれない。

「あなたがもう少し馬を優《やさ》しく走らせてくれたら、もっときちんと案を練れたでしょうが」

馬と意思疎通《そつう》がとれるからと、信じられない速度で走らせてきたミューリにちくりと小言を向ける。

ただ、この荒涼《こうりょう》とした場に立てば、誰《だれ》が民衆を導く役目を担《にな》うべきかは、すぐに思いついた。

「水に追われ逃《に》げようとする人々を導くのに、適任がいます」

「誰《だれ》？」

「領主ホーベルン、その人ですよ」

ミューリは口を少し開き、視線を斜《なな》め左に向ける。

「ちょっと……頼《たよ》りなくない？」

「ですが、唯一《ゆいいつ》オルブルクの人たちが信頼《しんらい》している地元の領主様です。彼が先導するなら、その先は安全だと皆《みな》が思ってくれるはずです。それにエシュタットに逃《に》げ込む時も、地元の領主がいれば大聖堂との間に立って、とりなしてくれると期待するでしょう」

これはほかの誰《だれ》にも担《にな》えない役目だった。

しかし自分だって、あのホーベルンがそんなことをできるのか、そもそも協力してくれるのかという不安がある。けれど彼しかいないのだ。

そして間違《まちが》いないのは、ホーベルンが喜んで詐欺《さぎ》師たちに協力しているわけではないということ。

彼は利用され、蔑《さげす》まれている。偽者《にせもの》を偽者《にせもの》として捕《と》らえるきっかけを作り、操《あやつ》られていた民衆を無事に元の場所へと帰すその役目なら、協力してくれるはずだと思った。

なにせミューリではないが、そんな役目は、あまりにも格好よすぎるのだから。

「じゃあ、大まかには、いけ、そう？」

最初にこんなことを思いついたのはミューリだが、それも眠気《ねむけ》で朦朧《もうろう》としていた時のこと。

いざ現場に立ってみて、計画の荒唐無稽《こうとうむけい》さが頭に沁《し》み込んできたのかもしれない。溢《あふ》れた水は本当に人々を驚《おどろ》かす程度で止まってくれるだろうか？　そんなことを、あのミューリが気にしている。あの大聖堂の地下墳墓《ふんぼ》入り口にあったような、人々を苦しめる大災害にならないだろうか？

後先考えず思いついたことをやっては、叱《しか》られて大泣きしていたミューリ。やっぱりミューリも、だいぶ成長しているようだ。

「いけます」

自分ははっきりと答えた。

そして今度はミューリのほうが、自信満々の兄の様子に、不安になったようだ。

「で、でも、堤《つつみ》って切るのは簡単だけど、水を止めるのはすごく難しいよ。思った以上に水が出ちゃっても、途中《とちゅう》で止められないかもしれないよ？」

しかも改めて川の近くに立ってみると、オルブルクのある土地はかなり低く見える。堤《つつみ》を切れば、泥《どろ》をたっぷりたたえた水が、怒涛《どとう》のように流れ込むだろう。

「それに、そう、オルブルクの町は大混乱になるよね？　なのにあのホーベルンって酔《よ》っ払《ぱら》いのおじさんたった一人だよ？　兄様の偽者《にせもの》たちを事前に脅《おど》し上げて、仮に協力させたにしても、多分十人とか、せいぜい二十人くらいだよ。そんなので、本当に町のみんなを無事にエシュタットまで連れていける？」

そこまで言ってから、ミューリは深呼吸をして、付け加える。

「それに、どの物語でも悪人は最後まで諦《あきら》めが悪いもの。水が迫《せま》ってきて混乱に陥《おちい》ったら、逃《に》げ出《だ》したり、ここぞとばかりに溜《た》め込んでた武器で抵抗《ていこう》するかも」

兄としては、このミューリにはもっと女の子らしい、食事作法や薬草を育てるための本などを読んで欲《ほ》しいのだが、ミューリが読《よ》み漁《あさ》ってきた冒険譚《ぼうけんたん》の知識がここに生きているのを認めざるをえない。

「でも、町の人々のことを考えると、エシュタットの兵士の人たちは連れてこられないよね？　エーブお姉さんの仲間の人たちに頼《たの》んでも、その全部に対応できる？」

もちろんひ弱で間抜《まぬ》けな兄は、その頭数に入らない。カナンも無理だろうし、ル・ロワもそうだろう。

思《おも》い描《えが》いた巨大《きょだい》な絵図に対し、登場人物が足りなすぎる。

合戦は数人だけではできないのだ。

けれど自分は慌《あわ》てなかった。

それに、ミューリが解決法に気がつかないのはちょっと意外だった。

「あなたが馬を乱暴に走らせて、私の頭に刺激《しげき》が入ったおかげでしょう。そこも思いついていますとも」

馬のことをちくちくと刺《さ》しながら言うと、ミューリはむくれてこちらの腰《こし》を叩《たた》いてくるが、そのまま服を掴《つか》んでくるその手は、なにかを期待するものだった。

自分はそんなミューリに微笑《ほほえ》み返し、こちらからも手を伸《の》ばす。

つまんだのは、その首から提《さ》げられた、小さな麦袋《むぎぶくろ》だ。

「あなたの名前はなんでした？」

自身の胸元《むなもと》を見下ろしていたミューリは、そのまま上目遣《うわめづか》いにこちらを見る。

「……え？」

ミューリ。

その名は、はるか昔より受《う》け継《つ》がれてきたもの。

その赤い目が、満月のように見開かれる。

「あ！」

荒唐無稽《こうとうむけい》な企《たくら》みに、肉付けするその方法。

自分は確かに非力だが、知り合いはそうではない。

薄明《はくめい》の枢機卿《すうききょう》の力とは、そういうものだったのだから。

「えっと、えっと、え、じ、じゃあ、兄様、その——」

ミューリの頭の中で、計画が慌《あわ》ただしく再構築されているのだろう。その先にある期待と興奮と、困難に立ち向かう魂《たましい》の震《ふる》えのせいで、口から出る言葉が追いつかない。

ミューリはいつだって全速力の女の子。

ちょっととろいくらいの兄の役目は、その背中をそっと支えることだ。

「はい。全部解決できるはずです」

ミューリの背中に手を当て、オルブルクのほうを向かせる。

「良《よ》い結末にしましょう」

ミューリは声にならない声を上げ、こちらにしがみつくと、ぱっと体を離《はな》す。

そしてものすごい勢いで馬に飛び乗り、手練《てだ》れの騎士《きし》のように馬の前脚を高々と掲《かか》げさせた。

「兄様、乗って！」

「あまり速度を出さないでくださいよ」

乗る時に手は貸してくれたが、我《や》が家の小さな騎士《きし》はその言葉をもちろん無視した。

エーブから借りた馬はすぐに全速力で駆《か》け出《だ》し、自分は慌《あわ》ててミューリにしがみつく。

けれどくる時ほど怖《こわ》くなかったのは、きっと自分もまた、興奮しているからだろうなと、思ったのだった。


自信満々のミューリから計画を伝えられたエーブは、頭痛をこらえるように額を押さえていた。

こちらを恨《うら》めしそうに見つめるのは、ミューリが計画を伝えにきたということは、その兄も承認《しょうにん》したということだから。

ただ、計画が計画だけに、エーブも納得《なっとく》してくれなければ、勝手にやることはできない。

たとえば、エシュタット側の大聖堂の人たちへの了承《りょうしょう》の取りつけなどだ。

川の堤《つつみ》を切って水浸《みずびた》しにするなど、長年ホーベルンに代わって土地を治めてきたエシュタットの面々には、恐怖《きょうふ》以外の何物でもないだろう。それに命からがら逃《に》げ込んできた人々の受け入れにだって、現実的な準備がいる。

軒先《のきさき》で暴れ回るための、十分な根回しが必要だった。

そう伝えるとエーブはどこか悔《くや》しそうな顔をして、それは出《だ》し抜《ぬ》かれた時のミューリにそっくりだった。

そしてこの計画を成功に導くための最も重要なことを伝えておく。

「ついては、ミューリ傭兵《ようへい》団受け入れの根回しも、エーブさんにお願いしたく」

今はおてんば娘《むすめ》に受《う》け継《つ》がれたその名は、かつて古代に生きた狼《オオカミ》のものだった。

賢狼《けんろう》ホロと同じ精霊《せいれい》の時代に活躍《かつやく》した『狼《オオカミ》ミューリ』は、ある武人によって傭兵《ようへい》団の名に冠《かん》されたことで、今の世にまで語《かた》り継《つ》がれてきた。

そしてその名は、かつて同じ時を生きたホロによって、娘《むすめ》へと託《たく》された。

長い歴史と伝説を持つミューリ傭兵《ようへい》団は、今の世でも、北の地では知られた存在だ。

力業《ちからわざ》の計画を制御《せいぎょ》するためには人手がいる。

自分の知りうる限り最強の戦力といえば、ミューリの名を古《いにしえ》から受《う》け継《つ》いできてくれた彼らにほかならない。偽者《にせもの》が出た、という話を聞いた時から、万が一の時のためにミューリ傭兵団《ようへいだん》には手紙を送っておいた。アケントから送った二通のうちの手紙の一通は、それだった。

ただ、誰《だれ》であっても街中で剣《けん》を抜《ぬ》けば問題になるように、傭《よう》兵《へい》のような武力集団は存在するだけで問題になる。エーブがきちんと大聖堂に話をとおしてくれないと、また別の問題が起きてしまう。

それに、彼らを使うにはものすごいお金がかかるのだが、目の前にいるのは大商人だ。

「まったく、人使いの荒《あら》いことだよ」

エーブは肩《かた》をすくめてから、どこか嬉《うれ》しそうにそう言ったのだった。

エーブの承《しよう》認《にん》も得てから、自分たちはアケントに向けて手紙を出した。

計画を詰《つ》めていく過程で、まだ今少し人手が足りないと判明した。

そこであのピエレを寄こして欲しいと、ルティアに頼《たの》んだのだ。

計画に向けて様々なことが動く中、シャロンの仲間の鳥に手紙を届けてもらったその三日後。

宿の主人に呼ばれて一階に下りれば、寝《ね》ずに旅路を駆《か》けてきたと言わんばかりのピエレが、怒《いか》りに満ち満ちた顔で立っていた。

「アシュレジのピエレ、今ここに！」

薄明《はくめい》の枢機《すうき》卿殿《きょうどの》、と大声で言わなかっただけましだろう。

迷惑《めいわく》そうに耳を両手で押さえるミューリをよそに、自分は心強い味方の手を取って、部屋に案内した。

「ピエレさん、よくきてくれました」

「なにを仰《おっしゃ》います！　私こそ信仰《しんこう》心が足りず、あなた様の聖性を見抜《みぬ》けなかったことを恥《は》じ入《い》るばかり。しかも偽者《にせもの》たちは『始まりの教会』などという恥知《はじし》らずなものを建立《こんりゅう》している始末！　して、拙者《せっしゃ》はどのようにお役に立てば!?」

手紙を受け取ったルティアは、依然《いぜん》として教会に引きこもっていたピエレを説得するため、自分が学生たちのために残してきた聖典の俗語《ぞくご》翻訳《ほんやく》の草稿《そうこう》を用いたらしい。

大陸側では抄訳《しょうやく》が出回るだけで、詳細《しょうさい》なものはまだ誰《だれ》も持っていない。

そして草稿《そうこう》の一部を見ただけで、ピエレは翻訳《ほんやく》が本物だと理解してくれた。

正しいことは誰《だれ》がどんな立場で言っても正しいこと、という淡《あわ》い夢を、ピエレは叶《かな》えてくれたわけだ。

「私が名前を出して彼らを糾弾《きゅうだん》すると、余計に問題がこじれそうなのです。そこでこの土地の名のある領主様に悪を糾弾《きゅうだん》してもらいたいのですが、彼は神に見放されたと意気消沈《しょうちん》し、悪と戦う気概《きがい》を失っているのです」

ホーベルンの状況《じょうきょう》をかいつまんで説明すると、ピエレは、はははあとうなずいた。

「お任せあれ。閉じられた耳の中に神の御加護をねじ込むのは得意ですとも！」

ピエレの大声に耳を押さえていたミューリは、驚《おどろ》いたように耳から手を離《はな》すや、物騒《ぶっそう》な表現に喜んでいたのだった。


ピエレが到着《とうちゃく》したさらにその二日後。エシュタットの街が奇妙《きみょう》にそわついていて、武具を身に纏《まと》った者や、馬に乗る者の姿が増えた。

エーブの説得を受けた大聖堂側は、協議の末、提案をすべて受け入れた。そこには王国や、ひいては薄明《はくめい》の枢機卿《すうききょう》に貸しを作るという意味もあるのかもしれない。

とにかく計画が大急ぎで進行する中、自分たちは再度エーブの倉庫に集まった。

「詐欺師《さぎ》の後ろにいる連中だが、おおむね目星がついたよ」

「誰《だれ》なの？」

ミューリが尋《たず》ねると、エーブはにやりと笑う。

「ルウィック同盟」

ミューリは小首を傾《かし》げていたが、自分の脳裏《のうり》にぱっと広がったのは、青い空の下で水しぶきに翻弄《ほんろう》される巨大《きょだい》な船舶《せんぱく》だ。

「……今回の計画は、薄明《はくめい》の枢機卿《すうききょう》の名を汚《けが》し、お金も儲《もう》けられて一石二鳥というわけですか」

「お前らがあいつらを虚仮《こけ》にした話をハイランドから聞いて、私は大笑いしたよ」

ミューリが袖《そで》を引いてくるので、鯨《くじら》の化身《けしん》オータムの騒《さわ》ぎの時、教会の味方に付いていた商業同盟だと教えた。かつては世界最強の名を冠《かん》された商人たちの同盟で、商売上の利権を巡《めぐ》った戦争では大国を打ち負かした伝説がある。

「連中は教会の利権とずぶずぶだが、お前のせいで最近は随分《ずいぶん》苦しいらしい」

「わ、たしですか？」

それはあの北の諸島を巡《めぐ》る話のせいだろうかと思ったが、エーブは楽しそうに目を細める。

「お前が清貧《せいひん》を謳《うた》うから、教会も大っぴらに散財できなくなった。おかげで高級品から順に売れなくなって、連中の屋台骨はぐらぐらだそうだ」

北の諸島では彼らがずいぶん横暴なことをしていたのをミューリは思い出したのか、その言葉にざまあみろというような顔をしている。

「そこに目をつけた詐欺《さぎ》師から計画の売り込みを受けたか、自分たちで見つけたかはわからんが、これ幸いと今回の計画を練ったんだろう。お前が言ったように、金儲《かねもう》けができて、ついでに憎《にく》き薄明《はくめい》の枢機卿《すうききょう》の評判も落とせるからな。まあ、いずれにせよ、よそ者による計画だ」

と、エーブはため息をつく。

「ホーベルンに強く言い聞かせるのは、そう難しくないだろう」

そしてエーブは計画書の上に手を乗せると、こんこんと指で叩《たた》く。

「ホーベルンをこちらに寝返《ねがえ》らせて、領主の自覚を取《と》り戻《もど》させる。そして薄明《はくめい》の枢機卿《すうききょう》の名を騙《かた》る偽者《にせもの》を告発させ、連中が原初の教会を汚《けが》しているせいで、神の天罰《てんばつ》が下ろうとしていると警告する。オルブルクの連中はもちろん信じないだろうし、むしろホーベルンのことを裏切者と呼んで激昂《げきこう》するだろう。だが、ほどなく予言どおりに大水が迫《せま》りくる。恐怖《きょうふ》におののくオルブルクの連中を泥水《どろみず》の渦《うず》から救い出し、約束の地に連れ出すのは……ほかならぬホーベルンだ」

一連の流れが記された紙の端《はし》がめくり上がるくらい、エーブは大きくため息をつく。何度読み返しても、計画の荒唐無稽《こうとうむけい》さに辟易《へきえき》するのだろう。

案外に現実的なエーブは、こちらを睨《にら》み上げた。

「そしてこの計画の穴を、傭兵《ようへい》団が随時《ずいじ》ふさいでいく」

自分は大きくうなずいた。

水も漏《も》らさぬ陰謀《いんぼう》が大好きなエーブだが、今回はその質がまったく違《ちが》う。

億劫《おっくう》そうに立ち上がり、自分たちを連れて倉庫の外に出た。

倉庫の前にエーブは不機嫌《ふきげん》そうに立ち、ちょうど船から降りてきていた人たちを睥睨《へいげい》する。

「正規の金額で雇《やと》おうと思ったら、いくらかかるものか考えたくもない」

傭兵《ようへい》は都市間の戦争などで重用されるから、支払《しはら》いの規模感もそんな感じだ。

今回は彼らの移動費や糧食《りょうしょく》、それに宿の手当て程度でいいということだったが、それだけでも結構な金額になり、勘定《かんじょう》を担《にな》うエーブは苦い顔だ。

公会議のために仕方ないとはいえ、信仰《しんこう》の戦いでさえ金がかかるのだと辟易《へきえき》する。

「ルワード叔父《おじ》様！」

そんな中、傭兵《ようへい》団の長であるルワードを見つけたミューリが、全速力で駆《か》けていった。

部下に指示を出していたルワードは、欠片《かけら》の遠慮《えんりょ》もなく飛びついてくるおてんば娘《むすめ》をひょいと受け止めてしまう。ミューリはルワードのことを、全力でじゃれついても壊《こわ》れないおもちゃと認識《にんしき》している節があるのだが、そのルワードは両手でミューリを高く持ち上げると、そのまま肩《かた》に座らせてしまった。

「お嬢《じょう》、元気そうでなにより」

ルワードはそんなに大柄《おおがら》ではないのに、その膂力《りょりょく》はさすが傭兵《ようへい》団の頭領だ。

「コル、君も」

と、ルワードは言いかけて、わざとらしく咳払《せきばら》いをする。

「失礼、薄明《はくめい》の枢機《すうき》卿殿《きょうどの》。息災のようでなによりです」

「やめてください、ルワードさん」

ルワードは声を上げて笑い、ミューリを降ろすと、腰《こし》に手を当て不敵な笑《え》みを見せる。

「我らが再び君たち一族の役に立てて、嬉《うれ》しく思う」

ミューリ傭兵《ようへい》団は、北の地では知られた歴戦の戦士たち。

詐欺《さぎ》師一味など敵の内に入らないだろうし、混乱する人々をまとめあげ、導くような仕事も慣れたものだろう。

「しかし、とんでもない計画だな。水攻《みずぜ》めは我らも使ったことがあるが、せいぜい敵部隊の渡《と》河《か》を邪魔《じゃま》するくらいだ。見渡《みわた》す限りの土地一帯を水浸《みずびた》しにするんだろう？　しかもその町の人間たちを丸ごと連れ出そうとは」

「猛吹雪《もうふぶき》の行軍に比べたらなんでもないよね？」

ミューリの言葉に、ルワードはもちろんと胸を叩《たた》いてみせる。それからエーブを見つけ、今回の雇《やと》い主《ぬし》に傭兵《ようへい》団長として挨拶《あいさつ》していた。

そうこうしていると、今はエーブを手伝って大聖堂との調整役をしているらしいカナンが戻《もど》ってきた。港に集まる独特の雰囲気《ふんいき》を持つ傭兵《ようへい》たちを見て、不安そうな顔をしているのは、カナンのような人物にとって、傭兵《ようへい》というのは災《わざわ》いの別名だからだろう。

信頼《しんらい》できる人たちですと伝えれば、カナンはうなずいていたものの、珍《めずら》しく護衛の陰《かげ》に隠《かく》れていた。

「近頃《ちかごろ》はつまらん仕事ばかりだったからな。派手にいこう」

部下を前にはっぱをかけるルワードだが、気がつけばミューリも傭兵《ようへい》たちの中にいて、その一員みたいに一緒《いっしょ》に気炎《きえん》を上げていたのだった。


祈《いの》りは石を動かさず、神は振《ふ》り下ろされる剣《けん》を防いではくれない。

紙に書かれた計画もただのインクの染《し》みにすぎず、現実は複雑で予想しがたい。

ミューリと一緒《いっしょ》に荒唐無稽《こうとうむけい》な案の穴をふさいだつもりだが、それだって世間知らずの自分たちが頭の中で思いついたものにすぎないのだ。

それでいて自分たちの目標といえば、水面よりも低い土地めがけて川の堤《つつみ》を切り、水浸《みずびた》しにしたうえで犠牲《ぎせい》者は出さないようにするというものなのだから、どんなに寛容《かんよう》な神だって、呆《あき》れていることだろう。

そしていかにルワード率いる傭兵《ようへい》団といえど、これだけの規模の計画を完璧《かんぺき》に制御《せいぎょ》しきれるかはわからない。

神の御加護を祈《いの》るだけではろくな足しにならず、改めてオルブルクやその周辺に人が派遣《はけん》され、ぎりぎりの時間まで詳細《しょうさい》な地形を調べていた。

その地図を基《もと》にルワードたちが作戦を練る中、何とおりもの避難《ひなん》経路が想定され、計画の途《と》方《ほう》もなさがますます浮《う》き彫《ぼ》りになっていく。

川の堤《つつみ》を切るという重大な役目は、やはり狼《オオカミ》の膂力《りょりょく》を持つミューリが負うことになった。

人目につかず、突然《とつぜん》の水害を演出するためには、工具などを持ち込んでいる暇《ひま》はないからだ。

そのミューリも、作戦会議に臨《のぞ》んでいる時は真剣《しんけん》な顔つきだった。

というのも、決壊《けっかい》させた堤《つつみ》を再びふさぐ際にも、その狼《オオカミ》の膂力《りょりょく》を利用したいとルワードが言ったから。堤《つつみ》を元に戻《もど》せないと、被害《ひがい》が甚大《じんだい》になる可能性がある。攻城《こうじょう》戦で穴を掘《ほ》ったり埋《う》めたり、その手の土木作業を得意とするルワードの部下たちと打ち合わせする様子は、見たこともないほど強張《こわば》っていた。

カナンとル・ロワは大聖堂側とやり取りし、意図的な水害がどの程度の被害《ひがい》を出しそうかや、避難《ひなん》してきた人々の受け入れなどについて細部を詰《つ》めている。

領主として長年エシュタットを治めてきた大聖堂の面々と、過去の記録を参照し、万が一の事態のために、少し離《はな》れたところに兵と船を用意しておく計画も立てていた。

エーブはそれらにかかる費用に渋面《じゅうめん》を作り、羽ペン片手に唸《うな》り続けていた。

こうしてひとつの目的に向かい、多くの人々が立ち働くその様子に、自分はというと半ば圧《あっ》倒《とう》され気味だった。

それはこの一連の流れが、単に詐欺《さぎ》を働く者を討《う》ち、騙《だま》されている人々を助けようというだけではなく、最終的な目標は薄明《はくめい》の枢機卿《すうききょう》なる人物の名を守るためであり、それはほかならぬ自分のことだというのだから。

そのことに実感を持てといわれても、未《いま》だに戸惑《とまど》いしかない。

けれど謙遜《けんそん》に見せかけた弱音を吐《は》ける段階はとっくに過ぎているし、おそらくこれからはこんなことが何度だって、そしてもっと規模を大きくして起こるはず。

大陸側で薄明《はくめい》の枢機卿《すうききょう》が活動を始めたと知れば、教会側はいよいよ本腰《ほんごし》を入れて反撃《はんげき》してくるだろうし、それに対抗《たいこう》するには多くの人の力を借り、あるいは利用し、身《み》の丈《たけ》を越《こ》えたことをしなければならない。

時には自分の関与《かんよ》できないことについて責任を取らなければならないだろうし、その強大な力によって、どうしても望まぬ結果が引き起こされるようなこともあるはずだ。

その現実に、慣れなければならない。

薄明《はくめい》の枢機卿《すうききょう》の役を演じきる、その度胸を養う必要がある。

そんなふうにしっかり腹をくくったはずなのに、ついに計画の実行を控《ひか》えた前夜。

夜になっても誰《だれ》も寝《ね》ていないエーブの倉庫の一室で、ミューリに言われてしまった。

「男の子はみんな大将をやりたがるって思ってたけど」

やはりミューリには弱気な様子が筒抜《つつぬ》けだったようだ。

「兄様は近くの丘《おか》の上で、ルワード叔父《おじ》様と一緒《いっしょ》に指揮を執《と》るんだよね？」

そうなっているが、事実上、することがないから安全な場所にいろという意味だ。

「私が大活躍《だいかつやく》するところもちゃんと見ててよ！」

川の堤《つつみ》を切るのはミューリの役目。

手練《てだ》れの傭兵《ようへい》たちが一緒《いっしょ》とはいえ、危険な役目には違《ちが》いない。なんなら傭兵《ようへい》たちが水に流された時には助け出す役目も負っているというし、水が急激に溢《あふ》れすぎた時には、石を詰《つ》めた麻《あさ》袋《ぶくろ》を咥《くわ》えて水に飛び込むようなこともすると聞いた。

ニョッヒラでそんな話を聞いたら気絶しただろうが、自分は制止の言葉をぐっと飲み呑《の》んだ。

ミューリにはきっとそのくらいのことができるのだろうし、その力を必要とされてもいる。なにより、ミューリはその力を発揮したがっているのだから。

「牙《きば》と爪《つめ》の活躍《かつやく》を聞いたら、ルティアが悔《くや》しがるかも」

同じ狼《オオカミ》の化身《けしん》として、少し対抗《たいこう》心があるのかもしれない。あるいはその対抗《たいこう》心は、ルティアのほうがちょっとお姉さんだという自覚からくるのかもしれないが。

そんなことを思っていたら、じっとこちらを見ていたミューリが、ため息をついて後ろに回る。

「ほら、胸張って！」

背中を叩《たた》かれ、背筋が伸《の》びる。

ミューリは腕《うで》組《ぐ》みをして、呆《あき》れ顔だ。

「もう、こんなんじゃ、誰《だれ》も兄様が本物の薄明《はくめい》の枢機《すうき》卿《きょう》だって信じないよ！」

笑おうとして、うまく笑えないが、多少は見栄《みえ》を張る。

「わかる人にはわかるはずです。少なくともピエレさんは、聖典の翻訳《ほんやく》を見て自分が本物であると信じてくれました」

ミューリは臭《くさ》いものを嗅《か》がされた猫《ねこ》みたいな顔をして、肩《かた》をすくめている。

「今頃《いまごろ》あの〝絶叫《ぜっきょう》のピエレ〟が、薄明《はくめい》の枢機《すうき》卿《きょう》様って思われてるかもね」

ミューリに変なふたつ名をつけられたピエレだが、彼は一足先にエシュタットを発《た》っている。ルワードの部下たちの中でも精鋭《せいえい》の者と、さらにアズと一緒《いっしょ》に、詐欺《さぎ》師たちの根城に向かっているのだ。

彼らはまさに今頃《いまごろ》根城を急襲《きゅうしゅう》し、詐欺《さぎ》師たちを一網《いちもう》打尽《じん》にしたうえで、ホーベルンに「強く言い聞かせ」ていることだろう。

夜明けまでには、あちこちで遺構を掘《ほ》り出《だ》すと称《しょう》して銅鉱石を掘《ほ》り出《だ》している鉱夫たちも夜闇《やみ》に乗じて捕《と》らえることになっている。

そして翌日の朝、きっちり言い聞かせた偽者《にせもの》が説教に立つのにあわせ、ホーベルンが彼を偽《にせ》者《もの》だと糾弾《きゅうだん》する。オルブルクの人々がざわめき出すのを確認《かくにん》してから、堤《つつみ》が切られる。

ミューリ傭兵《ようへい》団の戦力から考えて、ここまでで失敗することはまずありえない。

その第一段階。詐欺《さぎ》師たちの根城への急襲《きゅうしゅう》と説得が成功したら、シャロンの仲間の鳥から一報が届くことになっている。それを受け取ったら、自分たちもエシュタットを発《た》つ。

今は待ちの時間で、ミューリにからかわれてもなおそわそわする自分に、肝《きも》の太さでは母親並みのおてんば娘《むすめ》が呆《あき》れている。

そんな折り、扉《とびら》がノックされた。

やってきたのは、エーブとカナンだった。

「連絡《れんらく》が⁉」

思わず聞き返す自分に、エーブは苦笑い。

「落ち着け。大将がそんなでどうする」

隣《となり》のミューリからも、まったくそのとおり、とばかりの大きなため息を向けられて、首をすくめてしまう。

「大将は私ではなく、ルワードさんかと思いますが……」

「なるほどな、カナン坊《ぼう》やの言うとおりだ」

「……？」

呆《あき》れた様子のエーブの視線を受け、部屋に入ってきたカナンが手にしていたのは、一着の服だった。

「今回、コル様が名乗り出ることこそありませんが、おそらく少なくない人々が、命からがら逃《に》げ出《だ》す混乱の向こうに、そのお姿をちらりと垣間見《かいまみ》るはずです」

気がつくと、エーブとカナンの後ろにはルワードも立っていた。

「我が傭兵《ようへい》団も、嵐《あらし》や猛吹雪《もうふぶき》の中、何度も守護精霊《せいれい》の影《かげ》を見たものだ」

やや楽しそうに笑うルワードから、再び視線をカナンの手元に向ける。

「人々は噂《うわさ》するはずです。偽者《にせもの》に騙《だま》され、神の下された罰《ばつ》にあえぐ中、その試練を遠くで見守る何者かがいたと」

カナンは頬《ほお》を上気させながら、聖人伝の一節を暗唱するかのように語ると、手にしていた服を手近なテーブルの上に置いた。

ミューリがたちまち感嘆《かんたん》の声を上げ、自分は驚《おどろ》いてエーブを見た。

「私が用意したんじゃない。お前たちから届いた手紙を見て、ハイランドの奴《やつ》がここぞとばかりに私に託《たく》したんだよ」

テーブルに置かれたのは、恐《おそ》ろしいまでに立派な一着の服。

吸い込まれそうなほどの黒に染められ、わずかに金糸が刺繡《ししゅう》された、厳《おごそ》かにして威厳《いげん》に満ちた服だった。

「どこの教会、どこの修道会とも違《ちが》いますが、実に素晴《すば》らしい僧服《そうふく》です。位階を示す標章こそありませんが、誰《だれ》が見てもこの人物の聖性を疑うことはないでしょう」

教会の中心部、教皇庁のお膝元《ひざもと》で働くカナンは白の僧服《そうふく》だが、目の前にあるのは漆黒《しっこく》の僧服《そうふく》だ。

「で、これがハイランドからの伝言」

エーブから手紙を手渡《てわた》され、印章もなにもないそこには、ハイランドの流麗《りゅうれい》な筆致《ひっち》でこう書かれていた。

「夜の闇《やみ》は、夜明け前が最も暗い」

読み上げると、ハイランドがどんな気持ちでこれを用意してくれたのか、痛いほどにわかった。自分は得難《えがた》い人物との縁を得て、ここにこられたのだと実感する。

「形から入るってのも、まあ、悪くないだろ」

世に夜明けをもたらす、薄明《はくめい》の枢機卿《すうききょう》。

偽者《にせもの》が現れたと聞いたアケントで、自分をこき下ろしたミューリのその言葉を思い出す。

なるほど、薄明《はくめい》の枢機卿《すうききょう》の噂《うわさ》にこの服のことが付け足されれば、誰もそう簡単に真似《まね》することはできなくなる。

わくわくした顔のミューリに急《せ》かされ、上着を脱《ぬ》いでカナンの手を借りて着替《きが》えていく。

ローブに近い形状なので、着脱《ちゃくだつ》が容易なところもよく考えられている。

帯はなく、鉤《かぎ》で留《と》める形式なのは、装飾《そうしょく》を極力減らす工夫《くふう》だろう。

おそらく途轍《とてつ》もなく金がかかっているのに、ぱっと見にはそう感じさせない上品さ。

服の生地《きじ》がやや硬いせいで、自然と背筋が伸《の》びて、身が引き締《し》まる。

首元を留《と》めると、若干《じゃっかん》の苦しさがかえって心地《ここち》よい。

それからカナンは、豚《ぶた》の脂《あぶら》かなにかで、こちらの髪《かみ》を撫《な》でつける。

「ほう」

その声は、ルワードのものだ。

エーブは腕組《うでぐ》みして、自身の服と見比べ、なんだか唇《くちびる》を曲げているので、商人として服の質に対抗心《たいこうしん》を抱《いだ》いたのかもしれない。

服を着るのを手伝ってくれたカナンは、部屋を見回すと目当てのものを見つけ、こちらに手《て》渡《わた》してくる。

わざとらしく聖典を持たされた自分は、はっきり言ってやや恥《は》ずかしかったが、これも使命だと思って呼吸を整える。

そして、こういう時に一番騒《さわ》がしそうなミューリを見て、ぎょっとした。

「……」

ミューリの顔が、真っ赤だったのだ。

「ど、どうしました？」

身をかがめて声をかけると、ミューリは目を見開いてやや後ずさりしてから、女の子みたいにうつむいてしまう。

いや実際に女の子なのだが、こんなミューリを見たことがなくて戸惑《とまど》っていると、重そうな足音が廊下《ろうか》から聞こえた。ル・ロワだ。

「お集りの皆《みな》さん、そろそろ頃合《ころあ》いのようです」

根城を急襲《きゅうしゅう》している者たちから、作戦成功の報《しらせ》が届いたのだろう。

ミューリ傭兵《ようへい》団とエーブの護衛たちは人ならざる者の存在を知っているので、シャロンの仲

間の鳥を使役《しえき》することで迅速《じんそく》に連絡《れんらく》が取れる。

早朝の作戦開始に合わせるため、自分たちも出立しなければならない。

「おや、薄明《はくめい》の枢機《すうき》卿殿《きょうどの》、見違《みちが》えましたな」

ル・ロワは気楽な感じでそう言ってから、ルワードやエーブを引き連れて出立の準備に向かった。カナンは「実にお似合いです！」と興奮気味の一言を残して、彼らを追いかけていった。

部屋に残っているのは自分と、まだもじもじしているミューリだけ。

「ほら、私たちも行きますよ」

そう声をかけても、ミューリは動かない。

自分は仕方なくその場に膝《ひざ》をついて、ミューリの顔を下から見上げた。

「私を守る騎士《きし》様でしょう？」

ミューリは目を見開き、ついに耳と尻尾《しっぽ》も出してしまい、毛を逆立てていた。

そしてぎゅっと目を瞑《つぶ》って背中を丸めると、こちらの顔を両手で摑《つか》んできた。

「もう、その服、脱《ぬ》いじゃだめだから」

「え？」

「約束だよ！　絶対！　もう絶対脱《ぬ》いじゃダメ！」

どこか必死な様子のミューリに気圧《けお》されつつ、どうやら似合っていないわけではないらしいとホッとする。

「大剣《たいけん》は担《かつ》いでいませんが、これでも大丈夫《だいじょうぶ》そうですか？」

ミューリの理想の従軍司祭は、祈《いの》れば仲間の傷がふさがり、一声で大地が割れるらしい。

口を引き結んだミューリは顎《あご》を引いて、こちらの顔を掴《つか》む手に力を込《こ》め、爪《つめ》を立ててくる。

「意地悪！」

それから、ぎゅっとしがみついてくる。

ミューリの服の趣味《しゅみ》はよくわからないが、ハイランドのそれは実に的確だったらしい。

ミューリを抱《だ》きしめ返し、頭を撫《な》でてやってから、さてと立ち上がる。

「あなたの働きを、遠くから見守っています」

ニョッヒラにいた頃《ころ》ならば、想像するだけで顔が青くなるような危険な任務。

けれど興奮のあまり滲《にじ》んだ涙《なみだ》を掌《てのひら》で拭《ぬぐ》い、大きく息を吸って腰《こし》に提《さ》げた長剣《ちょうけん》に手をかけたミューリは、まっすぐにこちらを見て笑って言った。

「任せてよ！」

ニョッヒラで見たら不安しかなかったこんな顔も、今ではずいぶん頼《たの》もしくなった。

ぽんとその頭を軽く撫《な》で、耳と尻尾《しっぽ》をしまわせてから、自分たちも部屋から出た。

もしも仮に、もしもが十回くらい重なって、薄明《はくめい》の枢機卿《すうききょう》の伝記が書かれるのだとしたら、きっとここが転換点《てんかん》になるに違《ちが》いないと、そんなことを思った。

そうして荷《に》揚《あ》げ場を兼《か》ねた広間に下りると、エーブたちとル・ロワにカナン、そして傭兵《ようへい》たちが自分のことを待ち構えていた。

ルワードがこちらを見やり、口をつぐんだまま笑っている。

鈍《にぶ》い自分にもさすがにわかる。

狼《オオカミ》の紋章《もんしょう》が入った腰帯《こしおび》を締《し》め直したミューリを確かめてから、自分は言った。

「私の偽者《にせもの》によって道に迷ってしまった子羊たちを、この街へと導いてください。神の正しき教えのため、皆《みな》さんのお力が必要です」

緊張《きんちょう》のために息継《いきつ》ぎをして、言った。

「困難な任務です。皆《みな》さんに神の御加護がありますように」

それから沈黙《ちんもく》が降りたので、なにか間違《まちが》えたかと思ったが、その心配は木窓も割れそうなほどの返事によって、吹《ふ》き飛《と》ばされたのだった。

エーブやその部下たち、それにカナンやル・ロワは、避難《ひなん》してきた人たちを受け入れる采配《さいはい》のために街に残った。

街の人々は夜にぞろぞろと街から出ていく者たちの様子にぎょっとしていたが、選帝侯《せんていこう》の治める大きな街だとそういうこともままあるのか、特に大きな騒《さわ》ぎにはならなかった。

市壁《しへき》の門を守る衛兵たちは大聖堂から連絡《れんらく》を受けていて、好意的な態度で通してくれる。

夜空は曇《くも》り、星も見えないが、山がちの北の地で戦《たたか》い抜《ぬ》いてきたミューリ傭兵《ようへい》団には大した障害ではないようだ。

危なげなく部隊を進め、草木も眠《ねむ》るような頃《ころ》、ようやくオルブルクを遠くに臨《のぞ》む丘《おか》にたどり着いた。

ここからはそれぞれの役目に従い、配置につく。

いや増す湿気《しっけ》に満ちた風が雨を予感させるが、計画は止まらない。

各自役目を負った者たちが荷車や資材を分配し、出立していく中、自分はどうしても我慢《がまん》できず、準備を手伝うミューリの腕《うで》を掴《つか》んだ。

「気をつけて」

心配は子供扱《こどもあつか》いと一緒《いっしょ》。

ミューリは嫌《いや》がるかと思ったが、くすぐったそうにはにかんだ。

「安心して見てていいよ。すっごい物語にするんだから」

この場にいるのはミューリの正体を知っているか、そのことを知られても構わない者たちばかりなので、ミューリはすでに耳と尻尾《しっぽ》を出している。

らんらんと輝《かがや》く目と、話すたびに唇《くちびる》の下から覗《のぞ》く牙《きば》。

今までなら不安しかなかった興奮した様子だし、本音を言うと心配でたまらないが、どうにかそれを踏《ふ》みつけて、言った。

「はい。私がこの服を汚《よご》さずに済むよう、つつがなくお願いします」

ミューリはきょとんとしてから、くすぐったそうに笑ってみせる。

「兄様が大騒《おおさわ》ぎに参加しても邪魔《じゃま》なだけだからね。泳ぐの下手そうだし」

すっかりいつものミューリだ。

「泥《どろ》だらけのまま私に飛びかかるのもやめてくださいね」

そっちのほうがありそうだ。

そして今着ている服は、泥《どろ》で汚《よご》すにはあまりにも高価すぎる。

「いいけど、計画が無事に終わったら、兄様が毛皮を洗ってくれるんだよね？」

ミューリの髪《かみ》と毛皮は父親譲《ゆず》りの灰を混ぜた銀粉のような色。泥《どろ》まみれになったら、洗うのは手間だろう。

「はいはい。お任せあれ」

ミューリはにっと笑い、傭兵《ようへい》の一人から声がかかると、そちらに向けて返事をする。

それから走り出す間際《まぎわ》、狼《オオカミ》が獲物《えもの》に飛びかかるように抱《だ》きついてきた。

「……金髪《きんぱつ》の匂《にお》いがする」

体を離《はな》したミューリは不服そうに言ってから、仲間の傭兵《ようへい》たちの下《もと》に走っていった。

その元気な後ろ姿を、夜闇《よやみ》に紛《まぎ》れて見えなくなるまで見送った。

気がつけば、ちょっとした野営地のように人と物資で溢《あふ》れていた周囲が、すっかり寂《さび》しくなっていた。

「コル、ああ、いや、薄明《はくめい》の枢機《すうき》卿《きょう》」

ルワードに呼ばれ、苦笑いをこらえきれない。

「薄明《はくめい》の枢機《すうき》卿《きょう》はやめてください」

「そうか？　こういうのは習慣が大事だが」

傭兵《ようへい》団を率いるルワードの言葉には説得力がある。

ルワードは側仕《そばづか》えの少年から椅子《いす》を受け取り、一脚《きゃく》をこちらに向けて置き、隣《となり》にもう一脚《きゃく》置いて自ら座り、顎《あご》をしゃくる。

「俺も若と呼ばれるのが嫌《いや》だったが、いざ団長と呼ばれ出すと、尻《しり》のあたりがむずがゆかったものだ」

驚《おどろ》いてルワードを見やると、やや細められた目を向けられる。

「部下には黙《だま》っておけよ」

「も、もちろんです」

ただ、ルワードはすぐに軽く笑い、こちらの肩《かた》に手を乗せ、軽く揺《ゆ》すってくる。

その場の誰《だれ》よりも大将に相応《ふさわ》しいとしか思えないルワードでも、不安に苛《さいな》まれるようなことがある。

ならば自分がこの地位に慄《おのの》いたとして、なに恥《は》じることではないのだ。

だから自分のすべきことは、しっくりこない椅子《いす》の座り心地《ごこち》にもぞもぞするのではなく、そういうものなのだとどっしり腰《こし》を据《す》えることだ。

まだ作戦開始の夜明けまでには多少の時間があるが、闇夜《やみよ》の向こうで準備を進めているだろう者たちのことを思い、暗闇《くらやみ》に沈《しず》む大地を見つめている。

ミューリは今頃《いまごろ》川の側《そば》で配置についただろうか。

きっと狼《オオカミ》の姿に戻《もど》り、嬉々《きき》として柔《やわ》らかい地面に爪《つめ》を立てているに違《ちが》いない。

あんまり泥《どろ》だらけにならないで欲しいと思いながらも、泥《どろ》だらけで駆《か》け寄《よ》ってくる様子を想像したら、笑いがこみ上げてくる。

そしてふと視線を戻《もど》すと、ルワードの隣《となり》に立つ側仕《そばづか》えの少年と目が合った。

少年はやや恐縮《きょうしゅく》したように身を縮めたのだが、彼から目を離《はな》せなかった理由がある。

「それ……ミューリの？」

彼が手にしていたのは、ミューリがいつも好き勝手な物語を書いている紙束だった。

「お嬢《じょう》から、薄明《はくめい》の枢機卿《すうききょう》の様子を事細かに記すようにと仰《おお》せつかっている」

「……」

あのおてんば娘《むすめ》は……と思いながら、羽ペンを手に持つ少年に、こう言った。

「緊張《きんちょう》した様子もなく、泰然《たいぜん》として夜明けを待っていた、と書いておいてください」

少年はぽかんとし、ルワードが笑っていた。

そうしているとわずかに炊《た》かれた松明《たいまつ》の明かりを頼《たよ》りに、あちこちの部隊と連絡《れんらく》を取っているシャロンの仲間の鳥が、次々に手紙を届けにやってくる。

すべてに目をとおすルワードは、配置が滞《とどこお》りなく終わったようだと告げてくる。

これであとは、命を助けてやる代わりに計画に協力しろと言《い》い含《ふく》められている詐欺師《さぎし》たちが、早朝の礼拝を開催《かいさい》するのを待つばかり。

手紙によると、ホーベルンはピエレの説得を受け、泣きながら神に懺悔《ざんげ》して感謝したという。

すべてうまくいくはずだと、神と、かつて神と呼ばれた者たちに祈《いの》ったのだった。

風向きのせいなのか、オルブルクの町はだいぶ離《はな》れているのに、かすかに鐘《かね》の音が聞こえてきた。それでようやく、自分がうたたねしていたことに気がついた。

椅子《いす》の上で慌《あわ》てて姿勢を正せば、周囲はかすかに明るくなっている。

ただ、眠気《ねむけ》を拭《ぬぐ》い取《と》ろうと顔に手を当てれば、やけに湿《しめ》っていた。

空を見上げると、分厚い雲が覆《おお》っている。

「神も我々に味方しているような天気だ」

シャロンの仲間の鳥に餌《えさ》をやりながら、地図を広げていたルワードがこちらに気がついて声をかけてくる。

「水攻《みずぜ》めにはおあつらえ向きだ」

雨こそ降っていないが、いつ降り出してもおかしくない。

こんなどんよりした空模様の時に水に追いかけられれば、恐怖《きょうふ》も倍増だろう。

「よし、お前ら、荷をまとめろ。馬を出せ」

ルワードが指示を出し、傭兵《ようへい》たちがてきぱきと動き出す。

「薄明《はくめい》の枢機《すうき》卿殿《きょうどの》は、馬には乗れるのか？」

「出かける前に、狼《オオカミ》が馬に言い聞かせておいてくれました」

ルワードは肩《かた》をすくめ、ひらりと専用の馬に乗っていた。

自分も見事に、というにはやや手間取ったが、こっちにきてから何度か背にまたがっている馬に乗る。

そうして次の指示を待っていると、ルワードの側《そば》にいる部下が、両耳の後ろに手を当てて、遠くの音に耳を澄《す》ませていた。

「団長、騒《さわ》ぎが始まりました」

詐欺《さぎ》師たちが行う朝の礼拝の最中、ホーベルンが彼らは偽者《にせもの》だと糾弾《きゅうだん》する。

周囲は薄明《はくめい》の枢機卿《すうききょう》と信じ込んでいる熱狂《ねっきょう》的な信徒ばかり。

傭兵《ようへい》が警護しているとはいえ、ホーベルンの恐怖《きょうふ》を思うと胃が痛む。

けれどホーベルンは、家の名が地に落ちきるのをどうにか防ごうと、ぎりぎりのところで踏《ふ》ん張《ば》ってくれるはず。

それともピエレの助けを得て、糾弾《きゅうだん》の練習をしただろうか？

あるいは怯《ひる》みかけるホーベルンの横で、今頃《いまごろ》はピエレが代わりに絶叫《ぜっきょう》しているだろうか？

いずれにせよ現場が騒然《そうぜん》とするのは必至で、もみくちゃになっているだろう。

舞台《ぶたい》上の詐欺《さぎ》師はどんな顔をしているだろうか。

自分たちの計画が潰《つい》えようとしていることに悔《くや》しがっているか、それとも、本当に命は助かるのかと不安がっているか、あるいはどうにか逃《に》げ出《だ》せないだろうかと悪い顔をしているだろうか。

年代記を記すにしてもその辺りは想像で書くほかなかろうが、少なくともこの場での自分の顔は、ミューリの命令を受けた傭兵《ようへい》団の小僧《こぞう》が、刻々と紙に記している。

後で笑われないように顔を引《ひ》き締《し》め、次の展開を待つ。

「鳥だ。いったん川のほうに向かう」

糾弾《きゅうだん》が行われ、オルブルクに混乱が広がったらしい。

そうして頭に血が上りきったところで、猫《ねこ》の喧嘩《けんか》にそうするように、彼らに水をぶっかけるのだ。

「まったく、怖《こわ》いもの知らずの我らでもぞっとするな」

ルワードはそう言って馬を回頭させ、北に向かった。

馬を走らせてほどなく、頬《ほお》に水を感じた。

霧《きり》のような雨がかすかに落ち始めている。

草を踏《ふ》み分《わ》け、真っ黒い土を撥《は》ね上《あ》げながら走る馬の頭の向こうに、灰色ののっぺりした川が見えてきた。

遠方の川岸には何艘《そう》かの船が止まり、その上流部分。

自分は息を呑《の》んだし、ルワードも思わずといった感じで口を開く。

「こりゃあ、派手だ」

わずかに草の生えた地面に、真っ黒な溝《みぞ》が大きく一本掘《ほ》られている。

今も遠目にもわかるほど溝《みぞ》からは土が噴《ふ》き上《あ》がり、時折白い尻尾《しっぽ》が見えるような気がした。

そして堤《つつみ》の上に立つ傭兵《ようへい》が、巨大《きょだい》な槌《つち》のようなものを振《ふ》り下ろす。

一度、二度、と振《ふ》り下ろすと、彼の足元の土が崩《くず》れ、危《あや》うく落ちるところを仲間に引っ張り上げられていた。

なんの音もしないのが不思議だった。

けれど目の前では確かに水が流れ始め、ものすごい勢いで溝《みぞ》を走っていく。

ぎりぎりまで溝《みぞ》の中にいたミューリがひょいと飛び上がり、濁流《だくりゅう》が大地に踊《おど》り出《だ》す。

水の流れが堤《つつみ》を破壊《はかい》し、破壊《はかい》された堤《つつみ》からより多くの水が流れ出し、さらに破壊《はかい》を加速させる。

気がつけばすでにかなりの範囲《はんい》が泥水《どろみず》に覆《おお》われ、その範囲《はんい》はますます広がっていく。

本当に堤《つつみ》を元に戻《もど》せるのかと怖《こわ》くなるが、傭兵《ようへい》たちはミューリと一緒《いっしょ》になって、すでにその準備を始めている。

「大丈夫《だいじょうぶ》、お嬢《じょう》は我らが守るとも。ホロ様に嚙《か》み殺《ころ》されてしまうからな」

ルワードがこちらを見て笑って言う。

嚙《か》み殺《ころ》される時は、自分も一緒《いっしょ》にお願いしようと思う。

「よし、オルブルクに……っと、見ろ」

ルワードが指さす方向を見れば、かなり遠くに馬の一団が見えた。ホーベルンによる偽者《にせもの》への糾弾《きゅうだん》と、水害の予言を受けたのだろう者たちが、馬に乗って駆《か》けつけたのだ。

彼らは足元に迫《せま》る水に気がついたのか、慌《あわ》てて馬を止め、それ以上の前進を諦《あきら》めて引き返していく。

かつての採掘《さいくつ》によって土地が低くなっているここは、水が出ればそのまま水路のような働きをする。なんなら地下に埋《う》められている排水路《はいすいろ》は、それこそ効率的に水を運んでしまう。

彼らは全速力で駆《か》けていき、あっという間に見えなくなる。

「ルワードさん、行きましょう」

鼠《ねずみ》の群れのように、草やススキを覆《おお》いながら泥水《どろみず》が走る。

それを追いかけて自分たちもオルブルクに向かう中、馬の手綱《たづな》を握《にぎ》り直す。

自分が直接彼らを助けるわけではない。

けれど、見届けずにはいられなかった。

「神よ、彼らを守り給《たま》え。神よ——」

祈《いの》りの文句を唱えながら、馬を走らせていく。

そうしてオルブルクの町を望める丘《おか》に到着《とうちゃく》したが、そこはすでに大混乱に陥《おちい》っていた。


「水だ！　水がくるぞ！」

「大聖堂に向かえ！　神の下された罰《ばつ》から助かるにはそれしかない！」

右往左往する者たちを、町の外側から追い立てるように傭兵《ようへい》たちが声を張り上げる。

着の身着のまま逃《に》げる者、背中に自分の身体《からだ》よりも大きな袋《ふくろ》を担《かつ》いで逃《に》げようとする者。

なぜか鍋《なべ》を両手に持って走る者など、様々だ。

そんな中、人々の流れが徐々《じょじょ》に形作られ始めたのは、幾人《いくにん》かの聖職者たちが木箱かなにかの上に立って、身振《みぶ》り手振《てぶ》りで人々に道を示しているから。

やはり詐欺《さぎ》師だけでなく、本物の聖職者たちもいたらしい。

彼らの声に従って、行くべき道を知った者たちが歩き始め、その流れに他の者たちも釣《つ》られていく。

目を凝《こ》らしてその様子を見ていると、馬上で旗を振《ふ》りながら人々に指示を出す者がいて、おそらくホーベルンだろう。

かつて水浸《みずびた》しのこの土地を、揚水《ようすい》機によって灌漑《かんがい》し、人の住める土地にした。人々を誘導《ゆうどう》する際に、その歴史的な威光《いこう》は役に立ったはず。

大騒《おおさわ》ぎになり、今にも膨《ふく》れ上《あ》がって砕《くだ》け散ろうとしていたオルブルクの民《たみ》は、ゆっくりとその形を再び取《と》り戻《もど》し、ひとつの流れとなって西を目指していく。

彼らの無垢《むく》な希望を打《う》ち砕《くだ》いたという、そういう罪悪感は確かにある。

商《あきな》いをする者や、あそこで働いていた者たちの多くは、少なくない財産を諦《あきら》めただろう。

逃《に》げる途中《とちゅう》で転ぶ者や、すでにぐったりした様子で傭兵《ようへい》の駆《か》る馬の背に乗る者たちもいる。

大聖堂への道はしばらくゆっくりと下っているから、彼らはその間、水に追いつかれる恐《きょう》怖《ふ》と戦うことになる。途中《とちゅう》で上りに変わるらしいが、そこまでは徒歩だとかなりの距離《きょり》がある。

水はすでにオルブルクの町の北端《ほくたん》に到達《とうたつ》しており、なにかそういう生き物であるかのように、地面を泥水《どろみず》色に染めていく。

捕《と》らえられた偽者《にせもの》の薄明《はくめい》の枢機卿《すうききょう》の周囲で、最後まで彼を釈放《しゃくほう》しろと騒《さわ》いでいた町の人々も、いよいよ諦《あきら》めて逃《に》げ出《だ》したようだ。縄で縛《しば》られた偽者《にせもの》とその仲間を馬に乗せた傭兵《ようへい》たちは、落ち着いた様子でしんがりを務め、水しぶきを上げながら西に向かい始める。

そんな中、一頭の馬が最後まで立ち止まっていた。遠くからでも目立つ、『始まりの教会』とやらを見つめる、ホーベルンだった。

傭兵《ようへい》の一人からなにか声をかけられ、名残惜《なごりお》しそうに馬を回頭させている。水はますます嵩《かさ》を増し、すでに彼らの乗る馬は足首あたりまで沈《しず》んでいる。

ホーベルンは偽者《にせもの》にほとんど無理やり協力させられていたのだろうが、心のどこかで家の再興を期待していたのかもしれない。

けれどオルブルクは悪い夢だったのだと、なにかを振《ふ》りきるように馬を走らせていた。

こうしてあれだけ熱狂《ねっきょう》に満ちていたオルブルクは、あっという間にもぬけの殻《から》となった。

掘立《ほったて》小屋ばかりのそこは、人がいなくなると信じられないほど貧相《ひんそう》な集落に見える。信仰《しんこう》も熱狂《ねっきょう》も、あまりにも呆気《あっけ》ないものなのだとこれ以上に実感する光景はない。

顔についた雨滴《うてき》を拭《ぬぐ》ってから、涙《なみだ》ではないですからと、記録をつける小僧《こぞう》に念を押しておく。

数多《あまた》の領主に雇《やと》われて、撤退《てったい》戦を何度も経験しているのだろうルワードは、この手の感傷には慣れたものだという顔をしていた。

水の速度は、そののっぺりした見た目に反してかなり速い。

自分たちも飲み込まれないように馬を走らせた。

そして流れのは速い水は、すでに徒歩で逃《に》げる人々の最後尾《さいこうび》に追いついていた。彼らはいよいよ悲壮感《ひそう》を募《つの》らせているように見える。

凄腕《すごうで》の目を持つ傭兵《ようへい》が、的確に低地の中の尾根《おね》になっている部分を選んでくれるおかげで、自分たちが水にまかれることはないが、徒歩で逃《に》げるしかない彼らの恐怖《きょうふ》は、すさまじいものだろう。

励《はげ》ましたくなるのを懸命《けんめい》にこらえ、距離《きょり》を空けてついていけば、いつの頃《ころ》からか聖歌が聞こえてきた。

誰《だれ》かが勇気を振《ふ》り絞《しぼ》るために歌い出し、皆《みな》が唱和しているのだ。

巨大《きょだい》な狼《オオカミ》を旗印にするルワードはそんな健気《けなげ》な信仰《しんこう》心に苦笑いし、まだ純粋《じゅんすい》な心の持ち主らしい小僧《こぞう》は、場の雰囲気《ふんいき》に息を呑《の》んでいた。

不毛の大地を水に追われながら歩く人々の上空を、シャロンの仲間が天使のように旋回《せんかい》している。

年代記に挿絵《さしえ》が描《えが》かれるとすれば、この場面は読む人々の胸を強く打つだろう。

横に並んで馬を駆《か》るルワードが言った。

「薄明《はくめい》の枢機《すうき》卿殿《きょうどの》」

「出番だ」

短く言って、こちらを見る。

ルワードは作戦の指揮を執《と》るが、自分はさらにその上の目的のためにいる。

自分の望んだ姿とはいささか違《ちが》うかもしれない。

けれど向かう先は、ニョッヒラを出てきた時となにも変わっていない。

「もちろんです」

馬の腹を蹴《け》り、手綱《たづな》を握《にぎ》り直して走り出す。ルワードはわざと追いかけてこず、その距離《きょり》はどんどん開いていく。

聞こえるのは、馬蹄《ばてい》と、馬の息遣《いきづか》いと、耳を切る風の音に、頬《ほお》に当たるかすかな雨粒《あまつぶ》の音。

それに、救いを求める人々の聖歌。

事前に地図は見ておいたし、地形の説明は受けている。わずかな起伏《きふく》を慎重《しんちょう》に選んで馬を進め、わずかに高くなっている丘《おか》を目指す。するとふと、頭上に一羽《わ》の鳥を見つけた。自分を先導しているらしかった。

なんとなく、ミューリの差し金のような気がする。兄様は頼《たよ》りないからとかなんとか。

その鳥を見上げ、ちょっと笑いながら手を振《ふ》ると、軽く円を描《えが》いてから、その場を離《はな》れた。

目的地はその真下。逃《に》げている人々も、自身の足元が上向いていることがはっきりわかり始める頃《ころ》だろう。視界の先にはまだかなり距離《きょり》があるものの、大聖堂の尖塔《せんとう》が見えているはずだ。

自分はそんな彼らのことがかすかに見える丘《おか》の上に立つ。なにをするわけでもないし、そもそも自分にはなにができるわけでもない。

けれど、それでも役目がある。

幸いなことに雨脚《あまあし》は強くない。いかにもこの雰囲気《ふんいき》にぴったりな霧雨《きりさめ》だった。

「神よ、我らを救いたまえ」

呟《つぶや》いて、右手をすっと伸《の》ばした。

足元ばかり見ていた人々が顔を上げたのは、単に大聖堂の尖塔《せんとう》が見えたからのはず。

自分は遠くから、ただ、馬鹿みたいに無言で向かう先を示しているだけ。

雨脚《あまあし》は強くないが、雨滴《うてき》のせいで霧《きり》のように視界はややけぶっている。そもそもこんなところに人がいるなどと誰《だれ》も思わない。

でも、何人かはこちらを見ているような気がしたし、それが自分の気のせいでも構わない。

自分はさらに強く西を指さし、人々の向かう先を示した。

かすかに笑ってしまったのは、ミューリが毎晩どうして物語を書き記すのか、その気持ちがわかったからだった。

終幕

ぬかるむ泥《どろ》の中から、硬い石畳《いしだたみ》の上にたどり着いた直後、オルブルクから逃《に》げてきた人々は折り重なるようにしてへたり込んだらしい。

事前に待機していた大聖堂の人間たちが、捕縛《ほばく》を恐《おそ》れる彼らを温かく受け入れ、それぞれの教区教会に連れて帰っていた。

たまたまオルブルクによそからきていた者たちは、衛兵の手を借りてエーブが手配した宿などに引き取られていく。

薄明《はくめい》の枢機卿《すうききょう》との熱狂《ねつきょう》を共有しようとしていた聖職者たちは、悪と糾弾《きゅうだん》していた大聖堂の者たちを前にいささかためらってはいたが、結局は同じ神の教えの許《もと》に集《つど》う者同士、差《さ》し伸《の》べられた手を受け入れたようだった。

ただ、ホーベルンが市壁《しへき》をくぐった時は、ちょっとした騒動《そうどう》になった。

もっともそれは悪い意味ではなく、突然《とつぜん》エシュタットに大挙して押し寄せてきたのが、水害によってオルブルクを追われてきた人だと知った街の人々は、かつて水からこの土地を救ったホーベルンのことを思い出し、彼を救世主かなにかのように扱《あつか》ったからだ。

突然《とつぜん》もてはやされ、戸惑《とまど》っているホーベルンを見ると、自分もその気持ちがわかりますと強くうなずいてしまい、ルワードに呆《あき》れられた。

エーブの倉庫に到着《とうちゃく》すると、ちょうど鳥が何羽《わ》か舞《ま》い降《お》りたところで、やや湿《しめ》った手紙には川の堤《つつみ》を再度構築し直したことが記されていた。

ここまでの自分のしたことを簡単に言えば、馬に乗って街を出て、ちょっとうたたねをしてから計画を見学し、最後に誰《だれ》が見ているかも定《さだ》かではないのに、間抜《まぬ》けな様子でただ行く先を示しただけ。

だというのに随分疲《ずいぶんつか》れてしまい、これから撤収《てっしゅう》してくる部下の受け入れ準備や、羊の群れを追い立てる牧羊犬のようにオルブルクの人たちを無事に避難《ひなん》させた部下たちをねぎらって忙《いそが》しく立ち働くルワードをよそに、倉庫の片隅《かたすみ》に腰《こし》を下ろしたところで、意識を失ってしまった。

次に意識が戻《もど》ったのは、耳元をなにかにくすぐられるような、そんな含《ふく》み笑《わら》いの声を聴《き》いたから。

「あ、起きた」

見慣れたミューリの顔だが、顔中泥《どろ》だらけだ。

「……う、腰《こし》が……」

起き上がろうとすると、体中が痛い。慣れない馬を駆《か》ったからだろうし、多分計画を実行している間、自分が思っている以上に緊張《きんちょう》していたのだろう。

「なんでなんにもしてない兄様がそんななの？」

ミューリの言葉に反論できない。

どうにか起き上がって周囲を見回すと、最も困難な仕事をこなしていた者たちも帰還《きかん》したらしく、あちこちに泥《どろ》だらけの衣服や道具が積み上げられていた。

「あなたたちは無事でしたか？」

聞くまでもない感じだったが、聞いて欲しそうだったので尋《たず》ねた。

いつもの服ではなく、どれだけ汚《よご》れてもいい小僧《こぞう》向けの服が、泥《どろ》で作った鎧《よろい》みたいになっているミューリは、にっと笑ってみせる。

笑うと、顔からぽろぽろと泥《どろ》の欠片《かけら》が落ちる始末だ。

その手もひびだらけで、髪《かみ》の毛《け》は土色に染まっている。

「水浴びは？」

「仲間のみんなは海に飛び込んでるんだけど、冷たくって」

傭兵《ようへい》たちを仲間と呼ぶおしゃまなミューリは、肩《かた》をそびやかしている。

そんなミューリに笑い、ようやく立ち上がる。

それでふと自分の前髪《まえがみ》の様子に気がつく。

泥《どろ》が塊《かたまり》みたいについているので、寝《ね》ているところをミューリに悪戯《いたずら》されていたらしい。

「服は触《さわ》ってないよ。汚《よご》したら大変だもの」

言われ、自分の服を見て、腰《こし》を下ろす前に脱《ぬ》いでおけばよかったと思う。

「ほら、早く着替《きが》えて。お湯も沸《わ》かしてあるんだから」

「？」

それがどうしましたか？　とばかりに視線を向けると、たちまちミューリの目が尖《とが》る。

「冗談《じょうだん》ですよ」

笑いながら言うと、ミューリはものすごく嫌《いや》そうな顔をした。

「なんか……兄様が、大人になってる……」

「ずっと大人ですよ」

その返しには、ミューリはいっぱしの傭兵《ようへい》みたいにへっと鼻を鳴らしていた。

これで太陽の聖女だとか呼ばれているのだから、世の評判もあてにならないものだ。

「おや、お目覚めか」

そこにエーブが部下を引き連れてやってくる。

手には羊皮紙の束を持ち、耳に羽ペンを挟《はさ》んだ彼女の眉間《みけん》に皺《しわ》が寄っているのは、この大騒《おおさわ》ぎにかかる費用で頭が痛いからだろう。

「明日からは早速《さっそく》大聖堂との交渉《こうしょう》が控《ひか》えてるからな、身ぎれいにしておけよ」

「うっ……はい……」

大聖堂は薄明《はくめい》の枢機卿《すうききょう》に敵対的ではないらしいが、胸襟《きょうきん》を開いた楽しい会合にはなるまい。民衆の人気を突然《とつぜん》に得たホーベルンや、降って湧《わ》いたような銅鉱山の権益を巡《めぐ》る話も、自分たちとは完全には無関係ではない。

それに加えて、選帝侯《せんていこう》を務めるエシュタットの大司教を味方につけられるかどうかは、今後の動向を占《うらな》う試金石となる。

失敗は許されないし、薄明《はくめい》の枢機卿《すうききょう》とはこんな若造かと侮《あなど》られるのも困る。

そんな自分の前にいる、泥《どろ》だらけのおてんば娘《むすめ》。

大司教たちの前で毅然《きぜん》としていられるとすれば、それはこのお目付け役がいればこそ。

せいぜい機嫌《きげん》を取っておこうと、湯を用意しているらしい中庭に向かおうとしたところ、ミューリが突然《とつぜん》声を上げた。

「あ！　そうだ！　そういえば兄様！」

突然詰《とつぜんつ》め寄《よ》ってくる泥《どろ》だらけのミューリを手で突《つ》き放《はな》しながら、「どうしたんです」と問い返す。

「兄様、書記を頼《たの》んだ男の子のこと、脅《おど》かしたでしょ」

「書記……」

という大仰《おおぎょう》な単語のせいでしばらくわからなかったが、ミューリがいつも物語を書いている紙束を預けられた傭兵《ようへい》団の男の子のことだとわかった。

「兄様があんなにかっこいいはずないと思うんだけど。どうせ、緊張《きんちょう》に負けてうたたねして、ルワード叔父《おじ》様に起こされて慌《あわ》ててたんでしょ？」

情熱的な赤い目は、冷ややかな視線の時により威力《いりょく》を発揮する。

「……鳥から聞いたんですか？」

それとも側《そば》に控《ひか》えていた馬か。

こちらの問いに、ミューリは泥《どろ》がぽろぽろ落ちるくらい、肩《かた》をすくめていた。

「兄様のことなんて全部お見とおしだよ！」

こちらがミューリのことをお見とおしなように。

「あなたこそ、穴掘《ほ》りに夢中になって傭兵《ようへい》の皆《みな》さんに迷惑《めいわく》をかけませんでしたか？」

「かけてないよ！　みんな褒《ほ》めてくれたもの！」

「というか、あんな恐《おそ》ろしいことをまたニョッヒラでやったら、本当に尻尾《しっぽ》の毛を丸刈《まるが》りにしますからね」

自分とは違《ちが》い、きっとミューリは溢《あふ》れ出《だ》す水の様子に小躍《こおど》りしていたことだろう。

「し、しないよ」

その返事にも、さっきまでの勢いがない。

ニョッヒラなら賢狼《けんろう》もいることだし、大丈夫《だいじょうぶ》かもしれないが。

「でもさ」

歩き出した自分の隣《となり》で、ミューリが少し神妙《しんみょう》な声を出した。

「牙《きば》と爪《つめ》は万能《ばんのう》じゃないって、少し思ったかな」

「……」

ミューリはこちらを見て、大人びた笑《え》みを小さく見せた。

「自分が壊《こわ》せる堤《つつみ》なんて、ちょっとだけだったもの。なんか、本気を出したら、もっとすごいことを、めいっぱいできるんだって思ってたんだけど」

それを子供特有の視野の狭《せま》さ、と笑うことはできる。

けれどミューリは自身の手を見て、ぎゅっと握《にぎ》ったり開いたりしている。

世界のどこに自分がいるのか、その位置を確かめるように。

「あなたは順調に大人になっているようで、私は嬉《うれ》しく思います」

「……」

ミューリは見つめていた掌《てのひら》からこちらに視線を上げ、にこりと笑う。

「結婚《けっこん》したくなったら、いつでも言ってね？」

「嫁入《よめい》り修行《しゅぎょう》なら手伝いますけど」

ミューリはむくれ、反射的にこちらの肩《かた》を叩《たた》こうとして、思いとどまっていた。

「もう、兄様！　早くその服脱《ぬ》いでよ！」

「あなたを叱《しか》る時は、これからはこの服に着替《きが》えることにしましょう」

「兄様の馬鹿！　意地悪！」

捨《す》て台詞《ぜりふ》と共に駆《か》け出《だ》すミューリに笑い、自分もいい加減薄明《はくめい》の枢機卿《すうききょう》の殻《から》を脱《ぬ》ぐ。

どこに置いておこうかときょろきょろしていたら、「にーいーさーまー！」と大きな声が聞こえてきた。

大人になったなどと判断するのは時期尚早《しょうそう》。

結局、通りかかったエーブの部下に服を託《たく》し、腕《うで》まくりをしてミューリの下《もと》に向かう。

薄明《はくめい》の枢機卿《すうききょう》の伝記が書かれるとしたら、聖女の足を洗う美談になるのだろうか。

「あー、温泉に入りたい！」

文句ばかりのミューリを見て、閉じた耳に神の教えをねじ込む方法とやらをピエレに聞いておこうと、決意を新たにしたのだった。

あとがき

いつもお世話になっております。文倉《はせくら》です。四十肩《しじゅうかた》みたいで、服を脱《ぬ》ぐ時とか寝返《ねがえ》りを打つ時とかに苦しんでいます。

今このあとがきを書いている時点では、まだ表紙絵のラフしか見ていないのですが、今回は表紙のコルがとても格好いいかと思います。内容も多分格好いい……のが書けたのではないかと思っています。旅の最大の目標も見えてきて、いよいよ主人公らしくなってくれそうです。

そんな具合なので、このシリーズもあと何冊くらいだろうかと思ったりしているのですが、同時に自分が現役《げんえき》で書けるのもあと何年くらいなのだろうかと、色々考えてしまうお年頃《としごろ》です。

デビューした時は、果てしない道が続いているような気がしたものですが。

百冊刊行はぜひいきたいなと思いますが、年三冊でもあと十七年くらい？　なんとまだ道の半分もきていない……。

しかもその頃《ころ》には電撃《でんげき》文庫が五十周年とかになると気がついて、慄《おのの》いています。普通《ふつう》に人権を有したＡＩが小説書いてそうですよね。人間の居場所はあるのだろうか。

手作りの伝統工芸品みたいに、人間が書きました！　みたいな売り方になってそう。やはり人間が書いた文章にはぬくもりがあるよね、とＡＩたちが話し合う様子を書いた短編集ができそう。というかすでにありそう。


と、ここまでつらつらと書いたのですが、まだ半分ページが残っている……。

本当に書くことないんですよね。小説家というと、よくエッセイとかコラムとか依頼《いらい》されている人を見ますが、すごいなあと思います。あ、ふるさと納税でフグ鍋《なべ》セットを頼《たの》みまして、それは楽しみです。次の巻が出なかったら、犯人はフグです。

手が止まったら手が止まったことを書けばいい、というアドバイスを思い出して、今まさに手が止まっていることを書いてみました。二行埋《う》まってくれました。

もう、あああああとかで埋《う》めたい。原稿料《げんこう》が出る原稿《げんこう》でそんなことしたら怒《おこ》られそうですが、あとがきなら大丈夫《だいじょうぶ》だろう。ああああああああ……。

あと少し！

残り五行！

四行！

三行！

二行！

また次の巻でお会いしましょう！

文倉《はせくら》凍砂《いすな》

◉支倉凍砂著作リスト

「狼と香辛料Ⅰ～XXIV」（電撃文庫）
「新説 狼と香辛料 狼と羊皮紙Ⅰ～Ⅸ」（同）
「マグダラで眠れⅠ～Ⅷ」（同）
「少女は書架の海で眠る」（同）
「WORLD《ワールド》 END《エンド》 ECONOMiCA《エコノミカ》 Ⅰ～Ⅲ」（同）
「DVD付き限定版 狼と香辛料 狼と金の麦穂」（電撃文庫ビジュアルノベル）

本書に対するご意見、ご感想をお寄せください。

ファンレターあて先
〒 102-8177　東京都千代田区富士見 2-13-3
電撃文庫編集部
「支倉凍砂先生」係
「文倉 十先生」係

本書は書き下ろしです。

電撃文庫

新説《しんせつ》 狼《おおかみ》と香辛料《こうしんりょう》
狼《おおかみ》と羊皮紙《ようひし》IX

支倉凍砂《はせくらいすな》

◇◇◇

2023年7月10日　初版発行

発行者　山下直久
発行　株式会社KADOKAWA
〒102-8177　東京都千代田区富士見2-13-3
0570-002-301（ナビダイヤル）
装丁者　荻窪裕司（META＋MANIERA）
印刷　株式会社暁印刷
製本　株式会社暁印刷

ISBN978-4-04-915146-6　C0193　Printed in Japan

電撃文庫　https://dengekibunko.jp/

電撃文庫創刊に際して

文庫は、我が国にとどまらず、世界の書籍の流れのなかで〝小さな巨人〟としての地位を築いてきた。古今東西の名著を、廉価で手に入りやすい形で提供してきたからこそ、人は文庫を自分の師として、また青春の想い出として、語りついできたのである。

その源を、文化的にはドイツのレクラム文庫に求めるにせよ、規模の上でイギリスのペンギンブックスに求めるにせよ、いま文庫は知識人の層の多様化に従って、ますますその意義を大きくしていると言ってよい。

文庫出版の意味するものは、激動の現代のみならず将来にわたって、大きくなることはあっても、小さくなることはないだろう。

「電撃文庫」は、そのように多様化した対象に応え、歴史に耐えうる作品を収録するのはもちろん、新しい世紀を迎えるにあたって、既成の枠をこえる新鮮で強烈なアイ・オープナーたりたい。

その特異さ故に、この存在は、かつて文庫がはじめて出版世界に登場したときと、同じ戸惑いを読書人に与えるかもしれない。

しかし、〈Changing Times,Changing Publishing〉時代は変わって、出版も変わる。時を重ねるなかで、精神の糧として、心の一隅を占めるものとして、次なる文化の担い手の若者たちに確かな評価を得られると信じて、ここに「電撃文庫」を出版する。

1993年6月10日
角川歴彦

電撃文庫DIGEST　7月の新刊

発売日2023年7月7日

青春ブタ野郎はサンタクロースの夢を見ない
著／鴨志田 一　イラスト／溝口ケージ

「麻衣さんは僕が守るから」「じゃあ、咲太は私が守ってあげる」咲太にしか見えないミニスカサンタは一体何者？　真相に迫るシリーズ第13弾。

七つの魔剣が支配するXII
著／宇野朴人　イラスト／ミユキルリア

曲者揃いの新任講師陣を前に、かつてない波乱を予感し仲間の身を案じるオリバー。一方、ピートやガイは、友と並び立つためのさらなる絆や力を求め葛藤する。そして今年もまた一人、迷宮の奥で生徒が魔に呑まれて――

デモンズ・クレスト2　異界の顕現
著／川原 礫　イラスト／堀口悠紀子

《悪魔》のごとき姿に変貌したサワがユウマたちに語る、この世界の衝撃の真実とは――。『SAO』の川原礫と、人気アニメーター・堀口悠紀子の最強タッグが描く、MR（複合現実）×デスゲームの物語は第２巻へ！

レプリカだって、恋をする。2
著／榛名丼　イラスト／raemz

「しばらく私の代わりに学校行って」その言葉を機に、分身体の私の生活は一変。廃部の危機を救うため奔走して。アキくんとの距離も縮まって。そして、忘れられない出会いをした。《大賞》受賞作、秋風薫る第２巻。

新説 狼と香辛料　狼と羊皮紙XI
著／支倉凍砂　イラスト／文倉 十

八十年ぶりに世界中の聖職者が集い、開催される公会議。会議の雌雄を決する、協力者集めに奔走するコルとミューリ。だが、その出鼻をくじくように“薄明の枢機卿”の名を騙るコルの偽者が現れてしまい――

わたし、二番目の彼女でいいから。6
著／西 条陽　イラスト／Re岳

再会した橘さんの想いは、今も変わっていなかった。けど俺は遠野の恋人で、誰も傷つかない幸せな未来を探さなくちゃいけない。だから、早坂さんや宮前からの誘惑だって、すべて一過性のものなんだ。……そのはずだ。

少年、私の弟子になってよ。2　～最弱無能な俺、聖剣学園で最強を目指す～
著／七菜なな　イラスト／さいね

決闘競技〈聖剣演武〉の頂点を目指す師弟。その絆を揺るがす試練がまたもや――「識ちゃんを懸けて、決闘よ！」少年を取り合うお姉ちゃん戦争が勃発!?　年に一度の学園対抗戦を舞台に、火花が散る！

あした、裸足でこい。3
著／岬 鷺宮　イラスト／Hiten

未来が少しずつ変化する中、二斗は文化祭ライブの成功に向け動き出す。だが、その選択は誰かの夢を壊すもので。苦悩する二斗を前に、凡人の俺は決意する。彼女を救おう。つまり――天才、nitoに立ち向かおうと。

この△《さんかく》ラブコメは幸せになる義務がある。4
著／榛名千紘　イラスト／てつぶた

再びピアノに向き合うと決めた凛華の前に突然現れた父親。二人の確執を解消してやりたいと天馬は奔走する。後ろで支えるのではなく、彼女の隣に並び立てるように――。最も幸せな三角関係ラブコメの行く末は……！？

新作 **やがてラブコメに至る暗殺者**
著／駱駝　イラスト／塩かずのこ

シノとエマ。平凡な少年と学校一の美少女がある日、恋人となった。だが不釣り合いな恋人誕生の裏には、互いに他人には言えない『秘密』があって――。『俺好き』駱駝の完全新作は、騙し合いから始まるラブコメディ！

新作 **青春2周目の俺がやり直す、ぼっちな彼女との陽キャな夏**
著／五十嵐雄策　イラスト／はねこと

目が覚めると、俺は中二の夏に戻っていた。夢も人生もうまくいかなくなった原因。初恋の彼女、安芸宮羽純に告白し、失敗したあの忌まわしい夏に。だけど中身は大人の今なら、もしかして運命を変えられるのでは――。

新作 **教え子とキスをする。バレたら終わる。**
著／扇風気 周　イラスト／こむぴ

桐原との誰にも言えない関係は、俺が教師として赴任したことがきっかけにはじまった。週末は一緒に食事を作り、ゲームをして、　恋人のように甘やかす。バレたら終わりなのに、その意識が逆に拍車をかけていき――。

新作 **かつてゲームクリエイターを目指してた俺、会社を辞めてギャルJKの社畜になる。**
著／水沢あきと　イラスト／トモゼロ

勤め先が買収され、担当プロジェクトが開発中止！？　失意に沈むと同時に、“本当にやりたいこと”を忘れていたアラサーリーマン・蒼真がギャルＪＫにして人気イラストレーター・光莉とソシャゲづくりに挑む!!